世界儒学译丛 |  国外山东印象

在山东的花园里

In a Shantung
Garden

Louise Jordan Miln

【美】路易丝·乔丹·米恩 ———— 著

刘国宁 郑春光 牛梦圆 ———— 译

中央编译出版社
Central Compilation & Translation Press

图书在版编目（CIP）数据

在山东的花园里 ／（美）路易丝·乔丹·米恩著 ；
刘国宁，郑春光，牛梦圆译. -- 北京 ：中央编译出版社，
2025．1．--（国外山东印象 ／ 魏华中主编）. -- ISBN
978-7-5117-4832-4

Ⅰ．Ⅰ712.45

中国国家版本馆CIP数据核字第2024PM3432号

在山东的花园里

出版统筹	张远航	
责任编辑	赵可佳	
责任印制	李　颖	
出版发行	中央编译出版社	
地　　址	北京市海淀区北四环西路 69 号（100080）	
网　　址	www.cctpcm.com	
电　　话	（010）55627391（总编室）	（010）55627362（编辑室）
	（010）55627320（发行部）	（010）55627377（新技术部）
经　　销	全国新华书店	
印　　刷	佳兴达印刷（天津）有限公司	
开　　本	880 毫米 × 1230 毫米 1/32	
字　　数	221 千字	
印　　张	10.25	
版　　次	2025 年 1 月第 1 版	
印　　次	2025 年 1 月第 1 次印刷	
定　　价	78.00 元	

新浪微博：@中央编译出版社　　　　**微　　信：**中央编译出版社（ID：cctphome）
淘宝店铺：中央编译出版社直销店（http://shop108367160.taobao.com）（010）55627331

本社常年法律顾问：北京市吴栾赵阎律师事务所律师　闫军　梁勤
凡有印装质量问题，本社负责调换，电话：（010）55627320

前　言

　　《在山东的花园里》（*In a Shantung Garden*），是1924年在美国纽约出版的一本跨越东西方的浪漫的爱情小说。

　　作者路易丝·乔丹·米恩（Louise Jordan Miln，1864—1933）出生于美国伊利诺伊州，后成为一名演员，其剧团曾在澳大利亚、中国、韩国、日本等国巡回演出。19世纪末，她与同为演员的丈夫乔治·克莱顿·米恩（George Crichton Miln）来到中国，在上海、广州、香港等城市游历。在中国生活的日日夜夜，她遇见了很多令她记忆深刻的人和事，为这个东方国家所着迷。她深深地爱上了中国，将其经历写成了游记《一个西方艺人的东方印象》（*When We Were Strolling Players in the East*）。在书中，她写道："如果提起我在中国的生活，我必须说，在那里我感受到了长久的友谊。""中国！中国！你如此古老，对我来说却是那么新奇和迷人！"搬家到英国伦敦后，她开始专注于小说创作，在1917年至1933年去世前，共出版了20余部小说，如《灯会》（*The Feast of Lanterns*）、《吴先生》（*Mr. Wu*）、《沈氏夫妇》（*Mr. and Mrs. Sen*）、《北平往事》（*It Happened in Peking*）、《苏州河畔》（*By Soochow Waters*）、《云南庭院》（*In a Yun-Nan Courtyard*）、《米》

（Rice）等。这些小说多以亚洲，尤其是以中国作为故事背景，在西方风行一时。

《在山东的花园里》的男主角汤姆·德鲁在美国出生、长大，性格直率且真诚，一直认为美国是最值得他骄傲的国家。他听从父亲的命令，从事商业，乘船来到中国山东，遇到了许多震撼人心的事情，并对中国有了更深层次的理解。书中有宏大历史背景下的家国民族情怀，有东西方文化的碰撞与相互理解，亦有人与人之间的真心交融，以及当时不同社会阶层的日常生活图景。

本书并非完全的虚构历史，文章中虽未提及故事发生的具体年份，但根据内容可推测出应处于20世纪初。那时的中国积贫积弱，沦为半殖民地半封建国家，山东部分地区甚至被德国和日本侵占。在当时的西方看来，那时的中华民族成了随意被践踏、被侵犯的"东亚病夫"。然而，米恩坚信，中华民族是被误解最深的民族，值得同情和尊重，西方无权践踏这个伟大的民族。她写道："当粗鄙的国际政策咆哮着侵蚀这个古老城墙的根基，蚕食这个时代最重要的种族时，这个文明仍旧坚如磐石，屹立不倒。"

中华文明有着深厚的积淀和丰富的形式，以开放的姿态在国际广泛传播。这部小说从初次出版至2024年翻译为中文，正好100年。重读这本书，我们依然能感受到西方友华人士对传统中国的同情、理解和欣赏，依然能从这部作品中看到百年前的中国人对这片土地深沉的情怀。

亲爱的朱莉娅·霍姆斯·史密斯医生：

多年前，当时我还不满十六岁，您引导我为"芝加哥妇女俱乐部"撰写过一篇文章。那篇"文章"成了我的处女作。我确信，若非当初写了那篇文章，我的写作之路也许永远不会开启。对我而言，这份经历极为宝贵。因此，从某种意义上说，我所有的作品都是因您而诞生。您愿意接受这本我献给您的书吗？我多希望它能更加完美一些，这样才能配得上您。但既然这本书是出自我的手笔，我相信您应该不会轻视它。四十余年来，您对我的关爱始终如一，给予我无私的帮助和照顾。与我内心深处的感激之情相比，文字此刻是如此苍白无力。然而，我们彼此心中都明白这份情感的深度。一别经年，我们虽然生活在地球的两端，但是我们的信件能够跨越大西洋或太平洋的阻隔，周复一周，几乎从未中断。我们的友情也不曾有一天衰减。在这个世界上，又有多少女性能像我们这样维持着如此深厚的友情呢？

在中国的乡间小路旁，常常会看到一些灰色的小石碑，它们竖立在农田的边界或野花盛开的草地上，用以表达对逝去亲人的爱与怀念。这些石碑上用优美的汉字刻着逝者的名字，下方则镌刻着他们一生中最值得纪念和骄傲的事迹。倘若有一天，我的纪念碑也能竖立在英国多塞特的林地之中，被无数的野花环绕，那么在我的姓名之下，一定会刻上"朱莉娅·霍姆斯·史密斯医生所爱之人"的字样。

路易丝

1924年3月5日于伦敦

所思如火兮

甫明即灭

天公不佑兮

相望不得

隔岸遥盼兮

海深难测

目　录

第一章

　　在茫茫的大海上，汤姆·德鲁忽然想起了尤祺。这绝不是偶然间一闪而过的念头，而是一股突然而又强烈的记忆，仿佛心灵的一次重击。那记忆如此生动，宛如幻象，但汤姆并非一个沉溺于幻想的人。这是他从未经历过的全新体验。他性格直率、真诚，尽管在美国摸爬滚打了二十八年，但在许多方面，仍保持着一颗童心。他很少幻想，也不轻易感伤。他一直认为美国是全球（或者说是全宇宙）最好的国家，是唯一适合他这种人生活的国家，也是唯一值得骄傲的祖国。他遇到过一些非常优秀的人，但不幸的是，他们出生在大西洋彼岸、伍兹湖以北或佛罗里达州以南，这让他感到非常遗憾。在哈佛期间，尤其是在战场上，他遇到过很多这样的人。若非与他们相识，并与一些人相知颇深，他绝不会相信那些天生没有美国国籍和血统优势的人，竟然能有这么高的修养，但是他们的确如此。

　　尽管如此，汤姆并没有与他们建立亲密的关系——这不是他的作风。他有自己的偏见，也不觉得有必要与他们亲近。他在美国同胞中有许多朋友，这些人才是他的菜。他向来"一视同仁"。或许，这是他最突出的品质。对他来说，这种对待他人始终如一的方式，不仅是一种根深蒂固的本能，更是一种积极、有意识的选择：几乎成了一种职业，一项原则。他欣赏威尔弗雷德·布朗、彼得·伯克利和迪克·汤恩等人，但从未与他们成为朋友。在哈佛，即使是那些从入学到毕业一直同班的外国同学，在他眼中始终是外国人、局外人。这种隔阂的主要原因在他，而不是他们。他不太关注班上美国人之外的人；但在战场上，情况就不同了。当你"冲锋陷阵"全力投入战斗时，你会不由自主地想要了解身边的战友如何冲锋陷阵、如何直面可怕的炮火，甚至如何牺牲——这种记忆刻骨铭心。在军营生活中，你会自然而然地注意到其他一些重要的事情：他们如何忍受泥泞和虫咬，以何种心态适应长期食用牛肉罐头，又如何面对食物匮乏的困境。这些人的特质会持续存在，深深地刻入脑海，难以磨灭。尽管他对许多盟友评价很高，在他们身上发现了不少优点，并且也毫不避讳地承认这一点，但是他没有与其中的任何一个人建立持久的亲密关系。同样，如果要找原因的话，问题还是出在他身上，而不是他们。虽然他们中有不少人赢得了他的喜爱和尊重，但是他对他们更多的还是深深的遗憾：他们不能像他一样是美国人。当然，这不是他们的错，而是他们的不幸：他们的出生地决定了这一切。

汤姆是个彻头彻尾的美国人，对祖国忠贞不贰。他的爱国主义毫不矫揉造作，它并不"灼热"，而是坚定而质朴，更像是一种义务，而不仅仅是一种情感。他乐于见到星条旗在动荡的欧洲上空飘扬，但还不至于因此而激动得哽咽。他不喜欢这场战争，对此直言不讳，却也毫无怨言。就像几年前他经常在印刷品上，对高卢战争发表同样的评论。在法国和佛兰德斯，在阿尔贡森林，他坚定而又愉快地投身战斗，就像他之前曾为"整个高卢分裂"①尽过绵薄之力一样。

汤姆对祖国感到"无比自豪"。这种自豪感远远超过了他全部有意识的情感。在他的人生中，迄今为止他只发自内心地爱过一个人，那就是他的母亲。除了对母亲的爱，他只是偶尔对内蒂·沃克产生过一丝情感波动。汤姆·德鲁并不是个多愁善感的人。

然而，奇怪的是，他在这个时刻偏偏想起了尤祺。更奇怪的是，这个念头竟然挥之不去。他和尤祺是在坎布里奇②成为朋友的。那时他上大四，尤祺上大一，正是最渴望友谊的时候。但是他除了一时的好心，对这个中国男孩没有任何兴趣，也从未想过与他成为朋友。而且，这个黄皮肤新生对他的感激之情没完没了，絮絮叨叨，让他不胜其烦，甚至有些反感。他确信自从和尤祺分别以来，就再也没有想起过这个中国男孩。即使当他听到父亲出乎意料的决定——要他去中国待一两年时，他也没有想起尤祺，只是流露出毫不掩饰的厌恶，心里连声咒骂。而现在，他却想起了尤祺，甚至比哈佛时还要思念。他想知道尤祺有哪些家人。大学期间，他从未想过这个问题；在他看来，中国人就是中国人，没有什么差异。他在哈佛时，觉得日本人和中国人看来都一样，毕竟他们对他没什么用，比英国人、法国人和德国人还要没用。可他现在竟然要去中国！真倒霉！一两个小时前，乘务员告诉他行程已经过半。如果他在中国碰到尤祺，那就有意思了。

---

① 引自恺撒《高卢战记》的开篇，"整个高卢分裂成三部分"。——译者注

② 哈佛大学所在的城市是 Cambridge，为与英国剑桥（Cambridge）有所区别，本书均译为"坎布里奇"。——译者注

当然，这不太可能。汤姆·德鲁关于中国的想象和了解很模糊，但他知道那个国家很大。他也知道自己要去中国一个叫山东的地方，名字很难发音，不过那里出产丝绸，就像《查理的姑妈》中巴西出产坚果一样。他很清楚自己为什么要去山东，也知道父亲希望他去了之后做什么。他还知道，战争爆发之前和之后，山东深深地陷入国际风波之中。只要读过纽约的报纸，就不会不知道这些。汤姆不是个书呆子，他只是喜欢关于蝴蝶的书，也热衷于阅读纽约的报纸。他不知道尤祺来自中国的什么地方，也从来没问过，或许来自香港吧。汤姆认为，大多数中国人都生活在香港。

汤姆暗自希望，在中国期间不要遇上尤祺。如果真的碰上了，他知道自己也无法回避。对他来说，在中国遇到任何熟悉的中国人，都可能会让他感到非常尴尬和不快。他宁愿和一个黑人孩子一起走在街头，也不愿和一个中国人公开露面。幸运的是，这种可能性很小，对此他感到无比欣慰。

内蒂曾答应过会偶尔给他写信，虽然汤姆并不确定这是否只是客套话。内蒂真是个好女孩！她太可爱了。她拥有一双令人难忘的湛蓝色眼睛，一头浓密的黑发像柔软的丝绒一样在洁白的额头上绽开，简直美若天仙。汤姆注意到，内蒂很会打理头发。虽然女生大多都会，但内蒂是个行家。他希望内蒂能给他写信，但又不要太频繁，因为他最讨厌的事情之一就是写回信。通常来说，除非是自己的妹妹，否则你总得给女生回信。不过，汤姆猜想内蒂可能不会经常给他写信。她不是那种人。她喜欢四处旅行，想必会在纽约、纽波特、玛莎葡萄园岛和山里玩得不亦乐乎。汤姆叹了口气，真希望他的父亲不会对山东那么执着。他并不介意辛勤工作，家族的财富需要有人来照看，而且远不止于此。汤姆绝不是一个逃避责任的人。但是，那可是中国！这个古老的星球上有那么多地方可以去，却偏偏是中国！

他之所以去中国，是因为父亲要求他这么做。通常大家都会听从鲍尔斯·德鲁的话，他的子女们也总是遵从，莫莉也不例外。即便是德鲁夫人，有时也不得不采取一种委婉的方式来达到自己的目的。在美国，很少有妻子需要这样做。

汤姆心里还隐隐担忧，也许在他从中国回来之前，内蒂·沃克就已经结婚了。内蒂可不是那种会一直做"老姑娘"的人。

如果汤姆得知，他之所以会横跨太平洋，全因内蒂·沃克，他定会感到极为震惊。然而，事实正是如此。鲍尔斯·德鲁虽对许多人心存不满，但对威廉·沃克的厌恶尤甚。尽管他极其看重财富，却并无意愿让这位百万富翁的独生女成为自家儿媳。四个月前，在莫莉举办的舞会上目睹了某个情景后，他立刻决定派遣汤姆前往中国。老德鲁从不掩饰自己的独断专行，但他也小心翼翼，避免让汤姆察觉到自己对"沃克家的女儿"的不满。因为他知道，反对是愚蠢和冒险的，反而会增加她的诱惑力。在六十三年的人生历程中，鲍尔斯·德鲁从未在危险面前退缩过。他不止一次地寻求冒险，但他一点也不愚蠢，比纽约的任何人都聪明。他也和汤姆一样，清楚地看到了沃克小姐惊人的美貌和迷人的魅力。他不相信距离会拉进感情——至少对男性而言不会。每次见到沃克小姐，他都会表现得异常热情，但紧接着便会点燃一支又长又粗的雪茄，一边吐着浓烈的烟气，一边思忖着要把儿子送到哪里。最终，他选择了中国。这个遥远的地方无疑令人充满期待。同时，他恰好也需要一个值得信赖和依靠的人前往山东，亲自考察那里的实际情况。

　　如果真的在中国偶遇尤祺，那倒是一件有趣的事情。汤姆划燃一根火柴，苦笑着想。但不久，尤祺的形象便从他的脑海中消失了，他再也没有想起过这位中国男孩。

第二章

汤姆·德鲁在抵达济南之后，很快就"融入"了当地的生活。毕竟，他除了参战（那更像是在地狱而非欧洲），从未离开过自己的国家。通常，美国人在海外的适应能力并不强，尤其是那些典型、纯正而又平凡的美国人。虽然像亨利·詹姆斯、布勒特·哈特这样的人可能在"国外"混得如鱼得水，但大多数纯正的美国人却不然。那些驻外的美国外交官总是渴望回到"家乡"，因为西方的气息在召唤他们。他们在圣詹姆斯宫广受欢迎，在伦敦备受重视，离开那里回到美国后，会受到深切和久远的怀念。而那些文化水平不高的普通美国人，几乎都不喜欢甚至厌倦在外国长期生活。他们是眷恋家园的人，希望身边的一切，从椅子到食物到习俗，都带有"妈妈的味道"。

济南并没有像汤姆·德鲁预期的那样充满异国情调，反而更多的是舒适和平常。对他来说，济南从一开始就没有太多的陌生感。

作为山东省的省会，这里的街道宽阔干净，秩序井然，洋溢着欢乐的气氛，看起来并不像是传统的中国城市。这里的湖泊清澈，公园广阔，散步的地方宁静而美丽，如花园一般。他一开始就觉得，这更像是二十世纪的西方，而不是一个历经几千年沧桑的东方古城。

也许，在近些年来的国际大洗牌中，山东许多地方（甚至远超过国际条约的规定）多次易手，使得济南这样的城市看起来带有一些国际化的特征。然而，汤姆并没有意识到在中国紧张局势之下所隐藏的强大潜流，这股潜流如同两千年前一样，是山东乃至整个中国最深刻、最重要、最持久的力量。

在汤姆眼中，济南有点像纽约，也许更接近芝加哥。这里快速、喧闹、繁忙的商业活动，有时会让他联想到芝加哥。当然，这可能只是他的幻想。或许，济南更像波士顿，类似于英国那些色彩鲜艳的教堂城镇，如温彻斯特、坎特伯雷和切斯特。这里充满了快乐、繁荣和宁静，街道规划良好，但并不像芝加哥那样。济南的贸易兴盛，却没有大规模的制造业和批发业。胶济铁路的建设，给这座古老的城市带来了不可逆转的变化。在铁路出现之前，济南可能是中国北方最美丽的城市，比现在更加迷人，也更加幸福。济南像君士坦丁堡一样，被两层壮观的花岗岩城墙所环绕。这座古老的城市空气清新，天气凉爽，无数清澈的泉水汩汩喷涌。泺水水流充沛，在城市下方宽阔的河道中奔流，为城市提供了充足的水源，也让整个城市保持清洁。济南府也许有一点柏林的影子。或许汤姆无意中感受到了这一点，也正是这一点让他想到了芝加哥。济南也有东京的影子。不过，汤姆·德鲁并没有觉察到。

汤姆初到济南时，那里的美国人寥寥无几，他也未曾遇见过。但是有一个美国女性，是个"满城忙"，在汤姆刚抵达时便迅速地接管了他的一切。她为他准备了荞麦饼作为早餐，直率地告诉他哪些事情可为，哪些事情不可为。她就像他的妹妹莫莉一样，以一种轻松愉快而又直截了当的方式对他发号施令，确保他会遵从。

汤姆抵达济南府已经三十七个半小时。突然，他听到了高跟鞋敲击地面的嗒嗒声，伴随着丝绸衣物摩擦的沙沙声。他抬头一看，一位美丽的女子正站在旅馆客厅的门口，向他微笑。

"你—好！"她用带有印第安英语的口音向他打招呼。

听到这样的问候，汤姆站了起来，原本困惑的脸上露出兴奋的神色。但他同时又感到困惑，自己究竟在哪里见过她？他曾在各种场合遇到过许多女孩，但他觉得自己本不应忘记这一个。

"你该不会是想说，"她走进来，舒适地坐在一张宽大的藤椅上，带着一丝责备的语气说道，"你不记得我了吧？"

"不不不！我绝对记得你。"他到底在哪里遇见过她？是什么时候？

这位女士蓝色的眼睛闪烁着光芒。"嗯，你似乎不是很高兴见到我。"

"我很高兴，非常高兴见到你，简直不能再高兴了。"他说的是实话。

"但你忘了我的名字？"

"好吧，"汤姆有些吞吞吐吐地说，"我没想到会在这里见到你。我只是暂时没想起你的名字。我总是记不住名字，但只要不刻意去想，我很快就会想起来。"他希望如此。

她点了点头。"但是你真的记得我吗，德鲁先生？"

"当然了。"汤姆亲切地说。

"但是你没想到会在中国见到我，是吗？"

"哎呀，我真没想到。"

"你也不记得我告诉过你，我要做传教士吗？你对我记得也没那么多嘛！那次野餐，我们还为这事聊了很久呢。我终于说服了我爸，所以就到这儿来了。我负责美国长老会的山东妇女分会。"

汤姆瞥了她一眼，便开始仔细打量她的装扮。这种风格对他来说并不陌生，莫莉和母亲都有过类似的打扮，尽管母亲更为低调。他知道，不管是纽约还是巴黎，都很难找到如此精致打扮的女性。她身上的每一件饰品都熠熠生辉，蒂芙尼珠宝因她而更显光彩。她右手上的戒指璀璨夺目（左手仍戴着手套），颈间佩戴的蝴蝶饰品精美绝伦；即便是那块小巧的腕表，也透露出其价值不菲。

"不，你不是！"他向这位他记不起名字的女士说道。"我毫不怀疑你能说服你父亲，或者其他男性，但当你说你想成为传教士时，我怀疑你在对我说谎。抱歉，我说话比较直接。你不是传教士。"

那位女士无奈地叹了口气："德鲁先生，恐怕你对传教士不太了解吧？"

"我从没见过传教士，更谈不上了解，感谢上帝！"

"对我来说，这可不是什么好话，德鲁先生。"她沮丧地说，"我们这些可怜的传教士总是被误解。你是觉得我的穿着不像吧？我们确实做了很大的改变。我们现在的策略是，尽可能打扮得整洁漂亮一些，这也是我们的责任。这有助于吸引迷失的异教徒，更容易引导他们走向正途。我们试图通过他们的眼睛来触动他们的灵魂。"

"看来传教士的薪水涨了不少！"汤姆半开玩笑地猜测。

"我们几乎没有任何报酬，"她诚恳地说，"但我们都尽可能穿得漂亮些，而且我父亲也有点儿钱。"

"我猜也是。"

"哦，好吧，随你便吧。这一点你说对了。我不是传教士。不是你所谓的'传教士'，不是传统意义上的那种。但我来这里确实是为了帮你一个大忙。"

"你已经帮过我一个大忙了，"汤姆热情地说，"这是我一生中别人帮过的最大的忙。"

"那你想起我的名字来了吗？"

汤姆遗憾地摇了摇头。

"我可是从第一次听到你的名字，就从没忘记过。可你还记得我吗？"

"我当然记得！我怎么会忘记你呢！"

"真绅士！'礼貌'先生！我想我必须原谅你，帮你想起来。你对内莉·威尔科克斯还有印象吗？"

"当然！"汤姆眼睛一亮，兴奋地说，"我现在完全记起来了。我真是个笨蛋！"

"我就知道，只要我告诉你，你一定会记起来。但你真的记得内莉·威尔科克斯吧？"

"我当然记得，威尔科克斯小姐。"

"这就对了！可以为女士效劳做任何事吧？你能做到！你的记性真好，德鲁先生，比我好多了。你还记得内莉·威尔科克斯，真是太好了。我这辈子从没听过这个名字。"

汤姆有点愤怒了。没有人喜欢被这样捉弄。她到底是谁？她想要什么？他觉得自己从未见过她。不能让她为所欲为，至少对他不行；他可不能纵容她，像她爸那样！

他羞怯地一笑，这是掩饰内心怒火的最佳表情。他以她那种油滑的口吻回击她——总比这么逆来顺受要好。

"我想你也没听过。这是我们第一次见面。我不知道你是谁，也不知道你是不是威尔科克斯。我从未见过你，直到你站在那扇门门口。"他说这话是冒着风险的。不过他也有点儿怀疑，自己是否与她有过一面之缘，否则她怎么会突然闯入他的生活，知道他的名字，还知道这么多？

"好吧，"她快乐地承认，"让我们开诚布公，重新开始。我们以前没有见过面，但是现在我很高兴见到你，德鲁先生。我不是威尔科克斯小姐，甚至也不是什么小姐。"

"那我可真是难过。"

女人点了点头，假作感谢。"我是在这里生活的美国人。至少代表了大部分人，是他们中唯一的活跃分子。领事有时也会来，从他那位于通商口岸的'店'里过来。不过，对我们这些美国人来说，他并不是很活跃。而且他总是很忙，尤其是现在，忙着在河的上游打鹬呢。我在这里照顾他应该照顾的美国人，但只限于我喜欢的那些。这是我为国际联盟尽的一份力，善待我的同胞和'咯咯'的同胞，但也只限于我喜欢的那些。'咯咯'是个英国人。"

"'咯咯'听起来可不像个英国名字。"

"天啊，当然不是！等你听到'咯咯'的笑声时，你就明白我为什么这么叫他了！顺便说一句，我是'咯咯'夫人，但我是个纯正的美国人。"

至少对这一点，汤姆·德鲁没有任何怀疑。没有人会怀疑。

"我们听说你来了。当然，'咯咯'本该来拜访你，但他懒得要命，所以我就替他来了。我给你带来了他的名片。他想看看我是否会喜欢你——"

"那你喜欢我吗？"汤姆打断她说。

"一般般。""咯咯"夫人笑道。"我想请你今晚和我们一起吃饭。我们只有四个人：你、我、'咯咯'和沃尔特·斯威夫特。沃尔特也是美国人！所以我们是三对一。"

"三个美国人对一个英国人，这有点不公平吧？"

"哦，'咯咯'不会介意的。他喜欢美国人，至少得装作喜欢。我们八点吃饭，但六点半以后你随时可以来。沃尔特·斯威夫特一般都在这个点儿来。我们在晚饭前，可以彼此认识一下。跟'咯咯'完全熟络起来，需要点时间呢。这是他的名片。"她站起来递上一张名片。

汤姆读道："卢瑟福-卡迈克尔勋爵。"

"是的，"她说，"那就是我们。我是个英国贵族，不是靠我自己，就像他们所说的那样，是因为'咯咯'。'咯咯'只是个昵称。我总不能每次和他说话都叫他'卢瑟福-卡迈克尔'吧？人生短暂啊！"

"为什么不试试叫他的名字呢？卢瑟福-卡迈克尔夫人？"

"你都没听过他的名字，"她做了个可爱的鬼脸，"比他的姓还难叫一千倍。如果我叫他的名字，其他英国贵族会觉得我不懂规矩。别指望我会让他们抓住把柄！我们美国人必须在英国贵族中保持自己的地位。我们需要这么做！"

"我也有所耳闻。"

"在贵族圈里，不能只用名字称呼你的丈夫。我在那里时，还没这么做就已经让他们很震惊了。在那里的第一年，我过得糟透了。或者说，让他们过得糟透了。我吓坏了他们。但是现在，我们相处得很好。"

"他们适应你了？"

"一点儿也不错。他们也有点崩溃了。但是作为一名英国贵族，也有很多好处。总的来说，我还是很享受这个身份的。在英国，一位'贵妇'只要行为得当，就可以做很多自己想做的事；在殖民地或像这样的地方，可以做更多。她在某些方面会有很多自由；美国女性则在另一些方面有很多自由。而我两者兼得，毕竟我有权这么做。我非常喜欢我的英国身份，也不讨厌'咯咯'。如果他不是一直咯咯笑的话，也不算太糟，但我就是没法让他改掉这个毛病。但是，"她在门口转身，伸出一只手来，笑声突然变得严肃，"德鲁先生，身为一名美国人，我很骄傲。很高兴你来这里。我会照顾你的。沃尔特·斯威夫特也会。我们会成为朋友。我希望你在这里多待一段时间。我们已经来了一年多了，预计还要待更久。'咯咯'正在经营一座矿。山东的矿藏无穷无尽。六点半以后随时可以来。"

她说完就离开了，都没问他一句，是否愿意一起吃晚饭。她理所当然地认为，他会接受邀请。

汤姆确实同意了。"真是个有趣的人！"他笑着自言自语道。他并不确定，他们是否会像她说的那样成为朋友。他也不会想到，未来他们的友谊会有多深、多牢固，又会遭遇什么，能持续多久。汤姆·德鲁还不了解中国。

他换衣服时，愉快地吹起了口哨。他觉得会度过一个愉快的夜晚。如果那个名为沃尔特·斯威夫特的人和那个英国人，能有"咯咯"夫人说的一半好，那么他今晚肯定不虚此行。

他没有看错她。汤姆·德鲁总能在见过的人之中分辨出佼佼者。他知道，像卢瑟福-卡迈克尔夫人这样年轻、自信、充满活力的美国女性，不仅具有光鲜亮丽的外表，而且具有岩石般的忠诚和坚毅。

第三章

在六点半到八点之间，汤姆·德鲁穿着一身晚礼服，如约出现在卢瑟福-卡迈尔夫人家的门口。

女主人庄重地迎接了他，仿佛"家"这个词赋予了她一种特殊的尊严。然而，汤姆对于女性情绪和仪态的多变早已习以为常，并没有对这种变化感到惊讶。

一个中国"小厮"引领他进入客厅，这里的布置豪华而精致，家具不多，却恰到好处。汤姆并不期待过多的装饰，而客厅的布置也的确没有让他失望。房间内没有繁复的装饰，没有多余的照片，只有一只插着玫瑰的花瓶，简单而优雅。

在客厅内，一位身材瘦长、气质非凡的男士与卢瑟福-卡迈克尔夫人一同坐着，见到汤姆进门便站起身来。汤姆一眼便认出了这位男士的类型——在纽约、芝加哥和萨克拉门托都能找到这样的人物，在美国南方最为常见。他的面部线条分明，眼睛炯炯有神，时而流露出淡淡的忧伤，时而闪烁着欢乐的光芒。他的双手保养得宜，显示出一种高贵的气质。银灰色的头发柔软微卷，举止从容而庄重，谈吐幽默而风趣。他的嘴唇优雅，下巴线条坚定，额头宽阔，鼻梁高挺却不显眼。他的声音低沉而清晰，面孔中透露着智慧的气息。他拥有军人般的体格，着装考究，无可挑剔。他是一个世界公民，一个世界主义者。然而，对于美国人来说，他是一个真正的美国人，就像汤姆·德鲁和女主人一样。尽管汤姆仍期待着度过一个愉快的夜晚，但他确信今晚不会有"狂欢"。

"斯威夫特先生是我们在这里最早的居民，"女主人向汤姆介绍道，"如今，他已是中国的常驻居民了。他原本只打算住一个星期。是十年前，还是二十年前？"

"快十六年了。"斯威夫特温和地回答。

"他和我们不一样，没有理由留在这里，哪怕一刻也不需要。他不必工作，只是住在这里，享受着这里的生活。他热爱中国，喜欢中国人，觉得他们非常有趣。唉，他甚至都不讨厌日本人。"

"我并不是讨厌所有的日本人。"斯威夫特微笑着说，礼貌地纠正她的说法。他的笑容特别迷人，汤姆对此早有预料。这样的笑容更多出现在伟大的医生而非战士的脸上，但战士们有时也会展现这样的笑容。当一个伟大的战士这样微笑时，那是一种令人难以言喻的人性光辉。

"德鲁先生，我希望你不要像我一样，在这里停留这么久，"这个年长的男人说，"但我希望你能待到喜欢上这里。中国需要花费时间去了解。你在中国待得越久，就会越喜欢这里和这里的人，特别是后者。事实上，我认为他们是一个整体——中国和中国人——比其他任何国家和人民更加如此。如果你待的时间够长，你就会发现他们非常可爱。"

"我预计会待一两年吧。"不过，汤姆没有进一步说自己为何而来，以及要在这里做什么。他们也没有问他。当卢瑟福-卡迈克尔夫人说"哦，你来了！"的时候，他饶有兴趣地看向门口。说话的语气表明，来的是男主人。她之前曾说，她的丈夫在做与矿产有关的事情。汤姆被派到山东来，不仅仅是为了矿产，还有一些其他的事情要做。纽约的鲍尔斯·德鲁先生绝不只是个狭隘的金融家。

刚回来的男主人和他热情地打招呼。两人握手时，汤姆差点笑出声来。女主人显然比任何一个美国女人更像美国人，她给丈夫取名为"咯咯"。"因为他总是咯咯笑，"她说，"无论醒着还是睡觉，在聚会还是在教堂……"但是汤姆·德鲁从未见过如此严肃的面孔：如果世上只有一个不苟言笑的人，那就非他莫属。整个晚上也证实了这一点。这个英国人一次也没有笑过。他虽然严肃、沉默，却绝非冷漠，他也积极地参与到谈话中来。这位精明的美国年轻人毫不怀疑，在场的四个人中，头脑最敏捷的就是这位主人。他从来不笑，却对答如流；而且，面对妻子喋喋不休的"咯咯"这、"咯咯"那，他那深邃的眼神中流露出淡淡的爱意。

汤姆猜得并不全对，也不全错。这个英国人拥有最敏捷的头脑，但沃尔特·斯威夫特才是最有智慧和最可靠的人，犯的错误也最少。真正了解他的话就会发现，这个年长的美国人是四个人中最具天赋的人，也许是那种最伟大、最重要的天赋：一种难以言喻、无法抗拒的魅力，充满了魔力和善意，甚至超过那位美丽好客、穿戴闪亮绸缎和珍珠的女人。他们四个人轻松地聚在一起，注定以后要一同深入探索中国的奥秘。

他们做梦也没想到，就在不远的将来，有一出好戏即将上演。确实，斯威夫特先生总是准备着随时感受中国的人间剧。他在中国整整生活了十六年。尽管这四个人都身体健康、教养良好、无忧无虑，但前方有严峻的困难和挑战在等待着他们。而鲍尔斯·德鲁的儿子，这个尚未经过考验的年轻人，将会承受不小的冲击、压力和痛苦，也会展现出许多人面对考验所具备的勇气，以及只有少数人在严峻考验中才能展现出的应对能力和灵活性。汤姆·德鲁六岁起就没有流过一次泪，十岁起就不再有烦恼。如今，这位富家子弟即将经受严峻的考验。娇生惯养和放纵享乐的成长环境会使很多人变成懦夫，让所有没有继承坚韧品格和坚定信仰的人变得软弱和无足轻重。

汤姆注意到，斯威夫特先生只是简单地用"卢瑟福"来称呼主人。他觉得如果两个人很熟的话，这个称呼倒不错。卢瑟福-卡迈克尔这个名字实在太长了，不适合频繁使用。他想知道，那个口齿伶俐的妻子不愿叫的名字到底是什么？她的名字显然是艾琳，汤姆喜欢她丈夫的发音，以及英国人那双深邃的眼睛注视她时的神情。这对夫妻是绝佳的朋友。他们对他的欢迎，如同一把上好的椅子，舒适得让人深陷其中。汤姆很喜欢这种感觉。

这个纽约人待到很晚，最后才依依不舍地离开。这真是一个愉快的夜晚。他还希望再次受到邀请，如果没有，那就不是他的错了。

斯威夫特先生和汤姆一起走回旅馆。他说是顺路，其实也算是，只是得绕点弯。主人一直送他们到外面的门口。

"我喜欢你的朋友，艾琳。"他回到客厅后对妻子说。

"对你来说，这是个极大的安慰吧，亲爱的'咯咯'？"她抬头对他笑着说。"我的朋友，你可不是个个都喜欢。"

他把手放在她的头发上："只要你喜欢，我就喜欢。"

艾琳扶着他的胳膊，从椅子上站起来。"你知道吗，"她手放在他的肩膀上说道，"你真是个可爱的人。我喜欢你，卢瑟福-卡迈克尔勋爵。没错，这个男孩很好，好极了。"汤姆比她还大几岁，但母性本能是超越年龄的。"他背井离乡，从第五大道来到孔子故里，可真是山高路远，"她的声音中有一丝叹息，"但我们会照顾他的。我会让他过得开心。看我的吧。而你和沃尔特要确保他不会犯许多人在这里常犯的错误。他的母亲在纽约，我敢打赌，她一定是个可爱的母亲！"

男人点了点头："放心！我和沃尔特会照顾好你的新崽子，尊敬的女士。我毫不担心，你肯定会让他在这里过得很愉快。"

他们经常邀请汤姆·德鲁共进午餐、晚餐，邀请他参加一些艾琳能在济南府有限的欧洲人中组织起来的小活动，比如家庭聚会。这个来自纽约的"好孩子"，就这样轻松愉快地在济南安顿了下来。

第四章

　　汤姆在离开济南，搬到离曲阜不远的合租公寓时，发现自己并没有像在济南那样迅速和舒适地安顿下来。那个地方远离欧美人居住区，他一点也不喜欢那里。

　　斯威夫特为他找了一位非常优秀的中国老师，名叫荆峰。荆峰不遗余力地让他投入大量时间学习，他也确实掌握了不少中文，但他对中国和中国人的了解依然十分有限。尽管他在一个中国最古老、最具特色的城市生活了大半年，但是他开始怀疑，到了济南是否真正意味着来过中国。或许因为在这七个月的时间里，他大多都在艾琳·卢瑟福-卡迈克尔家的客厅和游廊上度过。他从这位友好的美国女同胞那里学到了很多关于英国和其他的事情。的确，她让他度过了一段特别美好的时光。但是她没有教他任何关于中国的知识，除了一些如何与当地仆人和店主的"相处"之道。其实，这些知识他自己也能轻松掌握，因为他并不缺乏机智和善意。他前往绿树成荫的乡村，部分原因在于仲夏的济南酷热难耐（很难解释为何一个习惯了夏季的纽约人无法忍受）。另一部分原因是沃尔特·斯威夫特先生的建议。此外，他觉得自己应该继续前进，完成更多的事情。他一到乡村就意识到，中国是个不可思议、难以捉摸的地方，他从来没有真正了解过，甚至连中国的表面都没有触及过。于是，他立即决定在这个单身合租公寓"住到底"。他的父亲曾经告诉他要慢慢来，循序渐进："需要什么就问我要。我知道你在美国需要什么，不需要什么。但是你在山东，我远在华尔街，我不是那种自以为比你更了解你在山东需要花多少钱的傻瓜。我知道你会稳扎稳打，你从来没有做过让我不喜欢的事。你需要什么就和我说，我绝不会有意见。我知道你很理智，不会浪费将来属于你的钱。等我躺在我们位于布鲁克林的墓地里时，这些钱大部分都是你的。你很清楚我们有多少钱。你认为该怎么用，就怎么用。你母亲和莫莉从来没有让我崩溃过，你应该也不会。不过，我得给她们应得的，她们做得相当好。另外，带上你那些网子，还有各种捕蝴蝶和昆虫的东西。比尔·詹金斯告诉我，中国有无数的蝴蝶。你不妨四处去找找，这是保持低调很好的方式。要是有人告诉我，我的儿子会痴迷蝴蝶和毛毛虫这种愚蠢的玩意儿，我会极力反驳，你爷爷肯定会气得血管爆裂。但我觉得，这是消磨时间的最无害的方式之一，而且显然也花不了多少钱。你在中国四处探查的时候，这个小爱好会派上用场的。尽可能利用这一点，汤姆，慢慢来。尽可能把事情弄清楚，当你掌握了各种情况后，写信告诉我你在那里的见闻。你也尽情享受一下生活。对于一个智者来说，享受生活并不会妨碍他或他的工作。我想这也绝不会妨碍我们德鲁家的人。尽情享受吧，只要别和中国女人鬼混在一起。我不太喜欢中国儿媳妇，我想你妈妈更不喜欢。"

汤姆咧嘴一笑，他也不喜欢中国女人。在"种族问题"上，他秉持着最正统的美国价值观。

汤姆决心要稳定下来，并按照父亲的话去做。这是公平的，因为他的父亲给予了所能给予的最充分的信任。在美国，大多数父亲都会这样做。而且，德鲁夫妇并没有犯许多美国父母——尤其是富裕家庭——常犯的错误。他们溺爱自己的孩子，但并没有宠坏他。他们既不放任他，也不盲目纵容他。

要是汤姆在济南就意识到，自己对中国人的个人特质、心态和个性几乎一无所知，他会更早地离开济南。毕竟，这是父亲派他来山东的基本任务，而且父亲明确地嘱咐他：认识和理解中国人。

在他抵达的几个星期之后，济南府就不再让他想起西方的任何地方和事物了。街道上的黄种人熙熙攘攘，驴车川流不息。这种景象提醒他，自己确实处在另一个世界。中国人的眼睛深邃、黝黑，高深莫测；黄色的脸像羊皮纸一样神秘；说话的语调高低起伏不定。汤姆开始意识到，这些高低起伏的语调比起简单的词语，更能代表一个民族的词汇。中国人的肢体语言与西方正好相反，西方点头表示"不"，摇头表示"是"。他们互相推搡，十分密集，却又彬彬有礼，相安无事。昂贵的绣花丝绸与粗糙的蓝色、黑色羊驼毛衣物相混杂；平凡、普通的东西被一种浓烈、高深而又不容置疑的神秘气息所笼罩；精致的香气和密集的人类气味混成一种虽非恶臭却难以形容的气味；市场上展示和出售的东西——显然也很有价值——汤姆此前从未见过，或者从未想过竟然能够售卖。身边的黄种人难以数计，却对他毫不留意，他甚至怀疑他们能否看到他。所有的这一切以及各种各样细节都表明，济南府是个典型的中国城市，是盖着中国印章的中国人的城市，就像商业巨头把"印章"盖在合同上一样真实。

他读不懂这些符号，但以他的聪明，不会意识不到它们的重要性。很多在他看来怪异、花哨、神奇、荒诞的东西，构成了一个强大、优秀的民族的筋骨和灵魂；这是地球上一半人生活的基调。

他住的客栈（他不在"咯咯"家时少有的去处）不大，就像中国北方的大多数客栈一样，由一个精明、节俭的穆斯林经营。老板知道如何准确地区分本地顾客和偶尔光顾的西方客人，能够让语言不通的外国人感到非常舒适，这一定是一种本能和天赋。除了他的房间，这个地方简直就是一家中国北方的客栈，弥漫着生姜和各种他不知道的香料的味道。千腔百调的闲谈声不绝于耳，单弦琴在夜晚咿咿呀呀，纸鼓砰砰作响，拴着链子的看门猫乱叫——这一切不会让他想起纽约或芝加哥的任何一家旅馆。

如今，济南不再让汤姆·德鲁想到任何地方，只有中国！

在济南，没有人知道这个年轻人为什么来山东，也没有人会将他来这里的目的与人类伟大而普遍的赚钱事业联系在一起。是的，没有人会这么想，除了斯威夫特。沃尔特·斯威夫特训练有素，思维敏锐、警觉，几乎成了一种罕见的精神天赋。斯威夫特知道汤姆既然生为美国人，自然带有美国人的特质。他了解鲍尔斯·德鲁仍牢牢掌握着家族庞大的金融利益；他绝不相信，这位精明的百万富翁会派遣或允许年富力强的二十八岁的独生子到山东虚度光阴。他敦促汤姆找一个中文教师，并试图引导他对中国产生兴趣。毕竟，对于斯威夫特来说，中国是一种执念，一种思想上的痴迷，而不是一时的兴起。他很喜欢这个年轻的美国同胞，想和他分享这种对中国的兴趣。汤姆虽然并不博学，却思维敏捷。更重要的是，斯威夫特认为，无论汤姆远涉重洋的目的是什么，切实了解中国和中国人都会对他大有裨益。他对这一复杂的双重主题很感兴趣，也想将这个问题交给汤姆，为此还推荐荆峰作为他的中文老师。他看到汤姆在济南府如此挥霍时光，整天待在卢瑟福-卡迈克尔家里，于是就建议他在省里找一个更具中国特征的地方，找个合租公寓住下。

那位好心的年轻主妇直接收留了这个"纽约好男孩"，还觉得正是因为她，汤姆才留在山东。这种事之前就有，而且不止发生在中国。艾琳这位贵夫人觉得一切理所当然，她之前从未伤害过任何男人，以后也不会；世上没有哪个男人能伤害她，甚至连离伤害她的边儿都远着呢，除非是"咯咯"，可是这太荒谬了。如果她也像沃尔特·斯威夫特那样，猜到汤姆在中国有正事做——美中生意——她会毫不犹豫地全力帮助他，并取得显著的效果。男女之间存在柏拉图式的友谊——而且经常存在——即使是在年轻而有吸引力的人之间；那是一种美好纯粹的友谊，没有任何瑕疵或危险。虽然汤姆·德鲁在济南逗留了很长时间，但是一半的时间都待在卢瑟福-卡迈克尔的平房里。他对她并没有特殊的爱意，也不会陷入感情的漩涡，就像她对他一样。

汤姆在济南过得很愉快，但也有一件不如意的事：他很少有打麻将的机会。而且，当他打的时候，很快就发现，虽然自己在纽约是个麻将高手，到了中国却没有用武之地。他必须忘掉之前的麻将规则，才能学会中国人真正的打法。

他向沃尔特·斯威夫特先生抱怨："我们在美国打的麻将到底是不是一种中国游戏？"

"就和在高度文明的西方，有人砸钱买的很多'中国'古玩和食物差不多吧。都是劣质的杂种货。英国人打的麻将还多少有点——别误会，只是有点——接近中国的规则。而在美国，虽然玩麻将的速度稍微接近中国人；但是，天啊，这么古老、美丽的游戏，给你们这些优秀的人糟蹋成什么样了！你们把玩法和行话都改了。纸牌上的梅花和黑桃，跟象牙板上的风牌和箭牌没有多少相似之处；可你们把麻将打得和扑克差不多。我们是一个了不起的民族，德鲁。但即使在北京对麻将疯狂痴迷（没有更好的形容词了）的英国人，也根本不是在打麻将。他们也只是玩玩而已。而你们这些美国的麻将玩家，删掉了麻将中的一些东西——一些美妙部分，还加入了种种愚蠢的玩意儿。你看看'咯咯'和圣约翰在俱乐部怎么打麻将，他们是我见过的欧洲人中最像样的了。跟他们学，你就能在这儿打得不错，但仅限于和欧洲人打。听我的，不要指望和中国人玩中国的游戏。我们玩不来的。我来中国之前，还以为自己很会下棋。结果我和中国人下棋，每次都被中国人轻松击败；甚至有好几次是输给十几岁的孩子。"

"麻将起源于中国吗？"汤姆有些不死心地问道，"我听说并不是。"

"它确实起源于中国。还有很多东西，比如移动影像，五千年前就有了。至于你喜欢的麻将——还有许多其他游戏——稻田里光膀子的农夫，运河船坞中的老大，他们知道的比你一辈子学到的都多。"

汤姆不信。但在他离开中国之前，他改变了看法。

"咯咯"爵士——我们借用一下他妻子对他的简称——起初对年轻的汤姆没什么兴趣，只把他当作艾琳喜爱并且喜欢与之"厮混"的男人。她丈夫很高兴她这么做。他在山东有重要的生意，经常需要投入大量的时间。他对妻子知根知底，不亚于对她的爱。

他对汤姆友好，仅仅是因为艾琳。如果"咯咯"能获得汤姆的信任，就会因为对后者极为有用，从而得到鲍尔斯·德鲁的财务支持。

但是汤姆·德鲁守口如瓶。鲍尔斯·德鲁能拥有如此丰厚的财富，主要得益于他像花岗岩一般的沉默。汤姆尽管油腔滑调、舞技出众，但他继承了父亲的这一品质，懂得在必要时三缄其口。他拥有一双天真烂漫、闪烁着笑意的蓝色眸子，金黄色的头发微微卷曲。他的双手白皙细腻，宛如少女一般，却隐藏着钢铁般的灵魂和不屈的意志。

合租公寓临近河畔，位于一片梧桐树和石榴树中间，他准备在那里"住到底"，撸起袖子大干一番。

但是他讨厌那间合租公寓，对三个室友也没什么兴趣。然而，他现在生活的地方，可能是地球上最美的地方：春季姹紫嫣红，新绿如玉；夏季草木芬芳，叠翠如织；秋季五彩交辉，绚烂如画；冬季冰雪映日，宛若仙境。他连做梦都想不到，这里的夜晚比白天更美丽，声音更加悦耳，气味更加芬芳。当夜晚的星星在正午的天空出现时，就预示着会有大事发生：当尧帝的天文历法官在汤谷（阳光之谷）观测到天上的十个太阳时，金星和另外二十颗星星会出现在正午的天空。

汤姆·德鲁看不到合租公寓周围的美景，也没有捕捉到树梢间流淌的音乐。他耳不闻声，目不观色。的确，我们这些苍白无力的西方人来到东方后，往往都是瞎子，比瞎子还瞎，这是我们的损失。

汤姆·德鲁拿着蝴蝶网走出合租公寓，一边吹着《扬基调》的口哨，一边想着济南。他非常想念济南，这个城市可比纽约近多了，但他从来没想念过纽约。不过，他现在的眼里都是蝴蝶，他兴致勃勃。他昨天运气不错，希望今天会更好一些。

他走了一两英里[①]，果然运气不错。

汤姆轻快地迈着步伐，但并不是太快，细心地在周围寻找。然而，他的眼中并没有树木、花朵或藤蔓——尽管他正漫步于地球上最美丽、也许是最富传奇的花园之一。

他离开公寓时，没有回头多看一眼，尽管那个公寓具有极大的价值。它建立在一座废弃的古庙之上。古庙的穹顶上依然保留着佛教的莲花图案，显得庄严而神秘。几个世纪前，这里曾供奉着一尊巨大的佛像和一些较小的石刻佛像，还有一尊华丽的关帝像（关帝是中国的财神，也是道教的重要神祇，自古以来在中国广受崇拜。有趣的是，即便是宣扬舍弃世俗财物的佛教，为了在中国更好地传播，也不得不将关帝纳入其信仰体系中）。几百年来，这些雕像与一群蝙蝠相伴。如今，这座古庙经过巧妙的改造，融合了中式与欧式的建筑风格。经过一番精心的清理和布置，这个公寓最终成了汤姆和三位英国人共同的居所。这座公寓配有宽敞的游廊和精致的百叶窗，弯弯曲曲的烟囱上了釉，外墙被攀爬的开花藤蔓和植物装点得生机盎然。遮阳的游廊不仅宽敞，还提供了舒适的休闲空间。藤椅和柚木桌子错落有致地摆放着，地面上铺着色彩斑斓的坐垫和地毯；每扇窗户上都悬挂着厚

---

① 1 英里约等于 1.6 千米。——编者注

实的窗帘，抵御灼热、刺眼的阳光。游廊的顶上挂着吊篮，里面装满了散发着香气的鲜花；还挂着一些造型奇特的中国灯笼。一张柚木桌子上随意地摆放着一本最近两个月的《笨拙》杂志、一本《中国年鉴》以及一顶破旧的遮阳帽。一位衣着整洁、面容布满岁月痕迹的中国奴仆——他看上去仿佛与中国古代哲学家老子相仿——正悄无声息地展开一张更大的桌子，为两人准备早餐：新鲜的枇杷、成熟的荔枝、香茗、半粉半白的火腿片、茄子馅饼、生姜和香烟。这座公寓本身就像一个温馨的家，还像一个小杂院，由不同风格的建筑元素组成：新旧交织，东西融合。这正是它的特色：奇异，美观，整洁，温馨如家。

然而，汤姆没有回头看公寓一眼，也没有留意捕蝶路上经过的风景，至少今天没有。

蕨类植物茂盛得宛如小树林，光滑的浅滩旁生长着芳香沁人的野生白蔷薇，一棵"圣树"上挂满了祈福的红布条。他轻松跨过的一条小溪，从五颜六色、长满了青苔的石头上流过，穿过柳树枝条组成的帘幕，欢快地唱着歌……然而，这些美景似乎并未吸引他的注意。远处的山路上，一队骆驼正优雅而缓慢地行进。一只雪白的野兔突然从他面前蹿过。一座古老的烽墩（坟墓状的石头建筑）静静地矗立着，很久以前曾燃起过烽火传递信息。然而，这一切似乎并没吸引他的注意。他路过了三座纪念孔子的石碑。这些石碑小巧精致，形似铅笔，是中国特有的文化符号，在山东地区最为常见——这里几乎没有佛塔。这些石碑不仅是对至圣先师的纪念，同时也承载着人们对福运的祈愿。他沿着鹅卵石街道，穿过一个只有四家小屋的小村庄。那里种满了成荫的向日葵和蜡树。然而，他连看都没看一眼。他的心中只有一个目标——捕蝴蝶。

山东是"蝴蝶之乡"，对于自然学家或业余昆虫爱好者来说，没有比这里更好的捕蝶场所。他们带着网出去，试图捕捉和杀死这些美丽而脆弱的生物。无数蝴蝶从汤姆身边翩翩飞过：柔美的珍珠灰蝴蝶、带斑点和条纹的蝴蝶、彩虹般的蝴蝶、美丽的细蝶、淡蓝色的细纹蝶、铜色蝶。还有吐丝作茧的蛾，一只只、一对对、一群群地出现；当然还有桑蚕，它们是大多数商业和艺术丝绸的主要来源，以及长着艳丽翅膀的大型蛾，它们也能制造人类所用的丝绸。他看到了这些蝴蝶，有远有近，但他都没有去捕捉。所有容易捕捉的蝴蝶，他都已经有标本了。尽管他极其渴望填补他收藏的空白，但他不是滥杀生灵的人。不过，一只巨大的、淡绿色长有银色玫瑰触角的"梦中情蝶"吸引了他：它差点落在了他的手上，实在是太美丽了。但是他昨天已经抓到一只了，和今天这只一模一样。他不愿再伤害另一只。这只蝴蝶一闪一闪地慢慢飞走了，他祝它好运。他渴望的眼神穿过植被掩映、隐约可见的狭隘小径，寻找他此次出门想要找到的东西。如果需要的话，他会出来几十次，甚至上千次，直到找到并捉住它：那是一种极为罕见的樱桃色帝王蝶，从来没有人抓住过，大多数博物学家称它为神话般的存在，诞生于中国一些脍炙人口的古老童话故事。他家里有一本图册，上面有这种蝴蝶的画作，但该图册的"权威性"被科学界的专家广泛质疑，因其不准确、不权威而且充满了丰富的想象。目前的共识是，即使樱桃色帝王蝶真的存在，也只会出现于中国的偏远地区，而且极其罕见——它更可能是很久以前某个中国诗人幻想的产物。然而，汤姆·德鲁相信——相信它真实存在。他渴望得到它，他会得到它的。在父亲第一次建议他去中国的那天，他就想到它了。甚至那时他就想，它可能真的存在。它不时地在他面前飞舞，从纽约一直飞到温哥华，甚至和汤姆一起驶过了太平洋。当他在风雨肆虐的船舱中睡觉时，他两次梦到那只蝴蝶落在他的枕头上。他在大洋中途只想起过一次尤祺，之后再也没有想起过。如果他们在中国相遇，他可能都认不出他，毕竟中国人实在太多了。但是他一次又一次地想起樱桃色翅膀的蝴蝶，这想法如此强烈，以至于他真的在思维中"创造"了它，见到了它，就像优秀的通灵者那样，能够创造并看到待放的玫瑰花蕾或逝去很久的人的面孔。现在他毫不怀疑，这种蝴蝶确实存在。因为当他问沃尔特·斯威夫特时，斯威夫特说，他的确见过一次这样的蝴蝶，就在离曲阜城墙不远的地方。斯威夫特虽然生活悠闲，手边有各种各样的古玩和象牙制品，还总是有上好的雪茄，对于对东方一无所知的汤姆来说，斯威夫特似乎知道中国的一切，去过中国所有的地方。他说，当时那只蝴蝶停在一朵巨大的柠檬色百合花喇叭口的边缘，那画面一下子吸引住了他。他站在那里看着，直到它飞走并消失在视线之内。对此，他记忆犹新。他再也没见过第二只这样的蝴蝶。再也没有。它的翅膀恰是成熟樱桃的红色——不是深红——在阳光下闪烁。它的脑袋是黑色的，很小，上面有一小块金色的斑点。它的触角末端有一点绿松石色；前翼是浅浅的锯齿状，只有一道模糊而有光泽的绿线——是淡淡的、柔和的绿色。当它掠过他的头顶飞起，扑腾着翅膀离开时，他看到它的翅膀都镶有玫瑰色和银色的条纹。汤姆毫不怀疑斯威夫特见过它，因为斯威夫特对蝴蝶没有特别的兴趣。而且，他不是博物学家；他感兴趣的是人类：他们是什么，他们想什么，他们做什么，他们建造了什么。他在看到这只樱桃色的蝴蝶之前，从未听说过这种蝴蝶，也从未读到过相关的文献，之后也没有。

于是，汤姆愉快地继续前行，打算今天或某天捕到一只樱桃色帝王蝶。

他又路过一座铅笔状的石碑，却没有留意。他路过了中国北方最奇特的三重牌坊，却没有看一眼。他绕过了一个古老的家族墓地——山东的墓地一般都有"掩护"，所以那时土匪也常常在其中藏身。他又跨过了一条潺潺的小溪，差点掉进一条更宽更深的小溪里。他狠狠地撞上了一块灰色的巨石，有人耐心、虔诚地在上面刻下了经常被用来教导百姓的话：

"善有善报

恶有恶报

若还不报

时辰未到"

意思是"行善招福，作恶招祸。如果恶行和善行没有得到相应的回报，那只是因为时间还没有来到"。

随后，汤姆看到了那只蝴蝶。它静静地停歇在一辆坏掉的手推车的轮毂上，翅膀优雅地展开。这辆手推车被一个不甚节俭的苦力随意丢弃在狭窄路边的蕨类植物丛中，任其腐朽。

确定无疑了！红色薄纱的翅膀，玫瑰和银色的条纹，长着金色斑点的黑色小脑袋！分毫不差！

汤姆的心剧烈地跳动起来。不论是在橄榄球比赛最激烈的时刻，还是在佛兰德斯的战场上，甚至是那天误解了父亲的电话买入而非卖空小麦时，都不曾有过如此剧烈的跳动。他气喘吁吁地站在原地，看着这个美丽的小生物，眼中浮现出一种奇怪的恐惧。他仿佛听到了鲍尔斯·德鲁发出短促沙哑的轻笑声："这就是你做的傻事吗？我也做过这样的蠢事。那时损失更大，我根本负担不起；而我们现在负担得起了。来吃午饭吧，我请你吃顿大餐，去德尔莫尼科，还是雪莉餐厅？"

那只蝴蝶要飞走了。汤姆轻轻地跟在后面。他路过一间小茅草屋，一个盲人正坐在门口吹笛子。那只蝴蝶停在一朵像它一样红的大蜀葵上，泰然自若地仿佛在听音乐。汤姆蹑手蹑脚地走近，举起蝴蝶网；蝴蝶飞了。汤姆跑去追它，向身后扔了一枚银币，丁零一声落在石阶上。盲人像朝臣一样站起来鞠躬，喊道："小的谢谢大爷"，然后又开始用竹笛吹出柔和、甜蜜的音符。这可怜的吹笛老人愿意接受硬币，但他不是个乞丐。山东很少有乞丐，不需要救济院或市政慈善机构；照料病人，喂养需要帮助的人，都是"家庭"的责任。不过，凡是神明抛来的东西，无论是苦还是甜，盲人都会接受；以同等的礼貌，甚至同等的感激之情欣然接受。

那只中国蝴蝶让这个美国人追了好一会儿！

从一朵花飞到一片花地，从树枝飞到藤蔓，它不断落下又飞起，从未停留太久，也从未飞得太低或离猎人太近。

汤姆·德鲁穷追不舍，轻手轻脚、小心翼翼地跟着。他会一路追到长城上的玉门关，一直追到双腿失灵、血压不济。长城是公元前200年，秦始皇为抵御匈奴人的进攻而修建的，至今仍矗立在山东省以北两百英里的地方。

他一次又一次握紧蝴蝶网的手柄，小心地举起网。那只樱桃色的帝王蝶不知疲倦地飞翔。汤姆满脸是汗，嘴角频频抽搐。他的遮阳帽被一根树枝挂住了，他扯掉了它，任由那顶帽子挂在那棵古老的银杏树上，就像它结出的一颗新奇的水果。蝴蝶依旧飞翔。汤姆·德鲁依旧穷追不舍。从来没有一个男人，像这位美国商人在山东的树林中追逐樱桃色的蝴蝶那样追求一个女孩——如此热情，又如此克制和谨慎。

他们这样持续了几个小时——汤姆和那只樱桃色的蝴蝶。

第五章

　　古老的灰色雉堞蜿蜒曲折，如一条懒散的大蛇盘绕在那座巨大豪华的宅邸周围。墙壁年久失修，再无保护功能，更多的是一种装饰和地位的象征。墙体饱经岁月的洗礼，几个世纪以来，承受了山东的酷暑和严寒，如今墙体已软化，污渍斑驳。在它的缝隙里，到处长着娇嫩的野花，它们是鸟儿和风儿播的种子长成的：小小的碎米荠、银莲花、矮紫罗兰，还有十几种其他植物，微小的蕨类和柔弱的藤蔓在其间蜿蜒生长。这是一面非常奇特、美丽的墙，雕刻着精美、复杂的镂空图案。图案共有十五种，每一种都包含着独特的含义或故事。它们重复出现，如同镶嵌在中国贵族女性衣饰（长袍、外套和裤子）边缘的刺绣，象征着山川、海浪、嬉戏的风。

　　这道院墙不矮，很久以前，弓箭还是中国最具威胁的武器时，它或许是一个非常有效的屏障。如今，它已经失去了保护功能，镂空的部分被坚固的石头填满。现在这堵墙仅仅是一道风景，是代表家族隐私和地位的社会标志。

　　实际上，这堵精致、充满奇幻色彩的古老墙体不仅仅是战争的遗迹，如今更具有科学的功能。在它的远端，有一具精美的黄铜望远镜，在金色的阳光下闪闪发光。

无论在世界的任何地方，只有极其富有的人才能拥有这样的宅院及周边的花园。

在小树林间，水面波光粼粼。

一艘色彩斑斓的小船，小得像个玩具般，在它红漆色的甲板上，放着花朵图案的丝绸垫子。小船静静地停靠在一片银色的湖面上；湖面如此静谧，仿佛一幅画。花儿在阳光下闪耀着光芒。这个庞大的房子足以容纳两百多人，一点儿也不会显得拥挤。房子的轮廓和那堵古老的灰墙一样蜿蜒曲折。

汤姆从山坡上眺望，看见低矮的屋顶上成千上万块瓦片闪着翠绿的微光，意识到自己在俯瞰一个重要而独特的地方。

这堵墙上有三扇门，其中一扇高大宽敞，非常华丽，门上画着驱逐妖魔鬼怪的门神，两侧是看门人住的小屋。每道门都有守卫，上面还用链子拴着一只丑陋、很不安分的老猫。在房子后面，还有一扇不太显眼的门，被垂柳和夹竹桃遮掩着，隐没在墙中。这里无人看守，只在门内上了闩。

一只鸟在枇杷树上欢快地歌唱。马厩里的马匹和骆驼有的打盹，有的嚼着草料。十几个人在小溪旁洗衣服，用扁平的木棒敲打着衣物，声音从远处传来，单调而舒缓。小路上、梯子上、树木间、灌木丛中、花坛里，都有戴着大帽子的园丁和清洁工慢吞吞地劳作。一缕白烟从曲折的烟囱中升起——这缕烟表明，在如此设施齐全的大房子里，可能从来没有人做过饭。这座大房子的其他烟囱都闲着。天气这么热，没人会点火取暖。其实，这些并不是烟囱，而是烟孔，平坦而又不显眼。它们是西方的舶来品，是这个非常中式的住宅最近的一项创新。

有一道小门半开着，没有人进出，里外也都没有人接近。

汤姆并没有注意到这一点，因为他现在没有多余的精力。这当口，就算是紫禁城在眼前，他也不会有兴趣看一眼。

他差点就要捉到这只蝴蝶了，可这猎物又躲开了。它似有意似无意地飞进了半开的大门。

汤姆小心翼翼地追了过去。

蝴蝶继续逃跑，汤姆继续追逐。蝴蝶没有伤害任何人，只会让一个西方人越来越恼火。汤姆确实越追越恼。他踩坏了一株蕨类植物，打翻了一个昂贵的盆景。他们穿过了两座桥，惊扰了一大群金鱼，吵醒了树上一只笼子里的红腹灰雀。汤姆绕着一扇漂亮的屏风跑，把它撞倒了。

然而，汤姆根本没听到响声。一个正在刺绣的女孩听到响声抬起了头，看见那扇漆架绸面的屏风被撞坏了，却毫不在意。

她坐在一棵枝叶低垂的桃树下刺绣，看到了汤姆，而汤姆却还没看到她。她继续从容地做着她的精美刺绣，完全没有看针线，就像熟练的绣娘。她始终盯着这个入侵者，朱唇微扬，带着一抹慵懒、愉悦的笑意。在看到汤姆的那一刻，她棕黑色的眼睛瞬间亮了起来，仿佛突然看到了某个不期而至的老朋友，一个她深为信任、重视和欢迎的老朋友。但她只是安静地坐着，继续从容地绣着，同时坦然地看着他，目光从未离开片刻。

那只闪闪发光的红蝴蝶落在一株玫瑰上，恰好停在汤姆拿的网子的可及范围内。红色的玫瑰花开满枝头，仿佛被蝴蝶点燃了。汤姆小心翼翼，紧握长柄缓缓地移动，抬起网子准备捕捉，却还是晚了一步。蝴蝶飞走了，这次是真的不见了。

"该死！"

"运气不好。"女孩轻声说，"耐心点就会成功的。"

汤姆不知疲倦、全神贯注地追了那只樱桃色翅膀的蝴蝶几个小时，但是现在它飞走了。他没瞟一眼这个意外之人，只是一动不动，沮丧地望着蝴蝶消失的方向。他没有想到要解释自己是谁，为何会来到这里，也没想到要为不修边幅地突然出现在这里道歉。这里高墙环绕，明显是个私人花园。

女孩包容地一笑。这并不是因为在她的民族中，女人习惯于包容男人孩子般的古怪行为（尽管西方常常谈论、读到和创作过很多关于这方面的无稽之谈），而是因为她发现他根本就没有看到她，也没有听她说话，不知道自己身在何处。他完全沉浸在与那只蝴蝶的较量中了。一个高大强壮的男人和一只薄纱般的红色蝴蝶之间的对决。他的样子看起来太滑稽了。这么热的天，即使是中国男人外出时也会戴帽遮阳，而这个闯入者没戴帽子，身上的薄衬衫湿透了，紧紧地贴在身上。他的鞋子烂兮兮的，脏得可怜；腰带和领带也都歪歪斜斜的。在这样的酷暑里，这是她见过的看上去最热、皮肤最红、出汗最多的人。

"如果你现在不紧追它，让它忘了你想捉它这件事，你可能就能捉到它了。"

"紧追它？"汤姆恼怒地反驳道，"我都不知道那家伙飞哪儿去了，怎么紧追它，你倒是告诉我！"紧追它！好像他完全不懂怎么捕蝴蝶似的！

"我倒是真知道，"女孩温柔地说，手中仍做着针线活，一针都没停下来，"它就在那棵银杏树上，很高很高，你捉不到的。这会儿还捉不到。如果你朝银杏树再多走一步，它就会飞走。可你要是等一会儿，它很快就会飞来，那时你就能捉住它了。它现在藏在一片树叶后面，在休息呢。我想那可怜的小东西一定累坏了。它们能飞很远，但是也会累，即使是蝴蝶也会累的。不过，我认为它肯定没有你累。你看起来累坏了。"她的声音很平静，但眼里似乎带有一丝哂笑。"你要不要坐下来休息一下，凉快凉快，喘口气？这是你抓住你的'樱桃宝石'的最好机会。它们可不容易抓，我从来没听说过有人抓住。这种蝴蝶不多，非常罕见。我建议你坐那把椅子，它很舒适。"

汤姆一时没有"回过神来"，仍是不甘地凝望着空中。"樱桃宝石"，他茫然地重复道。

"我们这么叫它。我不知道它们的学名是什么——如果它们有学名的话——也不知道你们的博物学家有没有发现它们。"

汤姆将疲惫的思绪稍微调整了一下，低头看向长凳，看到了正坐着做针线活的女孩。

天呀！一个中国女人！他究竟来到了什么地方？或者，她可能是日本人？山东的确有很多日本人。他大部分时候都分不清日本人和中国人，很多欧洲人也从来分不清。他下意识地瞥向她的脚。她的双脚清晰可见，没有裹小脚的迹象，非常美观，大小和他记忆中莫莉的脚相似。但这个发现并没有给他提供什么线索。他对中国的了解还很浅薄，无论在中国待多久，他可能都无法深入了解。但他注意到，并非所有中国女性都缠足。这位女孩穿着的"宫廷鞋"，他想莫莉会这样称呼它们（而他可能会简单地叫它们"拖鞋"）。莫莉也有可能穿这样一双鞋：一双棕色的高跟绒面鞋，鞋头用细小的钢珠缀着一只蝴蝶——竟是一只蝴蝶！这个女孩穿的丝袜，莫莉也很可能会穿，只是她通常穿的比这薄。接着，他观察她的衣着。她穿着更像是英国女性会穿的整洁服装，而不是许多女性居家穿的衣服：一条朴素的棕色裙子，一件同样朴素的白色丝绸束腰衬衫。这位女孩看起来很聪明，并且她没有他所认为的那种东方女性特有的羞怯。这个女孩毫不羞怯，这显而易见。她坐在那里，充满自信，仿佛拥有整个世界。即便是个美国女孩，在这种突如其来、毫无防备的情况下，也不会比她更从容自信。她生气吗？慌张了吗？至少表面上看不出来！他立刻觉得，这是一位淑女。这让他有点惊慌。要不是他的帽子被挂在几英里外的一棵银杏树上，他就要脱帽行礼了。他从没意识到，中国也有淑女。他的很多美国同胞，以及许多其他白种人，也都没有意识到这一点。很难说这个女孩是否漂亮。她的"外貌"对美国人来说太陌生了。但是他确信，她绝不是普通人，她的举止从容优雅。汤姆·德鲁识人很准，这是从他父亲那里继承来的宝贵天赋。如果不是因为这种天赋，像老德鲁这样的人很少能如此迅速地积累财富，尤其是在美国。

汤姆的目光从长凳上的女孩身上移开，开始环顾四周。真是个神奇的地方！这不是个热带花园。山东远离赤道，冬天积雪覆盖，冰封雪冻。这座古老的花园肯定以其精致著称。羽毛般轻柔的草丛高过人，在微风中轻轻摇曳，似乎只有这些轻盈的草叶才能感知到风的轻抚。一道道拱门连接，错落有致，有点像牌坊或日本的鸟居，在紫藤的绿意和紫花的映衬下更显雅致。夏末的紫罗兰绽放着不可思议的美丽，而更引人注目的是那些粉红色和白色的小百合，它们随处可见，为整个花园增添了一抹清新与活力。檀木麝香的丝带卷曲打结，像小溪一样穿过草丛。银莲花和郁金香构成了彩虹般的池塘，色彩斑斓，生机盎然。园中的石凳宽敞而精致，雕刻着花边和图案，庄重地展示着自己的价值，邀请人们停下脚步，享受片刻的宁静。一条绿色丝绸般的小溪在拱桥下静静地流淌。这座拱桥由红色大理石精心打造而成，半掩在忍冬和茉莉花丛中，显得别致典雅。这座花园最吸引人的地方，是它精致的整体布局和随性的风格，充满了出人意料的转弯和回环，树木和闪耀的天空交相辉映，到处都有新的惊喜。好一座气派的花园！银杏树、杉树和美丽的槐树丛，形成了一条长长的不规则的观景通道，沿着它可以望见住宅、错落有致的院落以及四周的偏房。在汤姆看来，这不仅仅是一座房子，而是一位艺术家用奇特的想象力绘制的一幅油画。这不仅是一个用来居住、活动、烹饪、进餐、交谈的建筑，而是一个值得观赏和赞叹的奇迹，一个伟大的成就。

这个地方太深远、太庞大、太复杂、太陌生了，让汤姆·德鲁这个西方人震惊了，都难以捕捉到任何细节。不过，这也让他第一次领略到（哪怕是非常轻微地）中国的魅力。他看得目瞪口呆，感到一种压抑，体会到了个人的渺小。

"天呐！我这是在哪里？"

"不在天上。"女孩微微一笑，有些戏谑的意味，但完全是善意的。"您在我们的花园里。请坐！您最好坐下休息会儿。那只'樱桃宝石'还没动，我看着呢。这是我父亲的花园，我想知道您是怎么进来的。"

"我走进来的。非常抱歉。我也没太注意我是怎么进来的，我一心只想着上面的那个家伙，恐怕没有按门铃。非常抱歉。谢谢您没有把我赶出去。"他补充道，并在那个铺有软垫的柚木椅子上坐下，显然很疲惫。那把椅子的确很舒服，非常舒服。汤姆摸出手帕，擦了擦满是汗水的脸，终于舒了口气。

"您当然没有按门铃，我们家没有门铃。我想西门是开着的，桑伯抽着烟睡着了。要是祖母知道的话，我可真为他难过。您大概就是从那里进来的吧？毕竟，您总不会不知不觉地翻过一堵墙吧？"

"不会，"汤姆咧嘴一笑，"我想我还没那么糊涂。但是我真的不知道是怎么进来的。但愿没有让可怜的老伯惹上麻烦！他是谁？你们的门卫吗？"

"是的，我们的一个看门人。他烟瘾太大。您不用担心桑伯。祖母经常打他，他现在已经习惯了。"

"可怜的桑伯！"

女孩开心地笑了："在中国，做祖母的可以为所欲为。好吧，不管您是怎样进来的，"她放下手中的活，严肃地看着他，恳切地向前靠了靠，纤弱的声音中多了一种敬意，甚至还有一丝温柔，"不管您是怎么进来的，都非常非常欢迎您，德鲁先生。"

第六章

　　美国女人可能一生也不会有一刻感到语塞，美国男人却偶尔会骇然失声。汤姆此时正惊得哑口无言，茫然盯着眼前的中国女孩（如果她是中国人的话），怔怔地向她眨了眨眼。

　　她怎么知道他的名字？她是谁？她是做什么的？他又在哪里？他们从前见过吗？当然没有！他还从未和中国女人说过话，在济南甚至都没和任何一个老板娘说过话。在卢瑟福夫人的客厅里，他相信自己见过当地所有三教九流的白人女性。济南的欧洲人不多，无论是居民还是过客，卢瑟福夫人都会盛情招待。但她像汤姆一样，似乎对黄种人没什么兴趣。汤姆从未在她的平房里遇到过东方人，荆峰当然也没有给他介绍过他的女性亲眷。天知道，这女孩怎么知道他的名字？可她确实知道，甚至连猜都没猜。她信心满满，准确地喊出了他的名字，仿佛在说一个人人皆知的名字。

　　他刚有个想法，她就说了出来，回应了他未说出口的想法。中国人经常会有一些这样不可思议的行为。她不光回应了他的想法，还喊出了他的名字。她竟能做到！如果她叫他"史密斯""琼斯"乃至"乔纳森"，他也不会如此惊讶。这就像西方人可能会不恰当地称中国人为"约翰",而不是过分地称他们为"中国佬"。但她却叫他"德鲁"。"德鲁"这个姓氏在纽约,甚至在费城,都并不常见。他甚至敢打赌,在他之前从没有一个姓"德鲁"的人来过中国。

"德鲁先生,您的名字在这里确实人人皆知,"她说,"我们提起您,都心怀感激。非常欢迎您来到这里。"

她耐心地等他回答,朱唇上挂着一丝友好的微笑。

汤姆怔了很久,依然不知所措。当他不得不开口时,也只能低声感叹:"天——啊!"

女孩嘲弄地摇摇头,嘴角顽皮地翘起来,但那双温和的琥珀色眼睛充满了柔情:"我可没去过那里。"

就事论事,汤姆·德鲁当然也没去过。

他绞尽脑汁地回忆。天啊!他突然意识到了什么。这肯定是查理·托里或者其他什么人,在瓦萨舞会,或西点军校,或其他什么地方,偶然介绍给他的一个日本女孩。肯定是她!有很多日本人现在住在可怜、古老的山东,荆峰这么说过。

"我知道了,"汤姆向她说道,"我才反应过来!您就是那个日本女士……"

"绝不能这么说!"她立刻打断他。汤姆嘴里说出的话,对她来说是世上最大的侮辱;她迅速地打断了他,但声音却异常柔和。她的面色虽然有些变化,但眼中依旧保持着温柔,甚至是尊重。

"那我是在济南见过您吗?"他带着一丝绝望问道。

"我们以前没见过面,德鲁先生。"她立即告诉他,"我们都盼着见到您,虽然没抱有希望。不过,我们确实说过要去美国找您,专程向您道谢——尤其是我祖母。我们从未见过面,但我立刻就认出了您。我有您的照片——有不少呢。"

在短短的几分钟内，汤姆·德鲁感到了前所未有的震惊。他已是第二次说不出话来了。就算本杰明·富兰克林突然从一张绿色的百元美钞上向他微笑，张开嘴唇叫他"亲爱的汤姆"，他都不会比现在更惊讶、更难以置信。此时的汤姆呆若木鸡。是的，没有更优雅的词能形容他此刻的困惑了。

单是眼前的这个女孩，就已经够令他困惑了。她说的这些话，就更令他匪夷所思了。她显然是一个纯粹的东方人，却像个英国女孩一样，穿着英式的服装。无论是在人潮拥挤的香港街头还是在济南，汤姆对见到的中国女性都不甚留意，也毫无兴趣；但他不得不注意到，这些女性中的许多人——几乎有一半——在衣着上模仿欧洲女性，但只是滑稽如漫画般的拙劣模仿，简直是不伦不类。眼前这个女孩不仅穿着西式服装，还穿得轻松自在。她除了会把"r"发得像"l"之外，英语和汤姆说得一样流利，各种习语也信手拈来。她为何会穿英式服装？她从哪里学的英语，说得这么流利？她说英语像他一样轻松，虽然语速慢些，也更为谨慎，有些单词的发音还有点儿费力。她声称自己从未去过美国，而且显然对美国了解不多；否则她就会知道，在美国到处都能打听到鲍尔斯·德鲁独子的地址。至少半个美国都知道。她究竟是从哪里得到他的照片的？他想知道，他的照片是怎么会流传到山东"内地"的。难道她是从纽约的哪份报纸上看到他的照片吗？他不记得他的照片何时上过报。就算上过，报纸上的照片往往也与本人相去甚远，可她竟然认出了他。而且她说的是"照片"，好像指的就是照片。

"我有三张您的照片，上面只有您自己，还有很多您的合照。"即使如此，他也没有猜到。他现在已经放弃了。"我从前有四张您的照片，但祖母拿走了她最喜欢的一张，摆在我们家的祖先祭坛上，对它顶礼膜拜。她将您视为家人，德鲁先生。""我每天都爱慕您。"女孩轻松说出这令人震惊的话："很多年了，我们都爱慕您。"

汤姆不再想说话，也不想思考。不过，他心中开始疑惑："我是醉了，还是疯了？"汤姆·德鲁一生中还从未喝醉过，也从没有人怀疑过他精神失常，甚至有人认为他是个天才。在这之前，他也曾怀疑有女孩喜欢他。有一两次，他希望如此。可即使是他在美国认识的最健谈的女孩，也不会告诉他：她爱慕他。汤姆很清楚，每个美国男人也都很清楚，女孩生来就是为了被爱慕，而不是为了爱慕别人，如果这世上真有爱慕的话。"我爱慕您"，真是刺耳。任何一个女孩爱慕一个人都不是好事，这么说出来更是可怕。汤姆会感谢别人欣赏他，欣赏总是值得感谢的；但是，算了吧，他可不想让任何黄种人女孩爱慕他。这是在冒犯他的人品。他感到反胃。更糟糕的是，他真的成了某个老太太的家人了吗？他可得小心！他是不是被蛊惑了，完全疯了？他曾听说，在中国什么怪事都能发生。沃尔特·斯威夫特就曾严肃地警告他，有些中国人"有点东西"。但是他从来不相信这些话。哪个理智清醒的人会信呢？纯属闲扯。但是！他在这个疯狂的国家到底遇上了什么事？如果怪事源源不断，他就要赶紧回国，比来中国还要快。艾琳·卢瑟福-卡迈克尔戏弄他，纯粹是为了好玩。这无所谓，只是一个恶作剧而已。但是这里竟然有一个他从未见过、听过的女人声称，认识他很久了。还是个中国女孩！一个貌似淑女的女孩！一个中国女孩竟然是淑女，真是奇怪！她甚至还声称爱慕他。她说这话时声音没有颤抖，还直视着他的眼睛，甚至都没有脸红。

是那个女孩疯了，还是他疯了？还是他误打误撞地走进了中国某个可怕的犯罪巢穴？他要逃跑！尽量不要大惊小怪。但如果没办法的话，怎么做也无所谓。汤姆·德鲁不是清教徒，但是他很健康。他答应过他父亲几件事。

他悄悄地站了起来。

女孩说："我明白了，您不知道我是谁。一开始我甚至希望您是来看我们的。我真傻，您只是惦记着那只樱桃宝石蝴蝶罢了。您到这儿来，纯属意外。但对我们来说，这是个非常珍贵的意外，德鲁先生。"

真该死！他是个傻瓜，是个笨蛋。这个女孩很好！毫无疑问，她有着少女的尊严。她骄傲、温柔的眼神中带着坦率和自尊，这是不容置疑的。不管这个谜团究竟意味着什么，也绝不是她的错。

"在哈佛，您在我哥哥最困难的时候帮助了他。"

汤姆一下子就明白了。天呀！他这是径直走进了尤祺的家，还遇到了他的家人。他甚至机缘巧合地碰上了尤祺的妹妹。说不定尤祺那小子也在这里。他听说中国人都住在一起，一个中国家庭有时有数百人，好几代人生活在一起。这可真是一锅粥了。他已经身陷其中，必须得尽快脱身。但是也没必要对这个女孩无礼。

"您是祺小姐吧？"他说，"我从来没有想到，您看，我根本不了解您哥哥，而且……"

"除了那几个中国学生，没有人了解他，"女孩有点伤心，"但是您救了他，让他免于一场大灾难，德鲁先生。尤祺非常感激您，我们也非常感激……"

"哦，"汤姆不太想接话，"那没什么。"

"这对我哥哥来说很重要，对我们来说，意味着一切。"

"真的没什么，祺小姐。"

她微笑着纠正他。

"不，我不姓祺，我姓尤。"

汤姆羞愧得满面羞红。他来到中国后，已经学到了很多。只要在中国生活的时间够长，总会学到中国的一些皮毛，哪怕刻意不想学都不行。

"哦，对。我不知怎么就搞错了。对不起，尤小姐。"但事实上，他在坎布里奇时并不知道"尤"才是这位中国新生的姓。

他对尤祺几乎一无所知，也不怎么关心。

"您哥哥还好吧？"汤姆有些尴尬地问。

听到这句话，女孩的眼中立刻溢满了泪水。他吓了一跳。

"他已经长眠地下了，德鲁先生。尤祺在哈佛就去世了，就在您毕业一年之后。"

"天哪，听到这个消息我很难过。"这句话很苍白无力，但他也想不到更合适的话。而且，在这里面对这个长着一张中国脸、衣着却像她家人的女孩，他莫名地为自己不知道尤祺的死讯而感到内疚。当然，他没有内疚的必要。毕竟，他毕业后就没回过哈佛。就连他在校时的很多同学，也都已经失去了联系。他们都是美国人，都是他曾经的密友。但是尤祺的死讯，莫名地让他感到自己错了，好像他苛待了这个娇弱、友好的年轻人。

女孩或许有所察觉，但她没有表现出来。她显然也不想让自己的悲伤——六年后依然猝不及防——打扰汤姆，或者影响对他的欢迎热情。汤姆很善良，理应受到热烈的欢迎，尤家非常感激他。她没有让眼泪掉下来，随即便轻松地转换了话题。之后他们的谈话变得愉快起来，当然主要是女孩在说。汤姆仍然非常不安，甚至有点冒犯地想知道，他何时可以离开，但他一点儿也没有感到无聊。他完全忘记了银杏树上那只长着樱桃色翅膀的小东西。或许，它已经不在那里了。

第七章

稍后，尤小姐问汤姆休息得怎么样了，是否愿意随她进屋。
"或者我叫个仆人来，请我的父母和老祖母来见您？"汤姆绞尽
脑汁，想找个借口把这两个提议都推脱掉。他简直烦透了。他说
他必须马上离开，他有个重要的约会，已经快到点了。而且，他
现在的穿着太不得体了，贸然拜访尤氏夫妇，很不礼貌。如果可
以，改日他会登门拜访。但是那个中国女孩甜美而坚决地打断了
他，就像拂去新织的蛛网一样轻松。

"我可不能就这么放您走！这太怠慢了，简直是罪过。德鲁
先生，我父母会很难过，我祖母会打我的。"汤姆难以置信，想问
又问不出口，疑惑都写在脸上。

尤小姐点点头，意思是"是"，而不是"不"。"她真的会打
我，"她笑着说，"这里可是中国呀，您知道的。当我在英国上学
时，最让我惊讶的是，很多英国人根本不怕他们的祖父母，也不
对他们百依百顺。我花了好几年才明白这一点。我们要是惹恼了
祖母，所有的人都会倒霉。我们都非常小心地顺着她，只是我们
有时候也摸不清她的喜好。我尊敬的祖母是一位了不起的女士。
她才华横溢，学识渊博，但脾气也暴烈得吓人。她很容易动怒，

稍不顺心就会训斥责骂，真生气了就要打人。但是她很慈祥。我从小就没挨过打，长大后也很少。她从来没有打过我母亲，而且我敢肯定，她也没有打过尤祺。但是她经常打我父亲。我父亲的小妾们也经常挨她的棍子，仆人们挨打更是寻常。我出嫁的姐姐们，有时回娘家来看我们；虽然她们已经不算我们家的人了，祖母现在没有权力骑在她们头上，但是如果她们惹恼了祖母，她也会打她们的。她会说，诺儿的婆婆性子太软弱，过于纵容；会说萍儿的丈夫把她宠坏了。祖母一直是个优秀的女人。如果她愿意，她也可以非常迷人。您会喜欢她老人家的。"

汤姆可不信。

"她不会打您的。她会跪在您脚边敬拜您。"

"啊，别！她不能那样做，我会像个傻子一样不知所措。我并没有做什么了不起的事，换其他任何人也都会这么做的。我向您保证，尤小姐。请先容我告辞，我改日再来拜访。"他以后会非常小心，决不能再来这里。这简直太可怕了。

"您不能如此忽略我们的感激之情，"她恳求道，"祖母会伤透心的。她很老了，也很可爱，我们都非常爱她。我觉得她即使是在打'小子'的时候，也很可爱。"

"喂，您是在逗我吧？我知道老太太不会打小孩儿的。"

"她真的会打！几乎每天都要打一个。我父亲最小的小妾，经常躲着我祖母，在她面前一直蹑手蹑脚。对我们来说，她可是个小淘气，我妈妈都很宠她。"

当一个中国女孩说，一个中国老女人可能会拜倒在他的脚下时，汤姆·德鲁——这个来自纽约的人脸红了。从脖子红到脸，红得发紫。他听说过中国有纳妾的习俗。但是一个女孩子，看起来很好的女孩子，一位淑女，提到父亲不光彩的女性伴侣时，竟然如此坦然，这简直惊掉了他的下巴。

他赶紧把话题从小妾上岔开。"您不必告诉我，您的祖母会打小孩儿。我是不会相信的。"

"不是您想的那样，德鲁先生。"女孩微微一笑。"我们说的不是真正的小孩儿，"她有点伤心地补充道，"而是女仆。她们在家里陪着我，除了我的姐姐们来看我们的时候。我们中国人把农民和仆人称为'小子'，因为他们的头脑像小孩子一样。我们得照顾他们，为他们着想，就像为小孩子做的那样。当祖母认为必要的时候，会用棍子来教训他们。但是她很明智，大家都敬她爱她。除了桑伯，恐怕他除了烟斗什么都不爱。"

汤姆知道，他躲不掉了，于是不情愿地站起来，跟着尤小姐穿过花园向房子走去。他保证绝不再来第二次。他在心里虔诚地祈祷，他在见尤祺家人的时候，不要见到尤祺父亲最小的小妾。但他又暗中发笑：如果他在见尤家人时见到了这位小妾，等他下一次给他尊敬的父亲写信的时候，可就有的好写了。

这个中国花园非常漂亮。当然，它是在模仿自然。每个中国花园都是这样，哪怕是农舍旁的小园地。在冷漠的西方人看来，中国大户人家的花园或许古里古怪、故弄玄虚，但对于深居闺中的中国女性来说，却弥足珍贵：花园中的假山、溪流、岩石、峡谷、荒凉的山路和舒适的林间空地，为女性生动地展示了她们看不到的外部世界。你可以说，这是一个设计好的戏剧布景，但它太美丽、太优雅了，对于深居闺阃的中国女性来说，这是个令人陶醉、充满新奇和冒险的自由之所。

除了皇家花园，很少有花园像尤家的那么大；即使是"老佛爷"的花园，也没有它可爱和精致。

这是个"万园之园"，集万千花园于一体。它像个公园，到处都是天鹅绒般的绿草地，树木林立，有黑色的、银色的、古铜色的，树叶像厚厚的垫子。这里的池塘开满睡莲，棚架爬满花朵，矮树枝叶伸展，高大的牡丹篱笆和竹子屏风将整个花园分隔成若干幽静的角落。这是一个可以生活的花园，一个可以梦想的花园。

这里有人造的山丘和溪流，那些巨石不知费了多少人力和物力才运来；还有无数的湖泊、池塘、水池和鱼缸。这里有像花朵一样可爱的水果，在阳光充足的矮墙下茁壮成长；所有山东生长的花卉，这里应有尽有，还有十几种花是这位尤小姐从英国带回来的。她想方设法使它们在自己的家乡生根发芽，茁壮成长，虽然她并未在异国他乡找到真正的归属感。

花园中有一座寺庙和若干茶馆，到处都有绿竹和紫罗兰。

在被蕨类植物和柳树环绕的湖泊中，大量鲜艳的陆生花像是从水中生长出来似的，其实是生长在一个堆满土壤的木筏上。

鸟儿在树梢间自由飞翔，笼中的鸟儿则唱着悦耳的歌。孔雀昂首阔步地穿过小路，在露台上炫耀它们珠光宝气的羽毛。玫瑰丛中挂着风铃，风一吹就会对着玫瑰轻吟欢唱。垂柳的枝条轻轻拂过雪果丛，一切都显得宁静而和谐。

尤小姐突然停下脚步，带着一丝歉意说："啊，德鲁先生，您的蝴蝶，我忘了！"

汤姆·德鲁也已经忘记了蝴蝶的事情，只是随意地说："随它去吧，它肯定已经飞走了。"

确实，蝴蝶已经飞走了一段时间。"我现在不想捉它了。"这倒是千真万确。汤姆·德鲁此刻只想逃离这里。他愿意付出几年的收入，只为换取离开的机会。他感到自己特别愚蠢。但是他对女性有一种天生的好感，容易产生骑士精神，这是大多数美国男人共有的品质。他不相信那位尤老太太真像她孙女描述的那样；但他深信，女人始终会坚持自己的意愿，男人越早让步越明智。尽管他内心感到恼怒、尴尬和愤懑，却还是极力把这些情绪隐藏了起来。他佯装喜悦，继续跟着那个中国女孩往前走。他们走在曲折的黄土小径上，炙热的阳光从天空倾泻而下，穿过茂盛的树叶空隙。淡淡的香气从无数花朵上滴落，随着懒洋洋的微风弥漫在整个空气中。

那条曲折的黄土小路没有树荫，汤姆真希望他的帽子还在。

显而易见，尤家非常富裕。他们遇见许多穿青衣的园丁和行动轻快的洒扫工，还有坐在竹梯上工作的男人和男孩。他们在修剪藤蔓和果实长得太密的高枝，清扫路上的树叶。其实，道路已经相当整洁，这都是园中苦力们日复一日辛勤劳作的结果。当女孩和汤姆走近时，每个弯腰劳作的苦力都会站起来鞠躬，再转身，直到他们走过。即使那些在看似危险的摇晃的竹梯上的男孩和男人，也是不看他们就鞠躬，然后转过身去一动不动。汤姆怀疑，他们是否因为看到年轻的女主人身穿西方服饰，和一个西方男人并肩行走而感到不悦？还是说，这是中国家庭中仆人对主人表现出的谦卑姿态？这种复杂的情感和礼节，对汤姆来说，既陌生又难以理解。

他觉得通往房屋的路似乎格外漫长，但终究他们还是到了。尤家的房子并不是常见的样式，给他的第一印象就像一条长满了鳞片的巨大蠕虫，简直不可思议。当他们沿着小路走下小山转弯时，他看见那座房子就在下方。房子很长，只有一层，布局不规则，有许多嵌入式的游廊和一些有围墙的偏房。这就是他的第一印象。在绿色琉璃瓦的飞檐，挂着几十盏灯笼，有些奇形怪状，汤姆根本没想到它们是灯笼。整个房子朝南，但蜿蜒曲折，时而向东，时而向北，时而向南，时而向西，反复折回。金色的阳光倾泻在帐篷状的屋顶上，每一部分都泛着绿光。许多窗户都贴着厚厚的丝绸般的油纸，也有一些镶着漂亮的玻璃。屋顶边缘悬挂着长着花和藤蔓的吊盆，约有灯笼的一半多。在热情的女主人的带领下，他们走向一个巨大的影壁。汤姆在威海卫和济南也见过一些影壁，但这是他见过的最丑的。他更想不到的是，这是全中国最昂贵的影壁之一，值五千两银子！这面影壁修建的时候，人力成本比现在廉价得多。当时"两"是个价格单位，一两可以买很多东西。

一只瘦长的猫，有灰狗那么高，冲着他们嚎叫，把拴它的链条扯到了头。尤小姐完全不理它。但汤姆看它拼命挣扎的样子，担心它会把自己的头扯掉。这是他见过的最不讨人喜欢的猫。难道中国没有防止虐待动物的协会吗？他不知道他那爱猫的母亲会对此说什么。但他很清楚他的安妮姨妈会怎么说！她是新罕布什尔州防止虐待动物协会的一名官员，十分激进。汤姆担心，她会把全部身家——几千美元——都捐给一家猫舍或驴舍。

这座影壁没有其他的守卫，只有那只老瘦猫看守。因为经过它就能到达房子的大门或入口，因此有必要在影壁的一端来个急转弯。没有妖魔鬼怪能转过这个弯来，因为它们非常愚蠢，而且心智薄弱。

"德鲁先生，"女孩一边说，一边领他绕过这面影壁，"祖母还不知道清朝灭亡了。请您别在她面前提这件事。我们一直瞒着她，因为担心她会被气死。"

"她肯定能从报纸上看到！"

"不会的，她不能阅读。"

"她失明了？"

"当然没有！她的眼睛是全中国最敏锐的。她只是不能阅读，仅此而已！"

"可是，你说过……"汤姆刚开口，又打住了。

"她很有学问。确实如此。她只是不识字，也不会写字。她出生的家族不教女人读书和写字，尽管家里不少人都很有学问。读写只是教育的一小部分。你不这么认为吗？一点也不重要。"

汤姆只能惊讶地瞪大眼睛。

"我们经常给她读东西。幸好，她一般只让我们读古书，一些经典作品以及她最喜欢的诗人。隔好一段时间，她才会让我们中的一个人给她读报纸。那时我们就必须非常小心。"

"她会说英语吗？"

尤小姐笑了笑："祖母只会说中文，她会说官话和山东话。有时她会突然说出自己家乡的方言，但只是说几个字。她不会说任何外语，也不怎么关心国外的事。我哥哥求了很久，她才同意他去美国上学。不过，她从来不会拒绝哥哥的任何请求。哥哥请求去留学的时候，祖母建议先派我去国外看看，哥哥会不会在外面待得舒服。那时我还不到十岁，就和一些朋友一起被送到了英国，那些女孩的父母希望她们能上一所英国学校。祖母也从来都不明白，英国和美国不是一个地方。她老人家除了您的名字之外，一点儿英文都不懂。她对您的名字知道得非常清楚：知道您的朋友怎么叫您，也知道您在哈佛名册上的学名。我得一遍又一遍地念给她听，直到她记住您名字的英语发音，并且能够说出来。那是她唯一会说或理解的英语了。敬爱的祖母对所有来自西方的人都怀有强烈的敌意；而现在却把西方称作翡翠花园，就因为您来自西方。她一定会为您从水晶树上折下枝条，为您找到并捉住半个山东的'樱桃美人'。请您小心一点，可以吗，德鲁先生？"

"相信我吧！"汤姆淡淡地说，"既然你的祖母只懂中文，那么我不可能泄漏给她任何秘密。"

第八章

汤姆跟随尤小姐沿着斜坡下行，一座低矮而庞大的房子映入眼帘。随着他们逐渐接近，绕过影壁来到正门（至少汤姆认为是正门），那座房子似乎欢乐地眨了眨眼。

尽管这座大房子显得有些奇特，却散发出一种令人愉悦的气息；虽然它宏伟壮观，却也温馨如家：一座微笑的房子坐落在一片微笑的土地上。

他对拜访尤祺家人的邀请很不情愿，内心充满了不安，甚至是无聊，但同时也感到了一丝难以抑制的激动。这激动中既带有原始的好奇，也带着真正的兴趣。对他来说，这座人类居所何等新奇，何等意外，何等费解。任何一个睿智的西方人，第一次近距离看到这样一个住所，都难免会激动不已。这种感觉就像城市贫民窟的孩子第一次看到大海，或在平原上生活了一辈子的人第一次看到宏伟的山脉，又或者住在新英格兰的孩子突然间看到了巨大的热带鸟类或黄褐色的丛林野兽。在此之前，他看到的最奇异的动物，可能是他出生的农场上的家禽和奶牛。

汤姆记得他的朋友们在芝加哥住过一栋"中式风格"的房子，与眼前的这座房子有些相似，但又在细节上完全不同。即使是最大胆的美国建筑师，也无法真正捕捉到中式风格的精髓，他们只能笨拙地模仿一些表面的细节，却无法把握那种东方式的构想。没有真正的构想，建筑师们就无法抓住中式建筑的灵魂。就算是芝加哥最富有的人，也无法在湖滨大道上买到足够长的地段（探险家乔利埃特和马奎特曾在长满秋麒麟草的帐篷周边跪地祈祷），容纳这样一座巨大、绵长的中国宅邸的一半。汤姆·德鲁从未见过，也从未想象过这样的住所。

然而，这在富裕的中国家庭中却是非常普通的房子。这是个迷宫般的地方，女孩带着他穿过一间又一间房间，经过一个又一个庭院，这简直是一片无尽房间和庭院的丛林。实际上，尤家宅邸的庭院面积或许比房间还要多。

尤小姐带着汤姆穿过一旁设有门房的大门（房子的"大门"），沿着走廊穿过大厅（不太熟的访客也就止步于此了），沿着另一条走廊，进入接待亲戚或大人物的内厅。然后，她带他穿过一座铺着石板的广阔的露天庭院，除了墙边的风信子和盆景，这里空无一物，也没有装饰；他们又穿过了一条条走廊、一个个房间（每一间都像一座宫殿）、一座座庭院（每一座都是一个真正的花园），最后在一扇涂漆的门前停下。尤小姐清脆地拍了拍手。片刻之后，里面的门闩开了，大门打开了。

开门的老女仆抬眼困惑地看了看白人男子，恭敬地闪到一边，让他们过去。

"嘉善没想到在这里见到您，"尤小姐笑着对他说，"您到了中国的'闺房'，德鲁先生。从来没有我们直系血亲以外的男性来过这里。而您直接进来了！"她说道，笑声如银铃一般清脆。

汤姆微笑着，有些茫然。

"我尊敬的父亲不在意女士的房间是否上锁，我尊敬的母亲也不在乎。他们与时俱进，只要他们觉得舒服就行。他们愿意看到，并且'尝试'中国的新风俗。但是祖母——伟大的当家人，她的智慧和棍棒不允许这样做。我们得服从她，严格地生活在我们的闺房中。闺房是女人住的能走马的二层住所。您可能听说过，知道它叫'走马楼'，它有很多名字。"

"但是，"汤姆紧张地提醒她，"我还是回去吧，我肯定还是回去好。我在这儿，老太太会很生气的。"

女孩使劲点了点头，突然想起在中国表示"不"的动作，在英语国家表示"是"，又赶紧更用力地摇头。

"没这回事。我刚刚在外面的花园里就告诉过您，我们尊贵善良的祖母将您视为一家人。我现在带您去见她。您马上就能见到她了。"

汤姆有些坐立不安，却想不出逃脱的理由。房间里别无他人，除了他们和那个开门的女人。她重新闩好了门板，低眉垂眼地站在一旁。房间里优雅地散落着一些东西，没有一样是男性的物品。

尤小姐穿过房间，汤姆跟在她身后，他不知道还能做什么。

"我们到了！"她一边说着，一边推开了一扇未上闩的门板。汤姆·德鲁，这位在纽约受过良好教育、幼时常去主日学校的人，此时站在中国闺房的庭院前，感到既惊讶又着迷。

他们刚刚穿过了这座巨大宅邸的一部分，这只是很小的一部分，但对汤姆来说，从那堵荒谬的黄铜色和黑色相间的影壁走到这里，仿佛已经走过了一英里的漫长路程。他不知道那只拴在外面的老猫是否还在嚎叫，还是已经把头扯下来了！

当他看到这座庭院，他从前看到、想到、感受到的一切，都忘得无影无踪。

这座中国庭院宛如一幅生动的画卷！尤家闺房庭院盛开着灿烂的牡丹花，环绕着雕刻精美的围墙，院中五十多张黄皮肤的面孔，映照出一个伟大民族的历史与生活的缩影。

汤姆对此全然陌生，只模模糊糊辨认出二十多种颜色。正当他看得眼花缭乱、惊愕不已之时，他在外面感到的那种笨拙的尴尬感，再一次紧紧攫住了他，变成了一种近乎恐惧的紧张。

他当时没有看清细节，但注定会再次来到这里，而且是作为密友频频造访，直到那些古怪的黄色面孔、那些点缀庭院的绚烂花朵深深地刻在他的记忆中，成为他生命中不可磨灭的一部分，就像他在纽约的朋友和中央公园的景色一样：这是中国鲜活的缩影，汤姆会把这份记忆一直带进坟墓。华尔街无法抹去它，岁月不能使它黯淡，日后无论他娶哪位美国女孩为妻，这份记忆永远纯洁珍贵。这是汤姆·德鲁第一次"窥见"真正的中国，第一次"倾听"人类历史上最伟大的史诗，也是地球上最伟大、最优秀的人民的史诗。以中国人的史诗来衡量，《伊利亚特》《哈姆雷特》《威廉·迈斯特》等西方名著都不过是童谣，是优美而无关紧要的小曲儿。

中国会被国际联盟牵着鼻子走吗？会沦为欧洲、美国甚至是日本的附庸吗？退一万步讲，这有可能，但这仅仅是表面现象。中国的内核永远不会改变！即便北极变成熔岩，赤道凝结成永恒的冰川！只是可能要以牺牲一代人的痛苦为代价。

侍妾们未经允许不得进入夫人的院子，只有正妻和母亲才能允许她们进入；男性没有这个权力，即使一家之主也不行。

当汤姆的视线逐渐清晰，他看到了前所未见的绝美景象，顿时屏住了呼吸。他坚强的美国心脏突然一阵悸动，他那狭隘偏执的胃开始感到恶心和厌恶。他确信，看到的一位优雅的女性是一房妾室，会用"琵琶助兴"服侍尤家的主人。没有其他人会如此浓妆艳抹，穿着如此华丽的衣服，周身萦绕着龙涎香和玫瑰油的香气。这个美人看起来如蝴蝶般脆弱，美得勾魂摄魄，却又显然毫无用处。汤姆可不是清教徒。我们中很少有人是。我们已经离开新英格兰地区几十年的时间了，只有很少一部分人从未离开。即便那些把波士顿当作巴黎、巴格达和麦加，把科德角当作奥斯坦德、布莱顿和蒙特卡洛的人也未必。汤姆不是道德家，在哈佛求学时，并没有清心寡欲。他在纽约时，并非每一个白天和黑夜都在华尔街度过；也不是每个礼拜天都会去恩典教会。他一眼就能认出一个交际花。但是作为鲍尔斯·德鲁的儿子，认为一个堕落的女孩竟有如此美貌，真是一件令人作呕的事：这种罪恶——腐朽的中国罪恶——竟然如此空灵，如此迷人，如此娇美，如此精致，如花似玉一般。

尤素——汤姆后来才知道她的名字——用一只杏子般的小脚轻盈地站着，慵懒地又灵巧地用象牙小球拍抛接一个大"雪球"。她继续着她的游戏，既没有放慢，也没有加快，只是坦率地把头转向他笑了笑。红唇轻启，露出皓齿。那傅粉施朱的脸上出现一个酒窝，脸上的那层妆微微裂开了缝。她那天鹅绒般的黑眼睛，在黑檀木般的蛾眉下闪动。即便是最坦率的美国女孩，也不会这样看一个陌生的男人。不，即使是最追求独立的单身女孩也不会如此，除非她只能三选一，另外两个选择是博士学位和大头靴。而这竟然是中国！尤小姐看上去是个好女孩！她不应该住在这里，这个污秽之地。她父亲最宠爱的侍妾，竟然在她面前公开地向一个陌生男人调情，而且是一个外国人。

　　汤姆犯了一个错误，西方人在西方经常犯这样的错误。尤素是对着尤小姐微笑，她对西方男人毫无兴趣。她厌恶、蔑视他们，在别无选择时才不得不面对。这个年轻的中国灵魂，目光只盯着那个年长的女孩，完全忽略了陌生的白人。尤小姐在英国上学时习惯了西方人的面孔，认为他们的客人长得很英俊。可是这个年幼的女孩觉得，西方人长得畸形，是人类的怪胎。只要能躲开，她从不看他们一眼。

　　院子里围满了仆人，穿着青衣软鞋，营养充足，神情镇静，正静候差遣。当然还有狗，毕竟这里是山东，是一个富家宅院。这些狗长着小巧柔软的卷毛，有黑色和金色的绒毛条纹，还有着滑稽自负的面孔和顽皮的眼睛——许多看起来就像戴着眼镜。它们在夹竹桃之间嬉闹，在杜鹃花下打盹。有些小狗毛皮光滑，没有尾巴，或者尾巴卷曲，看起来像紧缩着的小玫瑰花；另一些小狗则骄傲地挺着羽毛般的"菊花"尾巴，在滑稽的小脚和可爱顽皮的小鼻子上，有着丝绸般的毛发。

　　尤家人聚在庭院中央的荷花池旁：一个男人大约五十多岁，旁边是他的妻子和母亲，都穿着中式衣服。他简直像花瓶上走出来的人物，只是已经剪了辫子。他正坐着读书。尤太太看起来和她的女儿一样年轻，她那和蔼的脸上看不出皱纹。岁月留下的痕迹，掩在铅华之下。她脸上的妆很浓，涂着厚厚的红白脂粉，这是一种中国式的体面，没有任何试图假装天生丽质的想法。尤夫人的脸颊圆润，身材丰满。她穿的裤子跟她的脸颊一样，都是粉红色的；纤细的双手从指尖到指肚都戴满戒指；紫色的上衣绣满了玫瑰色和柠檬色的菊花以及绿色和古铜色的蜂鸟；胸前挂满了沉甸甸的珠子；头上戴着绢花翠羽，别着雕金发簪，映得秀发闪闪发光。她的膝盖上摊着一把薄纱象牙扇。她蹲坐在一个蓝绿相间的绣花垫子上，认真而熟练地用一双长长的象牙筷子，从一个青花瓷碗里夹着花生和瓜子吃。

尤母坐在一张矮凳上，身形瘦小，仿佛十岁的孩子。然而，她皱纹满面，头发雪白，看起来已年逾百岁。她衣着简单朴素，眼神威严锐利，就像一个皇太后。矮凳旁是一张更低矮的桌子，桌上有一把镶饰的琵琶，一钵金鱼，以及一只黄褐色小狗。尤母在抽烟，烟斗的长柄上镶嵌着闪闪发光的小绿宝石；烟斗钵上挂着三条红色丝绸流苏，上面串着绿松石、月亮石和黄玉珠子。她的鞋不到四英寸①长，镶珠嵌玉，价值连城。她没有佩戴珠宝，也没戴发饰或鲜花，身上散发着浓烈的龙涎香和晚香玉的香气。她左手拿着烟斗，右手拿着一小枝玫瑰色的杜鹃花，逗着一条胖金鱼。那支烟斗抽三口就空了，一个女仆跪在她手边，随时准备给她添烟。其他仆人在院子边上等候，注视着这位小老妇人布满皱纹的脸。

说也奇怪，在一个中国的院子里，在"闺房"里，没有人言语。但在远处荷塘外的郁金香后面，在一丛紫藤覆盖的夹竹桃下，有五名仆人，不穿青衣，也不穿粗布，而是身着鲜艳的锦缎，正在奏乐。一人在打鼓，一人在敲银锣，一人在吹巨大的漆绘长笛，一人在吹心形的口琴，还有一人在弹橄榄木制的琴。他们的眼睛从未离开过那个小小的弯腰逗弄金鱼的身影。她那雪白

---

① 1 英寸等于 2.54 厘米。——编者注

的眉毛一抬，便能让乐队的演奏戛然而止；她的目光一瞥，尤夫人便放下手中的花生和瓜子，尤先生也会把书扔到一边。她的每一个低语，都能让整个院子里的五十多个人立即、迅速、一丝不苟地服从。尽管她枯瘦、没有牙齿、发丝寥寥，却无疑是这个家族的权威和统治者。她满意时，像夏日林间的池塘一样优雅；她恼怒时，像魔鬼制造的风暴一样骇人。她曾为抢救一个农家婴儿的破布娃娃，伸手到炉火中烧伤了手臂，却满不在乎地自嘲。她曾用指甲抓破这整座宅子的主人尤文索的脸。这里只有两个人她没打过。她教训过这里的每一个人，也帮助过每一个人。她从未虐待过一只动物、一个孩子或一朵花，也从未原谅过一个敌人，她从未忘却每一个错误，从未有失公正，从未令人可怜，也从未容忍过一个外国人。在她那骄傲的小鼻子里，外国人就是一种令人厌恶的臭味。在所有的"人类害虫"中，她最为憎恶和诅咒的是倭军，那些"卑鄙的小日本"；其次恨的是所有的西方人。那个正在玩大"雪球"的女孩是她的宠儿；而一只小黄狗则是她的宠物。在整个庭院的人中，她最先看到了汤姆，那双苍老的眼睛恶毒地瞪了他一眼，但她并没有立刻吩咐仆人把他咒骂和驱赶出去，而是先等着听人解释，为什么这个家伙竟然出现在这里。尤雅玲是她现在最信任的人，她相信这么做一定有原因。于是，她一言不发，耐心地等待着解释。生活教会了她耐心，教会她要三思而后行，而这很少有人能做到，只有品行伟大、性格坚强、意志坚定的人才能。她一直很傲慢，却从不爱慕虚荣。

她马上就会知道。等她知道后，她立马就会采取行动。

尤小姐首先和她的父亲说话。这就是中国的礼仪，在老太太尤锦图统治的院子里，任何失礼都不会被原谅。

"父亲。"尤雅玲用英语说道。父亲听到她的声音，抬起头来，目光从书上移开。"这是哥哥的朋友，德鲁先生。汤姆·德鲁先生。"

尤母知道这个名字，这是她唯一懂得的英语。

她尖叫一声，既有对去世爱孙的痛苦思念，也有对汤姆这位"神灵"的降临的狂喜。她踉踉跄跄地站了起来，举起一只手，院中乐队的演奏戛然而止。桌子翻倒了，鱼缸摔碎了，烟斗、金鱼、杜鹃花都掉在地下，吓坏了卧在桌下的狗。尤母推开尤文索夫妇伸出的手，沿着曲曲折折的小径，颤颤巍巍地穿过绿草如茵、铺着大理石的庭院。她扑到汤姆·德鲁的脚下，哭泣着跪拜。即便在神灵和慈禧的脚凳前，她也未曾有如此的恭敬。这个纽约人被惊得目瞪口呆。

她两度起身，叩首三次。她叩首的时候，全家上下都跟着叩首。尤小姐穿着英式服装，动作有些僵硬。

尤雅玲知道，这些卑躬屈膝的中国礼节会让汤姆尴尬得要命。他会觉得很可笑，甚至可能会生气。然而，其他人不知道。不过，她不敢不照她祖母的样子做。她躬身、起身，向汤姆·德鲁投去了抱歉的目光，试图用那双温柔、愉悦的眼睛进行解释。

汤姆笨拙地向老太太鞠了一躬，不安地叹了口气。尤母突然发了一道令，声音像鞭炮一般响彻整个庭院。在旁边等候的中国仆人虽然训练有素，但也表现出惊讶的神情，就像尤母旁边的仆人一样。乐队那边也有一丝惊愕，随后便照做了。在阳光下醉人的空气中，鼓、笛、琴、锣等乐器奏响了恢宏的《迎宾曲》。这是皇家迎接尊贵宾客的曲子，只会在重大的场合献给伟大的人。近年来，在中国深陷耻辱和动荡的日子里，这曲子就没有被奏响过。在尤家的花园里，它只演奏过一次。自清朝灭亡以来，这首曲子就从未在山东响起过，只是偶尔有些忠诚的乐师在三道大门内悄悄弹奏。在演奏中国古典乐方面，尤家的乐师技艺精良。他们片刻惊愕后，便开始演奏。

几十双黑眼睛含着激动的泪水，充满了敬畏和感动。在场的每个人，无一例外地低下了头，除了那位白发稀疏、身材瘦小却威严的老妇人，以及那位站在她旁边的金发美国男人，他的脸上写满了惊恐和不安。就连那五名乐师，隔着他们那雕镂、涂漆的乐器，也不忘鞠躬致敬，参与到这肃穆的场景中。牡丹花的颜色在强烈的情感影响下变得更加深沉，红色成了黑色，粉色和柠檬色则变成了红色和明黄色。紫藤花的花朵和叶子轻轻摇曳，成千上万朵玫瑰震颤起来。百合花——不论是小百合花还是齐人高的百合花——摇曳着蜡质的花冠；在响亮的乐声冲击下，石竹花迸发出更为浓郁的芬芳。柿子树随着乐曲的节奏，摇晃着饱满的果实。蒲苇在音乐的力量下颤抖着；紫罗兰则含羞般地躲进了叶子里。原本在杏树上叽叽喳喳的鸟儿此刻也陷入了沉默，一动不动。太阳散发出更加炽热的光芒，而音乐的声音越来越响亮，也愈来愈热情，整个庭院都回荡着气势恢宏的《迎宾曲》。

汤姆的脸颊变得通红，像极了院子里最鲜艳的牡丹。他笨拙地摆弄着外套，内心充满了惊骇和恼怒。他从未经历过如此喧嚣和混乱的场面，感到自己的双脚发麻，背上起了一层鸡皮疙瘩。他站在那里，手足无措。而那位瘦小的老妇人站得笔直，一动不动，宛如一尊穿着灰色外衣、泛着棕黄色的古老象牙雕像。她深情而坚定地注视着汤姆，她的眼神中透露出一种强烈的情感，就像一只陷入爱河的鹰隼。

第九章

中国音乐的旋律重叠复沓，但也终有曲尽之时。这种古典的皇家颂歌是中国音乐中最简短、最恢宏的部分。它反复演奏着忠诚和赞美的主题，音调愈来愈高昂，响彻树梢，声击长空。音调升高如疾呼，如滚滚的惊雷一般，从天上落下。笛子高亢的乐声直冲云霄，似乎要将空气撕裂。鼓和琴的低吟搅动着大地，一次又一次，不绝于耳。之后，缠绵、甜美的乐声渐奏渐弱，如轻诉一般挥之不去，却又在一次有力的迸发中突然高亢起来，最终在一个威严、壮丽的音符上戛然而止……整个庭院陷入一片寂静。

直到这时才有人抬起头。

尤文索伸出了手。近年来，中国时局动荡，他学到了一些欧洲的礼仪。而且，雅玲也会经常对他进行帮助和指导。他开口说的是英语，虽然不像女儿说得那么流利，但还不错。"最尊贵的阁下，您莅临敝舍，真是蓬荜生辉。"他说得很慢，小心翼翼地选择词语和发音。

"很高兴见到您。"汤姆红着脸撒了个谎。

尤文索伸手介绍他的妻子。尤夫人一再鞠躬，轻声笑着，抬起头用真诚的眼神看着汤姆。"欢——迎您。"这是她能说出的全部英语。

天哪！这些盛装打扮、花里胡哨的艺术家，都能用英语交谈吗？

尤文索在母亲面前深鞠了一躬，非常隆重地介绍她和汤姆。他对汤姆吃力地说了几句英语，对尤母说了许多汉语。汤姆鞠了一躬，尴尬地咧嘴一笑。尤母突然开口，滔滔不绝地说起话来，声音中夹杂着急促、半压抑的啜泣声，还有如笛一般的哀怨声，尖锐而凄厉。汤姆觉得，这讲话比"巴纳姆音乐会"还冗长，而且怒气冲冲，吵吵嚷嚷，他听得眼皮直眨，浑身发抖。但真正让他手足无措的是，这位小老太太一边向他慷慨陈词，一边踮起那双可笑的裹足小脚，将脸凑得离他更近一些，用小鸟般的双手抚摸着他的衣袖。

在场的所有人都屏息倾听着，每当她发表一段长篇大论之后，都会以命令的姿势转向尤雅玲。尤雅玲随即为汤姆翻译尤母的话，也做了一些删减。可即便如此，汤姆听了后还是有些头反发麻。他以前从来没有被这样称呼过，他压根儿也不喜欢。这个中国老妇嚷嚷着叫他"茉莉香的玫瑰""天上的玉"，并且说爱慕他，他是她奶大的孩子，是她不配拥有的无价之宝。要是他在纽约的朋友们知道了会怎么说？他认识的那些女生知道了会怎么说？

尤母向那个年轻的女孩，那个蝴蝶般美丽的女孩招了招手。那么，汤姆心想，这是要把他介绍给那位妾室吗？而且是被尤先生的母亲介绍给尤先生的"侍女"。一想到母亲知道这件事会做何感想，汤姆的心都要碎了。他可是纽约州高尚、正派的人。谢天谢地，她永远不必知道，他确保她永远不会知道！

他用无动于衷的眼神——至少他希望如此——看了看那个浓

妆的美人。

那个女孩冷漠地看着他。

尤小姐仍在充当翻译，告诉他这个小女孩是她妹妹（大概和她一样出身高贵）。听到这里，汤姆·德鲁的心怦然一跳。

他很高兴。这种无与伦比的美应该保持纯洁。他很想看到她素颜的样子。她不化妆，一定更美。如果世间有比这更美的事物，那真是奇迹！

众人对他的欢迎非常热烈；尤先生庄重有礼，尤夫人温柔随和，但他们对汤姆的欢迎热情而又真诚；只有那个精致的小女儿，欢迎得敷衍且冷淡。待到这喧闹稍稍平息时，汤姆就想要告辞。

然而，他并没有成功。他又经历了可怕的三个小时。当他终于得以脱身之时，事情比之前的所有还要糟糕。

尤家人满怀感激之情，紧紧地抓住他，他就像落在糖浆中的苍蝇。

他成了尤家的心肝宝贝！他们给汤姆拿来垫子，把他按在垫子上。他们哄着他、赞美他、崇拜他，就像给他加冕封圣。尤母试着脱掉他沾满灰尘的鞋子，让他疲惫的双脚得到休息和放松。他非常担心，尤母会用她的双手和泪水给他洗脚。或许，尤小姐也担心这一点。她在英国生活过，知道这种如此细致入微的款待和感激，会让这位美国人多么尴尬和难受。于是，她带着恳求的语气，用中文解释了半天。老太太在用她破旧的鸽灰色长袖擦拭完汤姆的鞋子后，不太情愿地停了下来。她拉着他的手，领他走向睡莲池，那里堆放着很多垫子，简直就像用绒毛做的鸟巢。她把汤姆推在最柔软的一个上面。汤姆差点仰面摔倒，又是震惊，又是狼狈，尽力恢复平衡。这时有人咯咯地笑了起来，虽然小心翼翼，却又清晰可闻。不用看他都知道，那银铃般的笑声是从谁的小嘴里发出的。他童年最痛苦的经历，就是在新英格兰祖母的床上睡觉，或尝试睡觉。但那时没人看见，而这可是当众的折磨。他坐在一堆羽绒垫子上，试图保持镇定和体面，可这比独自在黑暗中躺在上面更难受。这些可怕的中国人！他们竟然会坐羽绒垫子！

其实，中国人并不经常坐羽绒垫子。花园里最常见的摆设是石凳；即使在最豪华的房子里，坐的也无非是硬的长凳、椅子和木凳。尤母是把汤姆·德鲁推到了婴儿们的"安全之地"。今天这里没有婴儿，但平时常有：这些婴儿是从仆人和妾室的住所被带来的，人们让他们舒服地待在小山般的羽绒垫子上；尤母会观察和研究他们，考虑哪些婴儿值得留下，哪些婴儿值得收养，日后好为尤家增光添彩。尤母认为，名门望族对待婴儿，就该像园丁对待名贵花园中的花朵一样，该修剪就要修剪，该清理就要清理。

尤家人围着汤姆，靠得很近，仆人们也慢慢靠近，一股脑地问这问那。这种要命的中国式感激之情，简直要让汤姆窒息了。他曾与尤祺——尤家的楷模——是朋友。他们珍视尤祺离开的每一刻。他们恳求德鲁先生，为他们讲述尤祺在美国的时光。

但他们也为他做了一件好事，给他带了食物和饮料。汤姆正好又饿又渴。他把带的三明治和水瓶忘在某个地方了，他也不知道在哪里。他很高兴这里有吃有喝。但是他们提供的食物，大多都很陌生，而且——摆在他坐的这堆小山般的羽绒垫子上。本来他坐在那里就很难保持平衡，现在还要小心不要打翻无数装着怪异食物的碗，更是难上加难。他们端上来的食物足够二十个人吃。他一个人吃着，却有一百双眼睛注视和欣赏着；五六个尤家人为他提供服务，让他吃这吃那，用他听不懂的语言——他能明白他们的语气和手势——说他什么都没吃。是不是食物太难吃，酒太难喝？这真是折磨人。汤姆·德鲁后来给他母亲写信说，当尤母跪在他身边，用一只手一点点喂他吃东西，用另一只手抚摸他的外套时，他都快晕倒了。

但他还是吃了。他实在太饿了，无论如何都吃得下，而且吃得很好。当时他的味觉麻木了，但他的胃口也知道，他们给他的食物非常美味。后来他想起来，那些食物确实美味，他告诉过斯威夫特和卢瑟福-卡迈克尔夫妇。

最终，他还是成功脱身了，尽管尤家人哭着不让他走。

他们把他送到外门，所有人都去了。不是他进来时穿过的那扇门，而是围墙的正门——一个巨大的门楼，上面有两个帐篷形状的屋顶。到了大门口，一名仆人恭恭敬敬地牵来一匹装饰华丽的骏马，另外八人抬了一顶遮着丝绸帘幕的轿子。马厩和马棚在这座豪华庄园远端的角落里，但在这样一座巨大的中国家宅中，门房里日夜都会备好马匹，以备家中的主人或贵客骑马出行或出游。

他是愿意屈尊骑她父亲那匹劣质的、勉强拿得出手的最好的马，还是乘坐她父亲那顶破旧不堪、被虫啃食、褪色掉漆、勉强拿得出手的最好的轿子？尤小姐朝他躬身，用温柔的眼神瞥了他一眼，眼里闪烁着一丝光芒，庄重地问道。

汤姆反对，几乎哀求地反对，但一切都是徒劳。他们坚决不让他走路，也不让他单独离开。他们疯狂地围着他，越围越紧，声音越来越尖锐。尤母向天举起双手，虔诚地请求他。尤先生庄重地请求，尤夫人温柔地恳求。尤家的伟大"守护神"，怎么能无人陪护独自步行离开尤家的大门！那简直像个流浪的说书人，或被人鄙视的乞丐！连仆人们都会为此痛心。尤家人悲痛欲绝，态度坚决。汤姆只有一个人，拗不过院子里五十多个中国人。而且，院子里的人越来越多，到了近百人。屋外的仆人、马厩里的仆役和穿着制服的轿夫也加入了那声嘶力竭的隆重队伍。一个美国人对近百个中国人！汤姆最终选择了轿子。

他坐在尤家家族组长的宝座上，那顶轿子镀了金，挂着绣帷。汤姆痛苦地任尤家仆人把自己扶进轿子，坐在那刺绣华丽、芳香四溢的昂贵垫子上。在此之前，汤姆·德鲁不止一次地觉得自己像个傻瓜。人生在世，大多数人都曾偶尔觉得自己像个傻瓜。但他从未想到，一个生而自由的美国公民能感觉自己傻到这个地步。他极度痛苦。唯一庆幸的是，这是在中国的荒郊野外，而不是在百老汇或第五大道。这样一想，他才能稍微好受一点。他简直尴尬到了极点。

他——汤姆·德鲁——就像摇篮里的婴儿，被一群叽叽喳喳的中国人簇拥着，在中国走了好几英里的路！

有人在后面牵着马，以备他可能会临时想要下轿骑马。他可不想！对汤姆来说，好好看一眼那匹中国的"骏马"就足够了。那匹马身上挂着铃铛和帷幔，点缀着色彩鲜艳的羽毛掸子，有的挂在上面，有的反过来直立着。高高的中国鞍具由昂贵的木材制成，上面绘有鹦鹉、牡丹和古典爱情故事场景，像骏马骄傲挺立的脖颈一样挂着铃铛。铃铛一响，所有人都知道一位有权有势的大人来了，必须恭恭敬敬地给他让路。汤姆战战兢兢地准备着面对任何事情。但他决不会骑上那匹装饰华丽的动物，坐在高塔形、绘有图案、挂着铃铛的鞍上。

他准备好面对任何事情了。他心惊胆战地以为，尤母会亲自带着一帮浓妆的歌女送他回家。他没有奢望自己能独自回到公寓。上帝保佑，但愿回去时没人在家。感谢上帝保佑他摆脱了这一切。这是一场难以名状的闹剧，而他是其中的主角！希望再也不要遭遇这一切。哪怕要他一路走到香港，再游到科伦坡。

不过，尤家的女士们没有随汤姆走出大门。

尤雅玲大方地与他握手；尤母连连哀叹，爱抚不止；尤太太紧紧捧着他的脸；尤素朝他磕头送别，脸如铁石，看向他的眼神里带着一些嘲讽。她的袖子里露出一只黄色的小脑袋，愤怒地朝他吠叫。最后，所有的女人都没有跟随，目送着他离开。这总算是件好事。

尤文索走在他身边，有些蹒跚，似乎不太习惯步行。族人和随从前后簇拥，吹着喇叭，打着鼓。送行的队伍长得要命，队前队尾都有蛇形、燕尾旗帜飘扬。除了钟声、鼓声、喇叭声外，还有其他"音乐"在伴奏。每隔几分钟，他们就会放震耳欲聋的鞭炮，驱赶那些妨碍他伟大行程的恶鬼和邪灵。但是，从纽约来的汤姆·德鲁怎么会知道这些呢！再也不参加任何七月四日的烟火庆祝活动了！他发誓！他们为他撑起了伞以示尊敬：有装饰华丽的大纸伞，也有点缀着花、鸟和龙的小丝绸伞。他们为他扇扇子，并且给了他一把像百合叶大小的扇子。他们用猞猁皮毛包裹住他的脚，还点燃了一大束香烛，以取悦他高贵的鼻子。他发誓，等回到纽约，一定要毁掉纽约所有的香烛！他会回去的，很快就会！

他们提着灯笼围着他。颤巍巍的长竹竿上挂着形形色色的中国灯笼——皱巴巴的纸和华丽的丝绸做成的巨大球形灯笼，彩绘玻璃和瓷器构成的方形灯笼……这些灯笼并未点燃，因为漫长的山东白昼还未结束。汤姆宁愿天赶紧黑。

他来的时候，走的是僻静的林间小道，尤家人却带着他走在大道上。这令他又恼又羞。干农活的农民抬起头来看，屋里的农民探出头来看，有些人放下手中的活，加入这一支喧闹的队伍。于是，送行的队伍越发庞大，还有小孩子们！汤姆觉得，至少一千个小孩子冲向他们，紧追不舍。每路过一条小径、一片树丛、一道沟壑、一处缝隙，总会有中国人窜出来，跟着他们，有的一个人，有的成群结队。汤姆渴望手中有一把左轮手枪，渴望能更熟练、更流畅地讲山东方言。

全中国都出来围观他了，时不时还会遇上欧洲人。汤姆难以置信，亚洲竟有这么多白种人。

他不断地往有帘幕的轿子里缩。尤文索温柔地问他，是不是累了，他那尊贵的身躯是否受不了颠簸？于是吩咐轿夫放下轿子，让这位西方老爷休息一下。

汤姆想下轿步行，但尤文索坚决不让。

汤姆解释说，他有些抽筋，需要伸伸腿。

于是，尤文索走到停下的轿子旁，在地上跪了下来，念叨着同情悲悯的好话，开始按摩汤姆的胳膊和腿。不少仆从随之效仿。

汤姆赶紧说，他不抽筋了。

尊贵、庄严的主子真是太体贴下人了。他们会一直按摩他那高贵娇嫩的双腿，哪怕磨掉手指上的肉。他们继续为他揉腿。

最后，汤姆说服尤文索，他已经没事了。于是，他们又一次把他的轿子高抬至肩，在不断增多的人群中艰难前行。一些农妇也开始加入他们的队伍。她们穿着青色的衣服，双眼炯炯有神，许多人结实的背上挂着襁褓。女人们在汤姆身边跑来跑去，尖叫声和嘀咕声此起彼伏。尤家仆人挥舞着鞭子驱赶她们，不让她们靠近。现场一片混乱，只有尤先生温文尔雅，泰然自若，彬彬有礼，庄重而又热情。一个中国的绅士绝不会被一群乌合之众影响。仆人们注意到了这一点，替主人处理着麻烦。

旗手带领他们走的是马路。从尤家的花园大门到公寓的游廊，走了一个多小时。这真是一条捷径。喧闹的人群越来越密集，嘈杂声越来越大。乐师把音乐奏得更响，放鞭炮的人放得更加起劲。他们就快到了。夕阳西下，绚丽的晚霞比正午还要灿烂。

他们虔诚地放下那华丽的轿子，托着汤姆的腋下，把他从垫子上扶起来。他的两个室友皮尔金顿、伯顿和沃尔特·斯威夫特、卢瑟福－卡迈克尔夫妇靠在游廊的栏杆上，兴致勃勃地看着这一幕。

第十章

汤姆宁愿倾家荡产，也不愿经历这一刻。但是美国人自有其教养，而且鲍尔斯·德鲁的儿子家教良好。

他向卢瑟福-卡迈克尔夫人鞠了一躬，只是帽子丢了，无法脱帽行礼，又向游廊上的其他人点头致意。接着，他转身向尤文索道谢，甚至邀请他进来稍事休息，用些茶点。尤文索上了年纪，惯于安逸的生活，却在这种炎热的天气里长途跋涉，而且坚决拒绝坐轿或骑马。显然，这是为了侍候他尊贵的客人——他儿子的朋友和恩人。他那双手保养良好，深情地握着汤姆轿子的边缘。后面有一顶空轿子跟着，那是尤文索第二好的轿子。

尤文索不愿进屋，说了很久才表达清楚。中国的诗歌言简意赅，但是中国人的会话却是最冗长、最迂回、最反复的。尤文索徘徊不去，鞠躬不止，说了很多话，但是汤姆只能理解一点点，绝大部分他完全不懂。他一揖到地，双手紧握放在胸前。他轻摇着扇子，徘徊不去。过了很久，他终于走了。他依然是步行，还是倒退走的，直到离开汤姆的视线也没有坐上轿子。他还给出了一个热切的承诺，汤姆一个字也没听懂。不过，沃尔特·斯威夫特全都听懂了。他承诺说，他会在一个良辰吉日，回到这金官玉阙般令人仰止的住所，拜访这位完美无瑕、独一无二的朋友。

汤姆只好听天由命，走上了游廊。伯顿和皮尔金顿笑得前仰后合，艾琳也笑开了花，就连"咯咯"勋爵的脸上也露出了灿烂的笑容。唯独站在卢瑟福夫人身后的沃尔特·斯威夫特并不觉得好笑。他严肃地看着汤姆，只是眼中泛着喜悦的光芒。

"诚挚地祝贺你，德鲁！我来中国十六年都没做到的事，你今天一天就做到了。我敢打赌，你父亲肯定会把你的零用钱翻两番。你今天为他做了一件大事。要是英美两国政府看到刚才那一幕，他们都会想方设法地收买你。"

汤姆盯着他的朋友。老沃尔特是在捉弄他吗？听起来不像，沃尔特·斯威夫特也不喜欢捉弄别人。但如果不是，斯威夫特肯定是疯了。好吧，那可以等会儿再说。他想泡个澡，喝一大杯冷饮。如果卢瑟福-卡迈克尔夫人允许他出去一会儿的话，两样他都要。她能来真是太好了，但他得换身衣服才能和她握手。他会很快回来。

他确实很快。

他回来时，他的两个室友——皮尔金顿和伯顿已经体贴地离开了。他的三位访客紧紧地围在一起，低声讨论着什么，神情严肃。"咯咯"不再微笑，连艾琳都一脸严肃，非常安静。当他回到他们中间时，汤姆惊讶地看到，在他们看他的眼神中，有一种崭新的尊敬的表情。他在这漫长的一天中，惊讶已经够多了，而这又是一个。

"我不知道你是纽约州有史以来最精明的人，还是最幸运的人，"斯威夫特向他说道，"但你两者必居其一。"

汤姆怀疑地看着他们。这不是他预料到的取笑。他们没有，他们不是在取笑。

卢瑟福－卡迈克尔夫人示意汤姆坐到她身边。他坐下后，开口说："听着，我不知道你在说什么，斯威夫特先生。精明？幸运？我今天过得糟糕透了。但凡有一艘像样的船，我立刻就要回纽约。"

"我不这么认为，"年长的美国人温和地说。"年轻人，你知道那位在你轿子旁步行的人是谁吗——他竟然亲自步行！而且我敢说，那顶轿子上从来没有坐过白人！他向你告别的姿态，简直就像对待孔老夫子的直系后裔一样恭敬！你知道他是谁吗？"

"说不上特别知道。我确实不知道。那个老头儿挺讨人喜欢的——只是他那件长衫有点滑稽。我应该知道他是谁才对，毕竟我今天大部分时间都在他家，和他们全家在一起。他姓尤，住在这里往北大概一英里左右，有一个很不错的宅子。你可能会喜欢那种中国式的建筑，我可不喜欢。那个穿长衫的老头儿姓尤，至少我知道这一点。他女儿告诉我的。"

"你进过尤文索家的门，还和他的一个女儿谈过话？"斯威夫特说得很慢，似乎是在掩饰情感。

"和他的两个女儿都说了话。"汤姆确认。此时仆人端来了茶放好。"劳烦你帮我倒杯茶，卢瑟福夫人？"艾琳点了点头。汤姆继续说："但那个中国女孩对我没有多少话说，她不怎么热情。"

"尤文索的两个女儿都是中国人，老兄。"沃尔特·斯威夫特严肃地说。

"是的，我知道，"汤姆附和，"但其中一个穿着欧洲的服饰，另一个则没有。"

"尤小姐，年长的那个，有时穿欧式服装，"斯威夫特说，"倒不总是穿。她在英国上过学。"

"我明白了，"卢瑟福-卡迈克尔说，"你在英国遇见了尤小姐，当时她在那里上学。是她把你介绍给了她的父亲。"

"她确实把我介绍给了她的父亲，但是我今天是第一次见到她。"

"那她竟然让你和她说话，还把你介绍给她父亲？他父亲也没有把你赶出去？而我，"艾琳大声说，"自从我们来到山东，就一直想认识尤小姐，却没机会！"

"你想认识她？哎呀，我还以为你压根儿不想认识中国人呢！"

"我真的很想认识她！"

汤姆没问为什么，但满脸都是疑惑。

"因为'咯咯'不惜一切代价，想和她的父亲攀上交情。"她回答。

"噢！"汤姆低声说道。

"尤家在这里很有势力，"英国人解释道，"他在山东手眼通天——能够操控中国的任何事——他可能控制着一座金矿，我不知他控制到何种程度。我正急于为我和几个英国朋友拥有的小财团获得这项权益。"

"我也有股份呢，'咯咯'。"他的妻子提醒他。

"是啊，你也有。你也许会把我的据为己有。"

艾琳愉快地点点头。

"你知道，我来这里是做金矿生意的，"她丈夫提醒汤姆，"我还有一件重要的私事：尤文索知道一件白金汉宫想知道的事，只是不知他是否愿意告诉我。"

"所以他是个政客啰？他看起来可不像呀！"

"最高明的政客，通常都不显山露水，特别是在中国。"斯威夫特说。"但是尤文索对政治一点都不感兴趣。毫无疑问，不管卢瑟福想知道什么，尤文索都知道或可以查出来。但他对政治毫无兴趣。中国的掌权者信任尤文索甚于信任彼此，这就是原因之一，或许是主要原因。他是个爱国者，但他的态度是道家式的：顺其自然。他很随和，几乎无动于衷，乐于让年轻的中国'尝试'。他相信该来的总会来，并祝愿其好运。比起风云变幻的亚洲政治局势，他更在乎一件明代工艺品，或者马远画的绢本画——他有三张呢！这个老家伙真幸运。汤姆，当前局势动荡，对你我都意义非凡。但是，十分之九的中国人对此闻所未闻，而在那听说过的十分之一中，又有九成不在乎。他们是一个和平的民族，只要条件允许的话。中国幅员辽阔，有很多山河屏障，一些地方无法修路，甚至根本无路可走。这保护着四亿中国人中的大多数，把他们隔绝在所珍爱的和平中。我们听说过很多关于中国停滞不前的说法，但这完全是胡说八道，都是美国和欧洲在道听途说。地球上没有哪个国家的变化比中国更快。形形色色的政府，像四月的阵雨一样来去匆匆。但中国人民是不变的。在北京发生的动乱，除了波及直接相关的通商口岸，从来不会超出城墙。中国是一个国家，但中国人却不是一个单一的民族。他们是一个由众多家庭组成的散落各地的群体，松散却又亲密地团结在一起——我相信是永久的。团结他们的是执念、信仰、共同的品味、喜恶、礼仪和方法，以及共同效忠和对抗的对象。请注意，他们是共同的，而不是相对的；他们忠于并依赖于相同的东西，但并非忠于或依赖于彼此。绝大多数中国人只是模糊地意识到，甚至根本没有意识到，在自己村庄或庄园之外以及周围的荒野，还有许多的人和事。他们只知道一个至高无上的半人半神的天子，知道天子住在一个伟大、神圣、遥远的地方。这个地方是北京的紫禁城，那里的树都是金的、银的，那里的湖泊散发着风信子的香气，里面全是红色的鱼，那里的黑天鹅有宝石般的脚和嘴，唱起歌来比夜莺还要动听。他们仰望那座紫禁城，就像我们仰望天堂，对于它真实具体的物质存在，有着大约和我们对天堂一样的信念。对他们来说，没有什么重要的事情；除了自己的家务事，没什么事能触动他们。朝代兴衰更替，战争爆发停止，他们既不知道，也不在乎。在美国，如果旧金山发生了大地震，那么在一个小时之内，芝加哥、纽约、曼彻斯特、伦敦和里斯本的女人们就会开始打包食物和衣服，男人们开始开支票和取钱。可是，在中国，就算福州在版图上凭空消失，云南人可能永远也不会知道。像尤文索这样受过教育的绅士，可能见闻更广一些——但也很有限，他很少会去关心这些事。在中国，十之八九的女孩只要出嫁，就不再属于娘家；等到生了三个孩子后，多半已经忘光了娘家省份的方言，甚至会忘了娘家省份的名称。中国是一片大陆，也是一个由密不可分的众多家族利益构成的孤岛——家族高于一切。现在看起来不一样了。列强夺取东北的企图，微微震动了这只巨龙，刺痛了它的两三片逆鳞——而它有数十亿鳞片。然后，世界大战爆发了，山东问题也出现了。传闻中的战火烧到了中国的国门。山东问题迅速蔓延到她的千万条血脉中，因为山东属于每一个中国人——是长满水晶树的圣地，是孔子诞生的地方，也是人们供奉他坟墓的地方。我不确定山东问题是否会唤醒这条巨龙。如果会，那可要小心了！当然，现在看来，不仅中国变了。似乎中国人也终于在变了。从表面看，一部分中国人确实变了，也许这种变化会持续。我不这样认为，但我们拭目以待。接下来的二三十年，无论如何，我也不会拿一百美元两边下注。但是，从长远来看，我会赌孔子故里战胜国际联盟，下一万比零的赌注。有些中国人现在已经非常西方化了，特别是我们在通商口岸看到的女性。他们中的大多数人都穿我们西方的衣服，沿用我们的习俗，就像奥菲莉亚建议格特鲁德穿她的衣服一样——虽然还有些不同。"

"确实如此，""咯咯"附和道，"我昨天看到了一个人，还仔细看了很久，却无法判断是男是女，到现在也没想明白。"

"尤小姐穿的英式服装非常得体。"汤姆说。

"她穿西式服装总是很得体，"斯威夫特说，"尤家是真正的贵族，做什么事情都很讲究。不知道出于什么原因，尤家说了算的尤文索和他母亲，决定送他儿子去美国读书，送一个女儿去英国读书。尤小姐，就是那个女孩，常常穿她在英国穿的衣服，但也不是一直穿。尤文索和妻子也时不时会穿我们的衣服。我想不出他为何如此。我认为，他是真的愿意看到年轻的中国得到公平尝试新方式的机会——尽管他对这些事情一点也不关心。天啊！我真希望今天我是你，德鲁。我不惜任何代价，也想去看看尤文索的珍宝！我愿意出一千美元，甚至更多，买一把尤文索的扇子。"

"他的扇子？这老家伙的扇子有什么特别的？我父亲花了不少钱给我母亲和莫莉买扇子，但我觉得他花的也没超过一千。"

"尤文索的扇子在纽约可买不到。"斯威夫特断言，"即使在纽约有售，也没几个人能懂那是什么样的无价之宝。尤文索画的扇子是世上最漂亮的。一千美元！我愿意出一千五，来挑选一把他的扇子。我的财富还不到你父亲一年的收入！我愿意花一百美元来看看他的那些扇子，看个够！”

汤姆有些反感。“你是要告诉我，那个穿长衫的老家伙，就以在扇子上画丘比特、玫瑰花，诸如此类的小玩意谋生吗？就是这样一个画玩具扇子的中国老家伙，买下了那些仆人、房舍、庭院、衣服还有各种东西？”

“尤文索的扇子可不是玩具，”沃尔特·斯威夫特反驳道，“那可是精美的艺术品，无与伦比。他的绢本画也是。尤文索是当今中国最伟大的画家，但他从不卖东西。他有时会送朋友一把扇子，但他从未卖过一把，也没卖过任何东西。尤文索只买，从来不卖。”

“哄抬市价吗？”汤姆仍然反感。他无论如何也无法将扇子和长衫视为男人的象征。他从来不太看得上母亲和妹妹的几个艺术家朋友：不喜欢他们穿的天鹅绒夹克、留的长头发、蓄的法国式胡子、戴的一堆戒指、系的飘逸的领带，凡此种种，各种装饰。但一个中国画家总该比他们强，毕竟上了年纪，懂得也多，总不该玩扇子打发时间！哪怕他是个中国人。扇子算哪门子“艺术品”！亲爱的老沃尔特可别想这样愚弄他。

“尤文索才不在乎什么市价，”斯威夫特严厉地说，“他是一个梦想家，一个观察者，一个敏锐的思想家，他很少把注意力放在他认为琐碎的事情上。他是一个非常伟大的人。尤家是个名门望族，大部分的中国大家族都是。但不是每个大家族都能出一个尤文索。即使是中国艺术——曾是人类艺术的巅峰——在过去的三十年间也已经退化，面临衰败的危险。刺绣不那么美丽了，象牙不那么纯净了，手艺人也不那么投入和无私了。所有的中国艺术都是传统的，从根本上与西方不同。希望上帝保佑，中国艺术不要流行起来，不要被廉价、世俗的噱头、平庸和无知所污染。希望上帝保佑，中国的艺术能继续'精益求精'，保持理想主义；最重要的是，保持中国的风格。而尤文索的每一件作品，都做到了这伟大的三点，并且将自己独特、极致的技巧之美与中国古代艺术结合在一起。尤文索对世界有着巨大的贡献！"

斯威夫特说话时，艾琳·卢瑟福-卡迈克尔没有打断。但当他停下——也许他想说的已经说完了——并把他那双严肃而美丽的眼睛从他们三人身上转向色彩斑斓的落日时，她才转向汤姆。"现在，德鲁先生。你得把一切从头讲给我们听。你是怎么遇到那个女孩的，你对她说了什么，她对你说了什么，以及你是如何让她将你介绍给她父亲的。一五一十地告诉我，一定要从头开始。"

汤姆知道逃不掉，于是蹩脚地从大清早他出门试图捕捉到一只"樱桃帝王蝶"开始说起。没有人打断他，他们都太专注了。"咯咯"感兴趣，是为了金矿，也是为了替白金汉宫打探事情；沃尔特·斯威夫特感兴趣，是为了明代的瓷狮、香炉、杯子、象牙制品，还有画扇；艾琳感兴趣，是因为丈夫的愿望。

汤姆·德鲁没什么讲故事的天赋。他的故事讲得枯燥乏味，直到他进入状态。他说："在那座院子里，红一片，粉一片，绿一片，黄一片。他们为我奏乐，唱了好大一出戏。浓妆艳抹的女孩，奇装异服的男人，他们六七个人站在台上——那舞台雕梁画栋，金碧辉煌。从来没听过这样的音乐！"

沃尔特·斯威夫特可能听过，但他什么也没说。

"他们——那老姑娘——把我放在一张羽绒床上，然后他们喂我吃东西。"

"什么老姑娘？"斯威夫特急忙问道。

"那个女孩，穿着得体的那个，说是她祖母。我真希望我的祖母能看到她——那个中国老太太。那是我见过的最奇怪的老姑娘：她的肤色就像秋叶，是棕色的，皱得像一个哈密瓜；牙齿掉光了，头发也没剩多少，都是雪白的；她穿的衣服是我见过的最破旧的。这么说吧，就好像麻袋，袖子老长，裤子松垮；她手上脚上戴的全是珠宝，能让整个蒂芙尼把眼珠子都瞪出来。她只是个瘦小干枯的老太太，但精力充沛！她一直说个不停！我一个字也听不懂，但他们懂。"

　　"他们给你吃了什么？"艾琳问道。"咯咯"夫人虽然成了贵族，但骨子里仍是美国人，对新奇的食物搭配深感兴趣。

　　汤姆摇摇头。"他们什么没给我吃呀！都是好吃的。"

　　"那当然了。"女人说。"说什么法国菜、马里兰炸鸡！我这辈子只认中国厨子！别的什么也不认！我要带一个中国厨子回国，配上厨娘和洗碗工。我不像沃尔特那么懂中国，但我爱极了中国厨子！只有他们才知道，花生怎么做才好吃！而且，我是到了中国，才算尝到了真正的甜瓜！你可要好好想想，午餐都吃了些什么。"

　　"那不是午餐，至少我不觉得是。除了我，没有人吃。几十个娃娃用的小碗，但里面的食物很好，摆放得很精致。没有跪在地上给我的东西，他们就摆在羽绒床上当桌子。我不知道那些花哨的小碗里盛的到底是什么，但有一样东西是某种粉条，那老太太亲手喂我吃的。"

　　"别开玩笑了！"

　　"哦，你爱信不信，卢瑟福夫人，但这绝对是真的。"

　　"尤锦图亲手喂你？"斯威夫特轻声问道。"我终于能看到尤文索的扇子了。他可以把你介绍给尤小姐，卢瑟福夫人。"

她急切地把手放在汤姆的手上："汤姆，可以吗？你能办到吗？"

"当然可以。你想在哪天，搞个什么活动认识他们？早餐？游园会？舞会？我会搞定的。尤家人、尤家的花园……尤家的一切我都说了算，这座'堡垒'我攻下了，亲爱的朋友们。尤文索和尤家的一切都听候你们差遣。"

"肯定不只你刚才说的那些，"卢瑟福夫人机敏地说道，"有些事你没提。是什么？快告诉我。尤家这样欢迎你，肯定还有别的原因，总不可能你就这么直接地走进尤家的花园，然后就和尤文索的女儿问好。"

斯威夫特急切地点了点头。

"你最好马上告诉她，"她的丈夫建议，"省得浪费时间。"

汤姆意识到了。"我在哈佛结识了尤文索的儿子。"

"不会这么简单！"斯威夫特追问道。

"没什么，"汤姆咕哝着说，"他被冤枉了，差点被开除，而我恰好知道，那件事不是他做的，自然就站出来了。换了谁都会这样做的，这不算什么。"

"你让尤文索的儿子免于被开除？"沃尔特·斯威夫特低声说。"是的，我们这位亲爱的年轻朋友，可以把我们介绍给尤家全家人，让我们在他们的花园、庭院和高堂自由出入。他是尤文索和尤家宅子的主人了！汤姆·布拉德利·德鲁，你是山东的主人了！"

第十一章

　　晚饭后，汤姆独自坐在合租公寓的游廊上，喝着咖啡，抽着烟，担惊受怕了一天，终于能心满意足地咧嘴一笑。

　　汤姆的三位朋友显然很高兴。自从汤姆来到山东，这三位朋友就始终如一地帮助他；汤姆很是欣慰，现在终于有机会为朋友们做些事情了。他一定会非常小心，再也不担任"中国行"队伍的主角了，但他暂时还不想逃回纽约。他决定继续了解尤家，哪怕只是为了取悦"咯咯"夫人和老沃尔特，还有"咯咯"先生本人。他们都对他非常好，他心满意足，如鱼得水！如果他们想要和尤家打成一片，汤姆就促成他们，算是还他们一点人情。汤姆突发奇想，得让斯威夫特看看那些扇子，或许还可以帮他弄到一把。有何不可呢？他愿意这么做。无论如何，汤姆并不懊悔闯进了那个奇异的花园。尤小姐人不错，她妹妹是他见过的最美的女子，其他人毫无疑问，也是出于好意。汤姆在尤家院子里的那场经历，是他最糟糕的一次经历。不过要是他习惯了，这一切也说得过去。要是他被抬进尤家的那个金色彩绘摇篮里，有几个白人傻瓜咧着嘴巴笑话他可怎么办！这种事说什么也绝不能再发生。另外，如果卢瑟福夫人想认识尤小姐，这也不难办。尤小姐很友好，他愿意给她俩牵线。为了艾琳，他并不介意这样做。

他的思绪又回到了尤祺身上，这个可怜的黄种人男孩，在坎布里奇无朋无友，思乡情切，他那时真该对这个可怜的小家伙再好一点。他远渡重洋的时候竟会想到尤祺，真是太奇怪了！当然，这只是一个巧合，但的确很奇怪。

皮尔金顿和伯顿带着"晚安威士忌"出来，汤姆和蔼地回应了他们的新一轮打趣，甚至对他们有一点点纡尊降贵的姿态，和他们一起嘲笑自己的狼狈。尤家抬高了他在山东的身价——斯威夫特是这么说的，斯威夫特懂这些。但是，老天，这真有趣：一个画扇子、扇扇子、穿长衫的中国人，竟能抬高鲍尔斯·德鲁的儿子在社交和国际舞台上的身价。

但汤姆入睡时，对中国并无恶意，而且对那些了不起的中国人民更感兴趣，即便这兴趣中带点居高临下的意味。身为一个土生土长的美国人，他在几个小时之前，还没想到自己会对中国人如此感兴趣。

中国人个个都早起，而且还早得离谱。

汤姆和合租公寓的三个室友都不是赖床鬼。西方人到了东方都不会赖床了，但也做不到天亮就起床。而今天，天一亮他们就起床了。

一阵嘈杂刺耳的噪音吵醒了他们，而且越来越响。

皮尔金顿哼了一声"该死的婚礼"，翻了个身，想继续睡，可那隆隆的喧闹声实在太大了。

伯顿划了根火柴看手表，说得比皮尔金顿还难听。

阿尔吉·布朗——一个性格开朗，处乱不惊，实用主义至极的乐天派——立刻起床去洗澡。既然没法再睡了，早餐前踏踏实实工作几个小时，会大有裨益。

汤姆打了个哈欠，懒洋洋地想，是不是义和团又闹起来了，还是什么别的山寨土匪呢？他理了理枕头，又睡着了。这时，一阵震耳欲聋的巨响，划破了鱼肚白的黎明。鲍尔斯·德鲁在任何地方都能随便打个盹，就算华尔街面临毁灭，他也平静如常。汤姆继承了他父亲松中有紧、疏中有密的天赋。

这喧闹声难以形容，难以忍受，越来越近，越来越响。

五分钟后，汤姆的仆人老邢来了，不容拒绝地要求道："美国大人，快起床，您得快起床，快点穿衣服。"

"该死的，这是要干什么？我的茶呢？"

"喝不了了。"老邢坚定地说，毫不客气地扯下床单，迅速而熟练地把汤姆的右脚塞进他最好的袜子里。

"喂，你在干什么？我还没有洗澡，我告诉你，带茶来，你这个野蛮人。而且我早上不穿蕾丝内衣。"

"洗不了了，没时间了。"老邢一边给主人穿衣服一边说。

"够了，老邢，发生什么事了？房子着火了？战争爆发了？"

"没有麻烦事，"这位仆人一边继续给汤姆梳洗，一边兴高采烈地说，"是大件喜事，一位大老爷来看主人了，还有一位尊贵的老太太，那黄色轿子就跟北京最高贵的女人坐的一样豪华。没时间说话了，快点！必须快点！"

汤姆·德鲁能够迅速地审时度势，这又是他从父亲鲍尔斯那里继承的有用的品质，他们都懂得何时屈，何时伸。

汤姆向老邢屈服了，不清楚到底发生了什么事，为什么他在大白天穿着他最漂亮的晚礼服，甚至连茶都没喝。

直到老邢把汤姆推向了合租公寓门口，汤姆才明白怎么回事。他看到了，也听到了。

是尤文索来回拜德鲁先生，而且尤锦图老夫人也来了，这在中国真是古往今来前所未有的殊荣。

汤姆咬了咬嘴唇。真的，这看上去太过分了。他想起了艾琳，于是定了定神，热情地走下游廊台阶。他虽然有点抵触，但没有畏缩。

这场面真是壮观：尤家人的拜访，礼仪齐备，诚意满满。这一幕，西方电影界巨头掏光钱包也想要拍出来，但就算他们合资一起拍也得破产。昨天的队伍是临时的，安排得匆忙，今天这场面才是尤家顶级的规格。

尤文索骑着他那匹最好的马，配着最好的鞍。尤母也坐在她那顶最好的轿子里，与尤文索的轿子相比毫不逊色。她坐得笔直，穿着最考究的衣服，戴着琳琅满目的珠宝，其数量之多，让汤姆惊叹不已。尤锦图确实很耀眼。今天，她没有穿寡妇灰扑扑的衣服，穿的裤子价值数百英镑；戴的那根发簪，放到中世纪的欧洲，作为战利品能赎回一位国王。

尤母自从身着霞帔、坐着大轿嫁进尤家以来，除了有一次应召赴京以外，便未曾踏出尤家大门。当家中老爷出差或游玩时，她代为治家，亲自挑选一两个妾室，以解老爷旅途的孤独，装点老爷的排面。甚至在老爷尤臣福在河南衙门做官的那几年，尤锦图也在山东老家为两口子撑足了门面。今天，向来奉惯例如神玥的尤锦图破例出了大门，前来向尤祺的朋友表示敬意。她好奇地四处张望，仿佛身处火星的小径上。

六名仆人手持出鞘的剑，在她的轿子旁随侍。汤姆·德鲁心中暗自猜测，他们是否是太监。十几个中国小男孩，腰部以上穿得鼓鼓囊囊（就他们的腰围而言），下身却一丝不挂，站在持剑仆人的两侧。这些打扮得花枝招展的顽童，挥舞着比自己还要高的花束，花香四溢，令人心旷神怡。

五十名献礼的仆人搬来了各式各样的礼物：精致的盆栽、昂贵鸟笼里的鸣鸟、乌龟、用玫瑰喂养的蜗牛（准备给汤姆品尝）、毛皮和刺绣品（准备给汤姆穿戴）、绣着吉祥图案的披风和外套、绣花官样长衫，还有宁波的象牙，青海的象牙雕刻、青铜、烟盒、玉佩，兰州的烟草、鼻烟壶，等等。这些礼物一一摆放在汤姆·德鲁的脚边，以表达尤家对子嗣朋友的爱与感激。

汤姆·德鲁感到很尴尬，与其说是尴尬，不如说是担忧。他在思考这些客人会停留多久，自己该如何恰当地接待他们。但他知道，如果父亲在场，会举止得体。于是，他尽可能地展现出友好的姿态，虽然内心并未完全达到他所表现的那种亲切程度。他向尤文索友好地点了点头，然后直接走向尤母。

这种直接的方式并不符合中国最严格的礼仪，但它却让尤母高兴，更让尤文索感到欣慰，因为他在心中已经将汤姆·德鲁视为一位绅士。在中国，母亲的地位是至高无上的，甚至超越了年龄和等级的界限。

轿子放下后，尤母扶着汤姆·德鲁的手站起来，像个快乐的孩子一样喜气洋洋，然后挽着他的手臂走上了合租公寓的台阶。她确实瘦小得像个孩子，她本来够不着汤姆的胳膊，汤姆的腰快弯到地面上，她才挽到的。尤锦图此前从未挽过男人的手臂，她边走边开心地咯咯笑着，三寸金莲摇摇晃晃。这位哈佛"运动员"在她身边痛苦地小步挪动着，这是汤姆有生以来迈得最小的步子了。

尤文索扶着马夫的手臂和肩膀，艰难地从高高的马背上爬了下来，跟着他的母亲和汤姆——尤祺的这位恭恭敬敬、惴惴不安的恩人——走进了合租公寓。尤家的家仆们也尽量挤了进来，挤不进来的人聚集在游廊上，有些扎堆在一块，安静地蹲下来，拿出长烟斗来抽。

　　阿尔吉·布朗从卧室的窗户探出身子，差点失去平衡，摔倒在挽着汤姆的手臂上楼的尤母身上。汤姆看到了他和他脸上的表情，虔诚地希望他掉下来摔断脖子，但他没有摔下来，而且比汤姆大度多了：他也清楚地看到了汤姆的表情。尽管他很想下楼"看戏"，但他没有这样做，而且还阻止皮尔金顿和伯顿下楼。三个英国人低调地吃着饼干和能找到的其他零碎东西。尤文索在这里，合租公寓的仆人根本不会注意到区区几个英国人。但是，如果这三个英国人真的加入他们，汤姆·德鲁会发现他们可能用处很大。毕竟他们在中国居住的时间都比他长，对中国的语言和习俗也了解更多。

　　面对这些不速之客，汤姆手足无措，而老邢却处之泰然。

　　汤姆按照自己的想法，准备请他们吃早餐。很明显，当他犹豫不决时，一顿丰盛的饭菜是他能打出的最好的牌。不过要不是老邢，还有尤家母子的好脾气，这顿饭不会吃得这么愉快。老邢拿不出鱼翅、燕窝，因为合租公寓的储藏室里没有这两样东西：但总的来说他做得不错，尤母很喜欢熏肉和鸡蛋，老邢预先在厨房用酱油泡了鸡蛋。他总不能把明显刚下的鸡蛋放在一位尊贵的中国淑女面前，这在中国可不体面。酱油给鸡蛋增添了滋味。尤母不会用刀叉，但尤先生勉强会用。尤母一开始将就着用勺子，后来老邢拿出一双筷子，以他的亡母的名义发誓这双筷子是新的。尤母仔细地看了看，要了开水冲洗，洗完在桌布上擦干，然后尽情地享用了早餐。汤姆看到尤锦图用筷子吃熏肉和鸡蛋的样子，感到很有趣。早餐的尾声，老邢端上了一大碗"汤"，蜜饯苹果漂浮在陈年香槟里，作为这顿饭完美的句号，于是尤母重新拿起了勺子品尝。

汤姆不清楚他们早饭后会待多久，但他们不久就离开了。

要不是老邢在合适的时机，以一顿客茶相送，尤家人可能还不会动身。而当客茶奉上，他们就像有教养的中国客人一样，仓促地离开了。他们非走不可，因为在中国，是受打扰的主人，而非客人，决定何时结束这场拜访。汤姆当时还没听说过这一习俗。这像中国其他的习俗一样，自有好处。

第十二章

　　只要不在盛怒之下露出扭曲狰狞的表情，大室彻长得还是很帅气的，有时甚至称得上英俊。他现在就很英俊：坐在他的"书房"里，遐想着京都城郊盛开的梅花。他热爱他的祖国，也真心喜欢美的事物。无论白日的工作有多紧张，黑夜有多漫长纷乱，大室彻终会在每个昼夜之间抽出一小时的时间，在心中与他的祖国温情幽会。身为日本公民，大室彻为日本而活，也为他自己而活。他拥有日本最好的资产之一，注定拥有财富、地位、权力和名誉。如果他的爱国主义情怀算不上无私，那也许只有那些伟人、圣人的能算得了。倘若有朝一日，他需要在日本的繁荣昌盛和自己的飞黄腾达之间做出抉择，我们很难轻率断言他会如何取舍。大室彻并不是人们（包括一个中国女孩）认为的半神，但他确实已经强于成千上万的日本人了。

　　他是一位教养良好的绅士，也是一位冷酷无情的冒险家。他崇拜美，为美而活的时候最快乐。他厌恶中国人，暗地里又害怕他们。他内心渴望掠夺山东，偷窃或毁掉山东的财富宝藏，欺骗、贬低山东人民，但他这样做是为了日本。在山东，如果可以，大室彻只愿意对一样东西高抬贵手，至少暂时如此。这样东西就在他面前摊开的羊皮纸上，是一幅近乎完美的金矿平面图。他被派来就是为了买下这座金矿，现在却连它的一寸都买不到。任他怎么哄骗、纠缠，中国矿主都不肯出售。大室彻自从在这座未开发的金矿附近谋到一处居所并安顿下来，就日日发誓，如果中国矿主还不肯马上出售，他就要把这座矿连同它的主人一起毁掉。他把羊皮纸叠起来锁好，又发了一遍誓，贪婪的欲望和受挫的爱国情怀扭曲了他的脸。德国人走了，日本人会留下来的！

大室彻再次陷入梦境，脸色变得温和起来。他仿佛听见无数木鞋踏出嗒嗒的脚步声，听见幼童踩着高高的木屐发出轻快的啪嗒声。孩子们（他也是其中之一）在山路上快乐地放着蝙蝠风筝。慈爱的母亲爱抚着他，父亲扔给他一个彩丝球，小彻坚定地跑去接住。巍峨的富士山下，樱花树正开着花。山色冷白，金红色的云朵像帽子一样戴在山顶上。山寺钟鸣，姑娘们纺着纱歌唱，一个盲人吹着芦笛，叫卖着蜜饯。小彻父亲扔给他一枚硬币，他向父亲深鞠一躬，踏着小木屐嗒嗒地跑向那盲人，在托盘上挑选着蜜饯。他最喜欢白色的，却只买了粉红色的，因为粉色的蜜饯是他那娇小美丽的母亲最喜欢的肉桂味。

大室彻想起这些，热泪盈眶，嘴边泛起一抹温柔的笑。

大室彻既是梦想家，也是冒险家，矛盾得令人抓狂。大部分日本人都是这样。

他抬头扫了一眼他的房间，轻轻地叹了一口气。在陌生的中国，他感觉还是那么像日本，就像在京都的任何一所房间里一样。房间的另一侧，一枝芬芳的杏花从绿色花瓶里落到竹凳上。大室彻站起来，穿过房间，温柔地把那枝杏花放回水中，反复调整它的位置、姿态和角度，直到看起来完美为止。把杏花摆好后，他向它鞠了一躬才走开。他坐下来，拿起一本日本诗集。那些温柔的小诗句像日本版画一样精致，每一行都是一幅秀丽的画，读起来像丁零作响的音乐。大室彻深情地读着，他在等待：如果一切进展顺利，他将烧毁杏树林和柿子树林中的十几间茅草屋，在中国婴儿和他们的母亲在屋中安睡时，把他们斩草除根。因为仇恨、种族的贪婪和嫉妒，为了日本，他会这样做的。

大室彻读得很慢，细品着诗的每一句，就像细嗅花朵的芬芳。

大室彻猛地抬头，一个日本人推开帘子，快步走进来："她来了，先生。"

大室彻点头，示意来者退下，于是那人离开，就像来时一样悄无声息。大室彻小心翼翼地把手中的诗集放回抽屉里，又从桌上拿起另一本书，俯身专注地看着。

一只黄色的小手轻轻推开外帘，一张少女的脸探了进来。她站在那里看着他，心想"他真英俊"，她那上翘的黑眼睛变得柔和起来，忘掉了先前的所有恐惧。无论是她家的大花园、大室彻的小花园，还是中间隔着的那一小片林地，她每次蹑手蹑脚地从荫蔽处穿过时都很害怕。她知道她每次来都要冒着风险，因为一旦她父亲知道了，就会处置她，她吓得发抖，但还是来了。

但是，阿彻就坐在这里等着她，她的恐惧便烟消云散。只要他在她身边，她就不会受到任何伤害。面对他，她只能想到他，想到他是多么爱她，多么渴望她。她知道，他一听到她来到时的细微声响，脸上就会亮起光芒，眼中会闪烁崇拜，欢迎的呼唤声中会洋溢着温柔。

她把黑斗篷脱下，满怀喜悦地娇笑一声："阿彻！"他转过身来，看到了她。他半是呜咽地叫了一声，那狂喜在她听来如饮醇醑。他走到她身边，紧紧抱住了她。

大室彻许久不发一言，沉默地表达着他的情感：高兴、感激至极，难以言表。

"茉莉！"大室彻打破了沉默，低声说。"勇敢的茉莉！真诚的茉莉！啊，我的沙漠之花，我多么渴望你，我多么需要你！"大室彻用汉语说。到目前为止，她只懂得大室彻教她的几句日语，说得也结结巴巴。日语是大室彻的母语，等她学会后，也会变成她的语言。到那时，大室彻完成了他在这里的艰巨任务，会把她带到安全的地方，带到日本日光东照宫般的花园中。那里守卫森严，幽静隐蔽，比她想象中更富丽堂皇。他告诉她，那将是他们的爱巢，他们将在那里永享和平与快乐；在那里，他会永远爱她，宠她；在那里，她会侍奉他，主宰他；在那里，她会生下他的孩子，那孩子会继承他的灵魂，成为他的族人。他们是这样计划的，事情也将如此。

"但是，"女孩嗔怪，"阿彻，你太贪心了。我四个昼夜前才来过，我不能总来的。你得耐心，我的主人。"

"不，"男人反过来责怪道，"我不是你的主人。我是你的奴隶，你知道的。啊！我真贪婪，你不在的时候，我焦灼难耐。我不能没有你，茉莉！"

这是老话了！夏娃知道自己拥有惊艳的美貌，会令人深陷其中。她第一次用美貌来诱惑亚当的时候，亚当一定也说过这种话。若非这迷人的美貌，夏娃岂能诱使亚当偷食禁果，走向毁灭？此时此刻，天涯海角，成千上万的男人们正在用千腔百调说着这种话，农民说得粗鲁，绅士说得温和，但都说得很认真，在说这些话的时候，自己也深信不疑。啊，老掉牙的老话。古老如生命、性、欲望，古老如爱一般的伟大，古老如男人狩猎的本能，但永远不算俗套；只要女人还是女人，这些话就不是陈词滥调，只要人类还是人类，这些话就会经久不衰：这是女人听过的最美的声音。老话、好话、真话、假话，通向人生的天堂，也通向人生的地狱：这是男人说过的最有力的话——神圣而又致命。

"坐上宝座吧！"大室彻恳求着，命令着，轻轻地把她拉向自己的椅子，拉到自己的膝盖上。

当他们再次交谈时，是女孩先开的口，用英语说的。她的爱人明白，尽管他总是否认，但他更喜欢听她说英语，胜过她用中文。只有他们两人在交谈，用什么语言，对她来说又有什么关系呢？只有窗扉上的玫瑰花和鸽子花，还有彼此的心能听见。"你在读什么，阿彻？"

她捡起面前的书看了看，而他微笑着看着她。王僧孺！"为什么读这个呢？你们日本的诗歌不是读起来更优美吗？"

"不，"这位日本人的声音中带着一丝悲伤和深情，"我研究了你推崇的那些中国诗歌大师们，发现他们甚至超越了我们日本最伟大的诗人。啊，我的茉莉，虽然这段日子充满了黑暗和痛苦，但我的灵魂告诉我，东方的救赎之光即将到来。中国和日本的完美结合，将是我们至高无上的使命，会拯救我们所有的人。我无法想象，是什么样的邪恶力量导致了这两个国家的分离，这无疑是亚洲历史上的一大灾难。我亲爱的灵魂伴侣，这一切即将成为过去：中日联姻的鼓声已在远处响起，它的来临已指日可待。愿我们能在有生之年见证这一历史时刻。你和我，将为世界带来永恒的和平。整个亚洲将弥漫着茉莉花的芳香，就像我的心一样。日本和中国，心心相印，将成为世界的引领者。"

女孩坐在他膝上的"宝座"，信任他，深爱他，爱他那辉煌的梦想。

"所有的一切都让我们的爱情愈发甜蜜，这是连众神也无法企及的奇迹；但对我来说，一想到我们两个深爱的国家将永远结合，这确实让我们的爱——你的爱和我的爱——更加甜蜜，我的女王，无与伦比的茉莉。日本和中国永不分离，西方将成为它们的附庸。"

这个梦真是美极了，大室彻对此深信不疑。它是人类历史上最辉煌的梦想，在日本，成千上万的人为之奋斗，为之等待，为之辛勤工作。大室彻并不是疯了，也并非拥有远见。像他这样的人并不少见，而且人数还在不断增加。只要日本人还是日本人，无论是地震还是战争，都无法动摇这种信念。但大室彻没有告诉女孩，这个结合的国家的主导权究竟会落在谁手中，或者两国之间能否实现真正的平等。他只是向她求爱，这也许正合他的意。

当他搂抱并爱抚这个女孩时，这个女孩还不知道自己正冒着巨大的风险，但他清楚地知道。他抚摸她的外衣时，摸到那柔滑的绉纱下有一张折叠的纸，并敏锐地捕捉到了那张纸微弱的弯折声，脸色因此变得贪婪而锐利。但是他把脸埋在她的秀发中，不说他已经发现了她外套下的秘密。他愿意等。只要知道她终于听了他的话，也做成了他要她做的事，这就足够了。他相信她迟早会服从，只是担心她未必能成功。他不会主动要她带来的东西，相信她会在适当的时候主动交给他。

他很有耐心，至少看似是这样，这让他怀里的女孩很开心，因为还从未有男人向她示过爱。她不知道生活竟能如此地令人心醉神迷。

大室彻很耐心，他不住地求爱，等待着。

当他知道她必须走的时候，他便提醒她，不情愿地低声说着："你再待下去就不安全了。"

"我知道，"她叹了口气，"但是，哦，阿彻……"

"茉莉！"那男人放开她，声音仿佛在承受折磨。他的眼睛使她着迷。她拿出那张纸，他漫不经心地接过，看也没看一眼，就冷漠地放下了。

"你到底想不想要呀？"她气愤地用母语问他，"我刚刚才获得自由，我可是冒着失去自由的风险拿到它给你的。我的每一笔都冒着风险，一次只敢抄一个字，我生怕有人过来。而现在，你根本不拿它当一回事，那为什么还那般求我帮你拿？"

大室彻悲伤地看着她，也用中文回答了她，只是没有她说得流利。"我告诉过你，我确实想要它，但是你在这里时，它对我来说毫无价值。只要你在这里，我的世界就只有你。就算把东方的所有宝藏堆在我眼前，我也不会去清点，看都不看一眼。你就是我的财富，我灵魂的瑰宝，我生命中的茉莉花。等你走了，我有的是时间看它。你帮了我一个天大的忙，愿诸天神佛保佑你。但是这最后的神圣时刻属于我们。野心，甚至我们为之工作的帝国的利益，都不过是尘土。除了爱，我们的爱，我现在什么也不想，什么也不说。你在的时候，这间屋子满室生香；你不在，这间屋子就毒气弥漫。那时，你的爱人就会凝视他娇花的馈赠，珍惜它，珍惜它所带来的教诲，千万倍地珍惜，因为他灵魂的瑰宝答应了他的祈求，为他带来了所求之物。"

"只要我能，我都会照你说的做，我的主人，"她承诺道，"但是，哦，阿彻，再向我发一遍誓吧，保证我所做的这件事绝不会被利用或被扭曲来伤害别人——伤害我尊敬的父亲或任何人。再对我发一遍誓吧。"

"我伤害你爱的人？你能想象吗？哦，你这样怀疑我，真如同将我剖腹剜心，喂给饿狗。但是，听着，我再次发誓，以神的庇佑、以你的爱为证，如果——"

"原谅我，阿彻。你已经庄严地对我发誓了，我不会再问了，我不会要你再发一遍誓。我不怀疑你，阿彻，我知道你不会伤害他们的。如果伤害了他们，就如同把我的心喂给饿虎。"

"就算是你的鞋碰过的路边的虫子，我也不会伤害。"大室彻信誓旦旦地说，眼神同样坚定。

宣纸帘子已被小心地拉下，漾漾天光透过帘子照进屋里，芳香盈室。大室彻穿着深色长袍，中国女孩"茉莉"衣着精致华丽，青春洋溢，贵气逼人。一对异国情侣站在一起，鲜活如画，展现了生命的悸动。他们一样苗条，一样健康，其他方面却截然不同：她是典型的中国人，而他是典型的日本人。世上没有哪两个民族的差异比中国人和日本人还要鲜明、尖锐。西方人怎么会把日本人误认为中国人，把中国人误认为日本人？真是匪夷所思。

她去偷会她的日本情人时，通常会穿着英式服装，这样她独自外出才不会如此显眼。"新中国"的新女性穿着她认为是欧式风格的服装，无所畏惧地走在中国的街道上。而那些仍留在庭院中的中国女人，觉得那里的空间和世界已经足够，依旧穿着"旧中国"更为精致的岁月里的精美服饰——这同样快乐，可能同样重要、同样高贵。

少女"茉莉"深知自己的虚荣心，她明白穿自己的衣服最能衬托出自己的美，显得最可爱。她应该让阿彻时不时看见她最迷人的样子。她今天就冒了这个险。

茉莉的脸埋在情人的怀里。她的发簪在抚着她秀发的双手间摇摆，发出悦耳的轻响。大室彻身穿柔软的长袍，就像一片灰色的云，而他本人就像一条锦缎织就的、珠光宝气的彩虹。她的小手按在他的深色衣袖上，宛如两只柠檬黄的小蝴蝶，上面还带着祖母绿、珍珠和红宝石的戒指。

大室彻紧紧地抱着她。

但随即，他依依不舍地把她的斗篷叠好，叫小松把她送去外门。大门外一切都安全吗？他恭敬地弯下腰看着她走，小心翼翼地，直到他们的脚步声渐渐消失。

然后大室彻微微一笑，坐回桌旁，拿起茉莉留下的纸条，展开，埋头细看。

他时而因惊喜而露出笑容，时而因愤怒或沮丧而视线模糊，他多次点头，因为他大部分都已猜到。

大室彻在研读时，面容并不英俊，却像刀一样锋利。笼在袖中的《王僧孺诗集》掉在了地上，大室彻不屑地踢开了它。

第十三章

　　尤家人"于家中"举办了一场宴会，卢瑟福-卡迈克尔夫人称之为游园会，而皮尔金顿则称之为马戏团。但无论它叫什么，都办得很出色；无论它叫什么，以乔治·皮尔金顿的智慧和在中国的见识，都能明白这个宴会在各种意义上都精妙绝伦。皮尔金顿很高兴汤姆·德鲁为他弄到了一张请柬。事实上，汤姆为他弄到的是两张，每一位受邀的客人都有两张：一张是纤薄柔滑的深红色纸张，绘有精美图案，用黑色汉字写着："六月初四，申时至戌时①，鄙人尤文索，万望尊驾光临寒舍，蓬荜生辉，不胜荣幸。"另一张是无可挑剔的西式卡纸，上面刻着："尤夫人于家中设宴。6月30日，星期四，3点至11点。敬请赐复。"

　　那个星期四，西方人和东方人共同庆祝的场面可能是前所未有的。东方人内心的感受和想法，只有他们自己最清楚，他们的喜怒不形于色，但可以肯定的是，他们对这次聚会的举办感到自豪。在场的西方人则无一例外地尽情享乐，尤家的聚会安排得如

---

　　① 原文为 "from the Hour of the Monkey to the Hour of the Dog"，与下文 "3点至11点" 不符，应为作者笔误。——编者注

此精妙，让人难以不沉醉其中。

这次聚会成功地调和了不同的口味和期望，既不显得过于奢华，也不流于低俗。中国和欧洲的文化细节被巧妙地融合在一起，甚至可以说它们被完美地结合为一个整体，这种融合远远超出了西方客人的期望。

今天，在这个华丽的花园里，生活在山东的各国、各民族的代表齐聚一堂，除了德国人和日本人，他们都没在场。有一位俄罗斯大公夫人（现在是一位孟姓银行家的女儿们的家庭教师），正向几个中国人、法国人、印度人，一个西班牙人、一个来自宾夕法尼亚的传教士、两个葡萄牙人，还有卢瑟福-卡迈克尔勋爵撒娇卖俏，称对方是她的"宝贝"。

无论是老房子的客房，还是蜿蜒的大花园，以及其他众多庭院，都毫不拥挤。或许，这正是整场游园会最妙的一点。尤文索没有邀请所有居住在山东或暂居此地的环球旅行者。他对邀请函（白色的"于家中"邀请函）进行了仔细的资格审查。所有受邀的中国宾客当然都是绅士，或者祖上都是绅士。

所有的房子都是开放的（除了女人们睡觉的闺房、供奉神灵的佛楼、放置珍贵书籍的书斋——尤文索不能拿他最好的书冒险——和尤文索楼上的一个房间，除了他自己很少有人打开），每个客人都可以自由漫步、欣赏。阿尔吉·布朗在专门用来养狗的院子和亭子里与狗嬉戏了一个小时。伯顿去参观了马厩。

艾琳向尤文索暗示，最让外国客人感兴趣的，莫过于看到"一个真正的中国房子的每一个角落"。尤文索笑着鞠躬，得到母亲同意后，立即下达了命令。尤母一开始对这个提议感到颇为恼怒。但是汤姆支持艾琳的请求，于是尤锦图转怒为笑，大声下达了前所未闻的命令：游园会当天，连"闺房"都要开放，不加禁止，甚至闺房外的神圣花园也要开放。在此之前，除了尤家人和汤姆·德鲁，还没有其他男人见到过。还有那被"花墙"隔开的后厅。"花墙"由红色釉面砖棚架构成，里外缠绕着花果盛开的藤蔓。"花墙"，有时也称作"歌墙"，墙上挂着风铃、小铜铃和银铃，轻风微动，便会发出悦耳的叮玲乐声。

花园里搭起了巨大的丝绸帐篷，里面供应的"茶点"只有像尤家这样富贵高雅的中国人家的厨房才能奉上：茄子烤蜗牛、杧果果冻青蛙、冰镇甜瓜配铁板烤坚果馅鹌鹑，以及其他许多佳肴。金箔气泡酒是所有酒类中最不稀奇的。

游园会上有杂耍艺人、通灵人、走绳艺人、耍蛇人；有经典戏剧，也有美妙精彩的木偶戏；有中国音乐，也有来自意大利的女歌唱家的表演；镶饰的漆制棋盘上有宝石象棋；树上有唱歌的鸟儿，有的自由自在，有的居于笼中。宾客们有幸受邀来结识来自纽约的德鲁先生，为了取悦他们，凡是尤家能想到的、凡是"咯咯"夫人提议的点子，无论多么离谱，都一一实现了。

有些点子显得别出心裁，有些则巧妙绝伦，但都比不上夜幕降临时那场灯笼舞的美妙。汤姆·德鲁在观看时不禁对雅玲说，这灯笼舞的美丽甚至超越了花园本身。百余个孩子，包括许多儿童，在高跷上挥舞着五颜六色的灯笼，跳起了舞蹈。即便对于在场的中国人来说，这种舞蹈也只有在元宵灯会上才能见到。这些中国小舞者技艺高超，伴随着时疾时徐的笛声和钹声，他们完美地卡着节奏和节拍来回穿梭。孩子们身着华丽的服装，戴着神灵、虎、龙、鹰、象等面具；每个人都穿着中国古代的长袍，挥舞着一盏点燃的灯笼。没有人跳错一步。他们一揖到地，再次站起，踩着镀金的红色高跷继续跳舞。明月升起，似一盏皎洁的灯笼，洒下道道金银光辉。夜莺聚在白蜡树上为之歌唱。中国孩子们踩着高跷不停地跳舞，边跳边挥舞着他们的彩绘灯笼。舞蹈结束时，他们滑下高跷，在地上跪了片刻。艾琳·卢瑟福-卡迈克尔被这美丽的场景感动得轻声哭泣。

这场悠闲的聚会虽然持续了很久，但终究有结束的时候。一盏盏珍贵的小茶盅里斟满了客茶，被毕恭毕敬地奉上；每位客人离开时都带着一份告别礼物，从银制的到象牙制品，甚至玉制的，每一件都是精心挑选的，这也证明了尤文索的热情款待是多么珍贵。而当尤先生亲自送给沃尔特·斯威夫特一把扇子——或许就是斯威夫特最梦寐以求的那把——这位温文尔雅的美国人被孩子般的喜悦冲昏了头脑，只顾结结巴巴地道谢。

斯威夫特这一整天没怎么看表演，他一直流连在尤文索的私室中。私室的箱柜中保存着尤家数代人收藏的重要珍宝，而斯威夫特享有完全的自由，可以打开箱柜，观赏把玩这些宝物。因为他是尤祺的朋友——德鲁先生的朋友。尤文索本来很愿意同斯威夫特一起逗留在藏书阁，他很喜欢斯威夫特，因为这个人喜欢扇子，喜欢大师画的绢画，喜欢瓷器、牙雕和玉石。但按照中国人的待客之道，不能厚此薄彼。尤文索没有留下陪着斯威夫特，而是尽可能一视同仁地游走在讲各种语言的宾客中间，尽管在汤的西方宾客里，有一半他连名字都不知道。他很少能和那些只讲法语的人说上话，和那些既不会说中文也不会说英语的人也无法沟通，但他向所有人打招呼，对他们的大驾光临表示感谢，用手势、表情和鞠躬来表达他的欢迎。尤文索穿着中式服装（中国人一贯的穿搭），佩戴着昔日朝廷官员佩戴的香珠串，乌纱帽上直直地横出来一根三眼孔雀羽毛。他手中总是拿着一把小扇子，缓缓地扇个不停，尽管不是他自己画的。他总时不时溜回私室，指出一块他担心斯威夫特会忽视的宝石，讲述一块玉的历史，讲解一个青铜器的含义，一边抚摸一边解释一件漆器为何上乘，一只温州蜜柑为何完美无缺，在中国无与伦比。他给斯威夫特送了趟饭，劝他吃点东西，还亲手给他送了两次山东的酒。也许这是沃尔特·斯威夫特有生以来最快乐的一天，无疑，这也是最令人嫉妒的一天。

这并不是这位美国鉴赏家第一天接触尤文索的珍宝。汤姆果然言出必行，真让斯威夫特的愿望成真了。他为斯威夫特和卢瑟福-卡迈克尔夫妇敞开了尤家的大门，以及院子里各个房间的小门。沃尔特·斯威夫特以前经常来这里。当这位四海为家的游人第一次拿起一只玫瑰色的玉杯时，他不仅叫出了它的名字，还说出了它的品质和年代，甚至推测出了雕刻它的玉匠是谁；从那时起，尤文索就把他视为自己人了。因为汤姆·德鲁似乎希望如此，甚至不需要开口示意。尤文索对卢瑟福夫妇的款待热情真挚，不亚于对待沃尔特·斯威夫特。他要求妻女好好招待卢瑟福夫人，确保她在这玩得尽兴。但尤文索喜欢的是沃尔特·斯威夫特。他们同样喜欢、了解精致的藏品，简直是知己。一周前，他们在这里共度了一整天，共享艺术盛宴，深刻而真诚地欣赏和交流。斯威夫特穿着剪裁精良的灰色绸西装，戴着苹果绿色腰带；尤文索则身着鹤绣紫色丝绸长衫和一件散发着玫瑰香和马鞭草香味的彩色外袍。他们都虔诚而真挚地热爱那些无价之宝，比人生更重要的美与艺术。

今天，斯威夫特大部分时间都在独处，专注于观赏尤文索的宝物。他那张浮雕般的面庞容光焕发，他几乎不忍触摸这些宝物，即使触摸也是虔诚至极。尤文索则来来去去，适时地离开，又适时地回来；每次回来，都能看到并领会这位美国客人精致的脸上的兴奋神情，把他的那张中国面孔也再次点燃了。

皮尔金顿匆忙饮尽了滚烫的客茶。幸好茶不多，喝完后他随即离开，他了解这一中国礼节。汤姆、卢瑟福夫妇和斯威夫特重聚后，则没有要走的意思，待到客茶稍稍冷却后，他们心满意足地啜饮着。他们是贵客，只要愿意，可以在尤家待到日出，甚至更久。

六七个中国人，先是隆重地告了别，随后一个接一个地从隐蔽而不显眼的北门溜了回来，悄悄地走进房子，在楼上紧闭的小屋里聚集，一言不发地等尤文索进来。

尤文索锁上门，留了人带着武器在外站岗。这些人忠诚可靠，义无反顾地为主人效劳。

无论是汤姆·德鲁，还是受尤文索信任的长女尤雅玲，都不能走进这个紧闭的房间，甚至无法靠近它牢牢关闭的房门。

这个房间空荡荡的，几乎没有家具，也没有装饰品。但它似乎承载着一种伟大的"存在"。也许确实如此，那从某种意义上代表的是中国。

这八名中国人在这房间里举行了一场圣礼，比斯威夫特和尤文索在楼下的书斋中共同分享爱好的仪式要坚定得多、苦涩得多。那是爱国主义的圣礼，发誓不惜献出灵魂和生命，终有一天要对所有侵犯山东这片神圣土地的人，进行最后的、彻底的清算。这是一场庄严的中国圣礼，外国人无权参加。

然而，正当他们悄悄地赴这场秘密聚会时，一个中国女孩正看着他们，数着人数，然后回到花园，遵奉父命招待、侍奉西方客人。尤母非常慈祥，但越来越困倦；尤夫人和她的另一个女儿正和卢瑟福－卡迈克尔夫人在一起，尽力以中国的方式取悦她。这种殷勤款待毫无必要，因为艾琳·卢瑟福－卡迈克尔一天到晚都在恣意地自娱自乐，她向来如此。

尤家两姐妹今天都穿上了她们最漂亮的中式服装，尤母自然也不例外，虽不像她的孙女们那么可爱，但更为华贵。尤夫人为了恭维卢瑟福夫人，穿了一身紫色缎子裙，配以不合身的束身衣，看起来像是在柏林制作的，实际上是由一位上海的英国时装设计师制作的，不过她穿起来并不舒服。那是一件极好的礼服，有着显眼的金色玫瑰，点缀着鸵鸟羽毛，镶着厚厚的貂皮，尤夫人穿得漂亮且自豪。尤夫人妆容华丽，傅了粉，点了唇，画了眉，她甚至还梳着中国式的发型，极其复杂，挂满了珠宝。尤大小姐的脸上仅薄施粉黛，尤二小姐妆容略重一点。尤母毫不掩饰岁月留下的像羊皮纸一般的满脸皱纹——作为寡妇，她理应素面朝天。艾琳试图数清她到底佩戴了多少颗钻石，然而根本数不清；艾琳也不至于蠢到去数或者去猜她佩戴了多少颗珍珠——每一颗珍珠都闪烁着玫瑰色或绿色的光泽，如同雏鸽的颈项。

"这聚会真是棒极了！"艾琳·卢瑟福－卡迈克尔夫人向尤夫人夸赞。尤夫人咯咯笑着，拍了拍艾琳的手，她感叹了一句什么，尤素也咯咯笑了。

艾琳问道："你们在笑什么呀！"

"她问母亲刚才说了什么。"尤小姐翻译道，"我们母亲说，虽然你的手泛着苍白，但你的手和她的一样柔软，一样温暖。"

"嗯，"艾琳回答，"我这双手，恐怕比你的劳作还多些呢。"

雅玲对此表示同意："是，我敢说确实如此。我们的母亲从未打过网球，没有驯服过烈马，没有用刀切过肉，也没有打过自己孩子的屁股。前几天我听到一个孩子哭的时候，你告诉我你打过孩子。”

"天哪！你们真可怜！你小时候从来没被打过屁股吗？需要的时候却不打，这太不称职、太不道德了。而且，应该由父母亲自打孩子的屁股。我从来都不让保姆来。你母亲从来没打过你？"

"从来没有！"尤雅玲向她保证，"我母亲不敢的，都是我尊敬的祖母打孩子，只有她有权这么做。对我们来说，只要祖母还在，就轮不到母亲打小孩。我们尊贵的祖母，现在有时还打孩子呢。"

"可她并不强壮呀！"

"她还是能打的，我们得为她提供方便，"雅玲简单地说，"不过我刚才关于打孩子的话，是开玩笑的，卢瑟福-卡迈克尔夫人。我们完全不打孩子，中国孩子不会挨打。我们有句俗话——'棍棒底下出孝子'，但我们也并不常用棍棒，在我们大部分的农家，棍棒都挂着攒灰呢，在绅士家里更是见不到。但是在中国，孩子往往总是孝顺的，我们也许会宠爱孩子。我在英国时，觉得我们的方式——这里的方式——比英国的更好。我认为英国孩子不如中国孩子听话、懂得爱。我们受的教诲是，伤害小孩是不对的。我们长大后，要是我们有必要受教训，当然会挨鞭打，但是我们的童年是没有体罚的，我认为这样我们才拥有甜蜜的记忆，意志更加坚定。"

"这在美国可行不通。"汤姆·德鲁断言。

"绝对行不通，"艾琳附和，"我们的孩子已经够不听话的了。要是没有人好好管教他们，让他们悬崖勒马，难以想象他们会变成什么样子。"

"到了悬崖还怎么勒马？""咯咯"笑着，懒洋洋地问。

艾琳不理他。

"但如果你的孩子们从来没有受到惩罚，也不害怕惩罚，也许他们就不会淘气了。"雅玲建议道。

"别信她的话！"卢瑟福夫人反驳道。

斯威夫特和许多中年单身汉一样，对育儿经不太感兴趣，他觉得这种谈话浪费时间，毫无意义，于是转换了话题。

"尤小姐，昨天下午，我看到你匆忙往家赶，我想追上你的。"斯威夫特对雅玲说，"但是你离我太远了，又走得很快。"

"昨天下午？斯威夫特先生，您一定是看错了，除了回房吃饭，我昨天一整天都在花园里。"

"噢，"斯威夫特漫不经心地说，"那是我弄错了。幸亏我没追上去认错人。我匆匆忙忙地跟在后面，那位女士可能也很不悦。"

"您为什么认为那是我呢？在你们看起来，我们中国人都一样，是吧？我刚到英国念书时，英国人就认不清我的。"

"绝对没有，"斯威夫特坚持道，"我可不这么认为。尤小姐，在你有生之年，我绝对是你见过的认识中国人最多的外国人。在我看来，很少有两个相似的中国人。我不是觉得那位中国女士的脸长得像你。我都没看见她的脸，我是根据她的身高、步态和衣着来判断的。尤其是那条灰绿相间的粗花呢裙子，很像你曾经穿过的那条，我特别喜欢，所以每次见你穿它我都会格外留意。"

"原来是有人和我穿了一样的旧花呢裙子。真不好意思，那不是我。我也喜欢那件裙子，我倒是不在乎和别人穿一样的衣服。"

卢瑟福夫人站起来说："我们得走了，你看，尤母都睡熟了。

我们待得太晚了，不礼貌了。"

尤素挽留："但是祖母经常这样睡着的。她马上就会精神抖擞地醒过来。"尤雅玲更是反对说，他们该等到明月当空的时候回家，这样路上才亮堂。

但艾琳已经等不及要离开了。汤姆待在尤家过夜，此前他已经在尤家过夜两次了。其他三个人都迅速告辞了，尤家人一番殷切苦留之后，尤文索带着一半的家臣亲自送他们到门口。汤姆也走向大门，尤夫人和尤素跟着，尤雅玲安静地坐在祖母脚边，尤锦图却不那么安静。她熟睡的鼾声清晰可闻，她那戴着珠宝的脑袋一点一点，就像一颗枯萎的苹果挂在不堪重负的树枝上一样。尤锦图可能随时醒来，也可能一觉睡到日上三竿。没有人敢叫醒她，尤雅玲也不会离开，她不能在祖母睡着的时候睡觉，直到有人过来接替她伺候祖母。每当尤母睡觉的时候，总会有人——通常会有好几个人——打着精神候着，准备着等她一醒来，就迅速听候她的第一道吩咐。而尤锦图每次睡觉醒来，总是要下点命令。自尤锦图的婆婆去世以来，尤锦图就成了尤家至高无上的、不容置疑的女主人。尤锦图凡有吩咐，家人无不立即照办，再已没有让尤锦图等待过一次，这一地位已稳固近三十载。她的命运，就像成百上千的中国大家族中的老妇人一样——年纪老迈、步履蹒跚、牙齿掉光、思想狭隘，在家中却又权力滔天。不难理解中国男人为何如此平静地面对并接受死亡；但以西方女性的头脑很难理解，中国老妇人在过惯了子孙提供的养尊处优、至高无上的生活之后，怎么可能愿意离世。在世上诸般人生体验中，没有什么比做一个儿孙绕膝的中国老妇人更体面了。每当她的能力有所减退，家人总是以百倍的努力来补偿；他们使她比青年夏年轻，比壮年男子更强壮。这是一个尊崇祖先的伟大民族，将衰老和生命的终结视为一种神圣的仪式。随着衰老，乳房下垂干瘪，双手变得干瘦且颤抖，心脏跳动减缓，步伐蹒跚——多年前对家中老人的侍奉如今得到了回报，回馈以洋溢的爱。生育子女的辛劳，换来老年时的侍奉。老年，因此被赋予了尊贵的冠冕！

每当尤锦图入睡，尤雅玲便静静守候在旁，看着她。她对远处飘来的悠扬乐声充耳不闻，对年轻人的诱惑、内心的渴望，和本能的召唤视而不见，只专注于自己的守望。

第十四章

午餐后，餐桌侍者已经退下，三人还在桌前慢慢用着甜点。"咯咯"对妻子和斯威夫特说："尤家那个小女儿真是美丽非凡。"

"美得近妖。"斯威夫特不情愿地说。

"喂，"卢瑟福夫人突然插嘴，"她难道不该美吗？这有什么可反对的？"

"美得简直危险。"斯威夫特意味深长地补充道。

"没错！"卢瑟福赞同道。

沃尔特·斯威夫特阴郁地说："我看往后会有麻烦。"

"德鲁一直看着她。"

"那就让他看呗，这有什么？"艾琳追问，"你难道能不去看她？我都不能！"

"我可以看她，也可以不看她，都没什么关系，这我保证，"斯威夫特断言，"我认为卢瑟福也是一样。"

"'咯咯'？'咯咯'一个漂亮女人都认不出来。"

"我可不是嘛！"她丈夫气恼地喊道，"你不会以为，我选择你是因为看上了你的内在美德吧？我承认，我的想象力是出了名

115

的，但也没到这个份上。”

“你？你选的我？不！是我选的你！”

“是你选的我，现在你又拿这来说事，但我最终同意了——但不是因为你的朴素品质，亲爱的。我喜欢的就是你的外在。现在，让我们回归正题。你接手了汤姆的事，也把我们拉上了，我们就有责任照顾他。”

“你是说‘拯救’他，对吗？”

“是的。”她丈夫冷酷地点点头。

“他有什么可拯救的？难道要阻止他情不自禁地看尤素吗？”

“你明白我的意思，我也明白。沃尔特和我针对的是同一件事，而且我们都没有说错。我没对他说一个字，他也没对我说一个字，我不知道他知道这事，他大概也不知道我知道这件事。但你看，我们都发现了。我不是耽于幻想的人，沃尔特也不是。这事我俩都确定，那肯定假不了。”

“‘咯咯’，”他的妻子哀叹道，“你在山东真是埋没了。你应该在英国内阁当首相。”

“给我点时间，亲爱的。”

“卢瑟福说得对，”斯威夫特认真地对女主人说，“我第一次看到他们在一起时就有所察觉，而昨天我更加确定了。”

“沃尔特，你别指望我相信你，你昨天只顾盯着尤文索的扇子和画，眼里还能装得下别的吗？”

“但我看到的不止这些，”斯威夫特回答，“欣赏美的眼睛不会只停留在一种美上。尤素甚至比她父亲的扇子更美，换句话说，她美得宛如他收藏的马远的《秋江待渡图》。你刚才也说了，我的双眼难以离开她那桃花般的脸庞。我都五十六岁了，而汤姆还未满三十。艾琳夫人，他肯定已经深陷其中，我敢肯定。如果可以，我们必须把他拉出来，否则德鲁家可能会面临比流血更糟糕的后果。"

"我想没有父母会愿意的。"卢瑟福说。

"肯定会不顾一切地阻止。反正鲍尔斯·德鲁肯定不愿意。德鲁夫人愿不愿意，我不知道。但我很了解鲍尔斯·德鲁，我知道他是什么样的人，他有什么样的标准。简单来说，如果发生这种事情，鲍尔斯·德鲁毫无疑问会勃然大怒，如果夫人不介意我直言的话。这样一来，汤姆与父亲的关系可能就此破裂了，他在美国的前途也可能就此断送了。"

"这姑娘可是位淑女呀。"卢瑟福提醒道。

"她是一位了不起的淑女，是我见过最可爱的淑女，甜美、善良、多才多艺。尤家的女人都是这样的，大多数绅士家族的女人也都是这样的，但鲍尔斯·德鲁可不管这个。她是个中国人，这一点就一锤定音了。"

卢瑟福平静地转向另一个人："我突然想起来，你们美国人并不总是言行一致，这已经不是第一次了。你们宣扬'平等'——饶了这个词吧，你们铭记'生来自由平等'，但我看你们并不总是这样做。你们为了解放奴隶而发动了一场可怕的战争。"斯威夫特柔软的灰色小胡子下隐约露出一丝微笑，但他并未纠正这个历史错误，艾琳·卢瑟福对她祖国的真实历史知之甚少，也没有察觉。"你们曾在凡尔赛多管闲事，为那些微不足道的小国家争取到了最好的位置；你们自诩为中国的捍卫者——几乎要把我们英国从中国赶出去，但论起种族偏见，你们却是最严重、最不公、最彻底的。你们正清逐我们英国在中国的财产和影响；你们甚至牵制住了日本（我想你们是自欺欺人地以为，你们能永久牵制住日本）。你们监视着中国，像条仁慈的看门狗，像个宽容的护士，把从华尔街、芝加哥的牲畜围栏和西方的矿山千辛万苦赚来的钱，成千上万地投入中国。你们与全世界叫板，不肯伤害'约翰'中国佬的一根寒毛。你们慷慨地向中国提供你们的宪法——我私下认为，这在中国运作起来可能会变得相当复杂——以及你们的政府架构和治理手段。你们教中国调制鸡尾酒、烹制蛤蜊浓汤、制作糖蜜糖果，用你们的工业——无论是技术密集型还是劳动密集型——来激发她的活力。你们将梅森-翰姆林的乐器和麦考密克的收割机带到这片土地上，将这里的青年学子纳入耶鲁和普林斯顿的怀抱，将他们塑造成精通党团会议和地方政治的完全合格的共和党人或民主党人，然后再把他们送回自己的国家。你们正在尽可能快、尽可能深远地把旧中国变成一个更新、更尖锐的美国。你们会指导中国人，宠爱中国人，但不会在精神上真诚地接纳他们——大概你会这样说。作为一个普通的英国人，我认为这是体面的公平竞争。一旦我们英国人对中国表现出兴趣，你们就会拍拍中国人的背，露出獠牙利齿。但是，你们并不会和中国人混在一起。你们不把中国人（或者我敢说，其他任何种族）看作是与你们平等的。至于你自己，住在中国是因为你喜欢这里，胜过其他任何地方，并且你似乎理解并钦佩中国人，比所有我见过的白人都要深刻和真诚，但一旦察觉到中美通婚的蛛丝马迹，你就会愤怒至极。"

"我同意，卢瑟福，你说的大部分都没错。我们种族之间不像你们那样混在一起。而且我们是对的。毕竟，我们是白种人，他们是黄种人。"

"那又如何呢！这行不通，沃尔特。你们美国人可能是当今世界上最优秀的民族，但同时也是最矛盾、最有偏见的。这一切——至少有一部分——源自你们长期以来的肤色之争。这让你们所有人都变得狭隘。我从未遇到过一个美国人能够认识到亚洲与非洲之间的差异，这些差异远比亚洲与我们通常所说的基督教世界的差异更加深刻、根本和真实。"

"可能是，也可能不是。我对此表示否认。但让我们回到正题——谈谈眼前的事情。如果是你的朋友——一个英国人——你会愿意看到他娶尤素为妻吗？"

"为什么不呢？如果他们喜欢，我也不介意。"

"'咯咯'！"

"伦敦有几对这样的婚姻，都是上流社会的人，看起来似乎还不错。"

"可有更多这样的婚姻是糟糕的。"他的妻子激烈地反驳道，"那么，即便有那么两三对这样的婚姻能凑合着过，又能证明什么呢？'看起来'意味着什么？它什么都不是！说真的，'咯咯'，你无可救药！"

"而你，"他温和地说，"是个美国人。"

"嗯，"斯威夫特再次断言，"这就算在伦敦行得通，到了德鲁家族那里，情况也会比杀人还严重。"

"但是，"卢瑟福问道，"这真的值得我们担心吗？尤文索肯定会阻止，不是吗？"

"他不会的，"沃尔特·斯威夫特果断地回答，"尤文索不会拒绝汤姆·德鲁做任何事的。尤老妇人也不会，什么都不会拒绝。"

艾琳·卢瑟福推开她的果盘，不耐烦地站了起来。

"你们真是一对笨蛋。"她尖刻地对两人说，"汤姆对尤文索那位美丽女儿的爱还没有我深，他也不会爱上她。他确实在看她。他又不瞎，但他只是看看而已。"

　　她丈夫大胆地说："我想你弄错了，亲爱的。"

　　而斯威夫特坚定地说："我敢肯定你弄错了。"

　　"笨蛋！你们两个都是笨蛋！"艾琳走向朝着花园敞开的窗子，向他们怒喝道，"用你们的话说，你们找错对象了。是另一个女孩！"

　　"什么！"两人异口同声，吓了一跳，两人都不敢相信。

　　贵族夫人冲出窗户，穿过游廊，来到树荫下的花园里，她的步态有些粗鲁。一个社会地位不太稳固的女人走出这种步态，会被称为招摇。

　　斯威夫特和卢瑟福面面相觑，无言以对。

　　"这不可能！"沃尔特·斯威夫特马上说。

　　"相貌平平的那个？有点不可思议，不过艾琳往往看人很准。"

　　"这次她肯定弄错了，"斯威夫特坚持道，"不过，我并不认为尤小姐相貌平平，一点也不。但，老天保佑，但愿不是她。那就更糟了。简直糟透了。"

　　"何出此言？她可是在英国住过，算是半西化了吧。"

　　"这可能吗？中国人是永远不会西化的。他们会学我们的规矩，这没错；但是他们的本能和天性永远都不会改变，就像他们的肤色不会改变一样。尤雅玲——我的天呐，我希望不是她。"

　　"为什么？"

　　但斯威夫特不再说了，卢瑟福看出他内心充满了烦恼。

第十五章

艾琳·卢瑟福夫人猜错了，汤姆·德鲁没有爱上尤雅玲，他根本没想过这回事。每当他有一丝坠入爱河的危险时，他总能察觉到。

但艾琳猜的也不全错。汤姆确实不喜欢尤素，只是难免喜欢欣赏她的绝世美貌。多年来，每个见过尤素的人都如此。但这个女孩吸引汤姆的也只是外表，况且，她讨厌他。尤素和汤姆·德鲁之间不会有感情纠葛。除非最初的反感转为好感，这种事倒也时有发生。

汤姆和尤小姐之间建立了一种独特的同志情谊，这种情谊超越了性别，纯粹而自由。

做父亲的尤文索袖手旁观，任其发展。主要是因为，身为尤祺的父亲，尤文索将汤姆的意愿看得神圣不可侵犯；还有部分原因是，尤文索既然想让年轻的中国展示其潜力，便决定赋予它一个绝对公平的竞争环境，甚至给予它更多的偏爱与支持。他没有赞成，也没有反对。若这全新而未经验证的治理方式能够为中国带来进步，众神皆愿保佑其成功；如果失败了，他们必须放弃新的一套，重拾旧习俗。与此同时，尤文索在一旁冷眼旁观，也不怎么去想，就像尤母一样，她既没有听说过，也没有怀疑过这件事。尤文索一心只在他的象牙和瓷器上，在他拥有的字画上，在他画的扇子上。中国艺术家对其艺术的专注达到了"吾性自足，不假外求"的境界，这种全神贯注的程度是其他艺术家难以企及的。哪怕是最普通的中国手工艺人，在创作时也完全沉浸在自己的作品中。这位中国艺术家活在他的作品中。在他眼中，世间一切粗俗之物，不过是如梦如幻、朦胧不清的存在。即便是父爱——那种最无私、最深沉的父爱——在他心中，也比不上他所投身的艺术那般重要。艺术是他生命跳动的脉搏，是他赖以生存的根基。他因此而感到安稳，对外界的财富、挑战和荣誉都显得无动于衷。或许，血缘关系对艺术家而言不具有其对人类普遍的吸引力，这在全世界都是一样的。尤祺的死让尤文索痛彻心扉，但即使是乍闻死讯之时，尤文索也没有像尤锦图一样悲痛欲绝，难以自持。他受到的打击不像尤母那么大，随着时间的流逝，作为父亲的创伤也在渐渐愈合。他的手仍旧那么灵巧，颜料仍旧色彩绚烂，画笔仍旧亲如挚友，他的作品仍旧是他灵魂的继承人，是他生命的长子。他依然爱着儿子，每当想起儿子，心中总是充满温柔和骄傲。他对尤祺的这位朋友完全忠诚，无尽感激，炽热如火，坚定如山，但是美和艺术才是尤文索的全部。就算上天赐他一个"琉璃世界"，尤文索也不会卖掉一张马远画的绢本画。

尤文索保管着他所属的秘密团体的档案。或许正是因为他不常沉浸于档案的内容，不频繁地回忆，甚至常常遗忘它们，这种不经意的态度反而使得这些档案得到了更为周全的保护。即便在与同僚们共同商讨和筹划时，他也常常走神，沉浸在自己的世界里。在他的世界里，既没有皇帝，也没有总统；既没有德国海盗，也没有日本毒蛇；既没有外来财团，也没有长老会传教士；

既没有白色恐怖，也没有中国人的失策。他所在的世界，纯净至极，唯有旋律、色彩和线条交织其间：紫藤上雨滴轻敲的节奏，日出时分百合花散发的清新香气，夜空中如宝石般绚烂的盛装，李白笔下流转的诗句，长眠在曲阜的圣贤所颁布的法令，老子那些更柔美且含蓄的教诲，银河倾泻的银色激流，暴风中奏响的交响乐，夕阳在龙鳞上绘出的绚烂色彩，以及由大地编织的织锦之花——那便是他的世界。这让他有时会对阴谋诡计疏于防范，但其他人（冯亚、李弼初等人）还是认为，由尤文索保管这个秘密档案更为安全，这连"睁眼瞎"都能看出来。李弼初、冯亚和孔国藩可都不是没眼力见的人，中国人很少有"睁眼瞎"。而且，尤文索的这种超然态度不仅让自己免受怀疑，也让他的宅子成为全山东最安全的秘密集会地点。

尤文索不知道尤雅玲和汤姆相处的时间有多长，也不知道他们单独漫步走多远。但是，如果尤文索意识到，他并不会反对。他的女儿懂得英式习俗，她不会逾越或滥用。尤文索愿意女儿把这些习俗试一试，就像他乐意看到二十世纪国际社会在中国"试验"一样，看它能发挥出怎样的价值。他对这个陌生的新式中国并不很感兴趣，也知道自己根本不了解它。

尤夫人比尤文索更清楚，雅玲和那个美国人在一起的日子有多少。但是，既然丈夫和婆婆都没有置疑，她作为妻子和母亲也无权置疑。她的丧子之痛仍然挥之不去，历久弥新。她只能靠过度进食和无所事事来麻痹痛苦。对于一个失去了独生子的母亲来说，她的女儿去哪里消磨时间，又有什么关系呢？没什么关系。毕竟，这个家是尤先生和尤母做主，而且他们家供奉家神极尽慷慨。尤夫人有时会感到困惑，但她并不害怕。

还有那位年迈的老祖母，终日坐在墙头用望远镜眺望着尤祺本应归来的方向，仿佛能看到尤祺从棺材中复活一般，看得老祖母心力交瘁。她就是这样活着的，过去如此，将来也如此：过去，她把尤祺抱在怀里；死后，他们将永远地把他抱在怀里。老祖母很少注意孙女的事，也不会打听。

尤文索不会拒绝汤姆的任何请求，不会吝惜给予汤姆任何东西——除非汤姆想要的是李白和唐明皇亲手弹过的象牙水晶琵琶，或者马远画的绢本画。而尤文索的母亲也不会拒绝汤姆·德鲁的任何请求，就算是把她的两个孙女给他当侍女都可以——如果汤姆想要，她自己也可以去给他当女仆。

汤姆和尤雅玲之间的友谊是无所顾忌的。

这友谊像紫藤和竹子一样，在山东的阳光下茁壮成长。这里的日子把它编织得像丝绸一样紧密而强韧，并不带什么儿女情长。它自由无拘，无须旁人窥探，不受他人品头论足，他们之间的关系更像是一种充满男子气概的深厚友谊，远远超越了男女间轻浮的调情。

尤雅玲知道，父亲和祖母不会拒绝汤姆·德鲁的任何请求。而汤姆根本没想过请求什么。

对于汤姆和雅玲——一个在纽约出生长大的男人，一个曾留学英国后回到中国的女孩——他们之间横亘着"种族"这道天堑，让他们的友谊显得甜蜜、迷人、健康又安全。

他们意识到他们的处境很安全，却没有意识到安全本身潜伏着一种特殊的危险。就像欧泊石那美丽的瑕疵，隐秘地存在于其璀璨之中。

他们想去哪里就去哪里，想什么时候去就什么时候去，想做什么就做什么。雅玲只有汤姆陪伴，也是完全安全的。尤文索几乎是整个山东地区的神。他在饥荒时期养活了这些"小子"，重新种植了被蝗虫吃掉的田地，再次壮大了被野狼掠走的羊群。全山东省没有哪个强盗敢伤害尤雅玲的一片衣角。

留学英国的经历让这个中国女孩喜欢上了乡间漫步。汤姆生来就有一双不知疲倦的腿，坎布里奇和华尔街都没能让他走倦。

尤小姐注意到汤姆喜欢步行，便常常带他去远处散步。汤姆总是欣然与她同行，因为他不仅喜欢走路，也珍惜这个说中文、听中文的机会。在这些漫步中，汤姆逐渐感受到了中国的多样性和美丽。中国在他面前揭开了神秘的面纱，展现出了它的真容：山丘宛如微笑，花朵像脸上的红晕，小小的房舍散落各处，无名的小径蜿蜒曲折。这些景象在中国这片土地上显得格外生动，与那些色彩单调的地方形成鲜明对比。中国的气息在他们周围弥漫，一直在雅玲的血液中澎湃，而在汤姆体内，这种感觉也越来越频繁地触动他的心灵。尽管汤姆始终是个美国人，他知道自己永远都会是，也必须永远是，但他有时能感到中国对他的吸引力。他们大部分的相处时间都是在山东那座古老的花园里度过的，那里成了他们交流和学习的场所。他们的对话总是围绕着中国，没有沉默的时刻。尤雅玲乐于教授，而汤姆·德鲁则虚心学习。

他的父亲鲍尔斯·德鲁曾嘱咐他："了解中国，了解中国人，是我目前最想让你做的要紧事。慢慢来。了解得彻底一些，想花多少时间，就花多少时间。"

在地球的另一端，山东的花园里，汤姆·德鲁正认真地遵循着父亲的嘱咐。

第十六章

汤姆并不清楚尤雅玲要带他去往何方，也未曾见过她如今日这般庄重而肃穆的神情。他曾自以为，对她的情感世界已了如指掌。然而，他现在意识到，他仍需深入探索尤雅玲内心那纷繁复杂的情绪世界——那些根植于心，不仅超越了情感本身，更象征着她所代表的国度的深厚情感。这些，或许是他永远无法窥见，也无从揣测的。她是东方人——她对英国的浅显了解，犹如她臂上轻轻披挂的薄纱围巾，随时可以卸下。汤姆是个典型的西方人，尽管清楚地感受到东方的魅力，却从未与东方有过真正的灵魂接触。他不像沃尔特·斯威夫特和贝亚德·泰勒[①]那样，对异域文化有着敏锐的适应力和反应。他深谙世故，拥有超乎常人的友善和正直，但他并不是，也不愿意成为一个世界公民：他始终是纽约的汤姆·德鲁。

雅玲的手臂上挎着一个篮子，它像一个大袋子，由白色稻草编织而成，非常美观。她拒绝了汤姆代劳的好意。汤姆注意到，

---

① 美国作家、外交家和诗人。——编者注

雅玲格外小心地挎着这只篮子，仿佛篮子及里面装的物品都珍贵无比。雅玲今天穿了中式服装。每当她这样穿，总是让汤姆感到既陌生又腼腆。然而，他始终认为，这比她平时在家和花园里散步时所穿的考究的西式衣着更加适合她。今天她还化了一点妆，这是汤姆从未见过的，即便是在游园会上也未曾见到。他不知道为什么她今天选择了化妆：她脸上的妆容、她的马车，以及她眼中流露出的骄傲、悲伤和缥缈，都为这次出行增添了一种仪式感，甚至是一种典礼般的庄重。清晨，尤雅玲便来到花园与汤姆会合，带他穿过花园，走出那扇雕刻着龙纹的大门。辰时刚过，一轮红日从山后升起，光芒如同轻盈的绿纱和渐染的红绸，在天边缓缓铺展开来；花朵和蕨草仍挂着晶莹的露珠；枝头上的鸟儿有些还在沉睡，头埋在翅膀下；一只蝙蝠掠过小路，悬铃木上的一只蝙蝠仍醒着。汤姆这么早就起床出门，在"百万富翁街"上定会引起一番议论。而且，不是有人去拜访，而是他出门散步。但既然尤小姐指定了时间，汤姆便遵守了约定。他虽有缺点，但绝非贪睡之人。不过，这并非他习惯的携女士散步之时。

　　节俭的中国人不会虚度白日。他们不时经过的小茅草屋里，农户们都已起床忙碌起来：女人们在纺纱，男人们照料谷子地和洋葱地；孩子们提着满满的水桶，从小溪或最近的井里跋涉回来，这些小家伙几乎和水桶一样大，拖着水桶时非常小心，不愿浪费一滴宝贵的水；驴童们正赶着驴子拉货；一棵桑树下，一位和尚在念经祈祷；两位年长的赌徒正全神贯注地打牌，甚至连尤家人经过都没抬头看一眼。他们绕过小山，天色尚早，山上烽火墩的遗迹依稀可见。数百年前，它们在战争中向部队发出"前进"或"掩护"的信号。在山路崎岖的一侧，一位隐者从洞中走出，目送他们经过。雅玲走过时，向他鞠了一躬。

"这是一位山中隐居者，"她解释道，"大家觉得他是个仙人。"

"他确实像。"汤姆承认。

"所以农民们都相信，"雅玲严肃地说，"每座大山里都住着仙人，他们知晓天机，长生不老，受人尊敬。仙人总是长着长长的白胡子，他能看透内心，不论种族。对他来说，未来的一切都清晰可见。"

汤姆笑着说："那你呢？"

"我是个中国女人，我相信我们祖先和圣贤的教导。他们从来不讲巫术，却坚守着那些在外省已被遗忘的老信仰、老习俗，我们认为他们这样做很好，并且为此感到自豪。"她这样回答。

雅玲的回答虽然得体，却带着距离感，汤姆感觉到她的缄默也使自己陷入了沉默。之前，这两位朋友总是谈笑风生，但今天他们仿佛形同陌路。汤姆在雅玲的沉默中，感到有些别扭。他们以往的相处虽然平静，但很愉快，对彼此的不协调之处，两人都直言不讳——他们互相取乐，也坦然接受对方的取笑。汤姆曾公开取笑雅玲，英语讲得这么流利，却还偶尔带着汉语式表达；雅玲也不时笑着纠正汤姆那仍显笨拙的中文，用美国的习语、短语来帮助他。但今天，雅玲没有笑容，几乎连微笑都没有，汤姆也失去了开玩笑的心情，更不敢造次。这一天，这个地方，他们的步伐，她的态度，都让汤姆感到一种近乎宗教的虔诚。

他曾认为雅玲聪明、友好、理智，是他见过的最有趣的女性之一；虽然没有尤素迷人，但更值得一看——是个像男性一样的好朋友。今天，雅玲就像一个虔诚的修女——非同一般地像；而汤姆是个无知的异教徒，不知她正全神贯注进行何种宗教仪式，只能隔着屏障远远眺望。这个修女在敬拜，栅栏不仅把他们在物理上隔开，更让她精神上远离他。他好奇地凝神注视着她，却无法接近，因为她专注于另一个更为挚爱的存在，似乎忽略了他。一个化妆的修女——敷粉涂朱，佩珠戴宝，穿锦着绣，华服窸窣——却是一个修女！穿的昂贵的粉翠相间的绣花短上衣、深红缎裤，头上戴的叮玲作响的发簪、上衣上斜扣的宝石，举手投足间从衣上散发的醉人的香气，还有她脸上的妆容——都仿佛是她在圣人节或她所信仰的某种崇高仪式上穿的法衣。

他们路过小溪，一位老妇正在溪边洗玫瑰色的萝卜，抬起头朝他们不安地一笑。他们遇上一个方济会修士，他转过身，用无私而忧伤的面容注视着他们。

尤雅玲带着他，沿着一条鹅卵石小路，穿过一座隐匿于林间的小村庄。她停下来，在村神"土地神"的神龛前放上一朵花和一枚硬币。他们路过一片豆田，花香浓郁，沁人心脾。蝴蝶都醒了，四下飞舞，装点得仿佛桑树丛中鲜花盛开，就像竹林中那些细长如剑的叶子一样密集。

他们经过一个剃度过的佛教僧侣身旁，他身穿黄袍，手持一个崭新的木鱼。木鱼中空，敲击时笃笃作响。在中国，每个佛教祭坛上都有木鱼，僧侣们边诵经边敲。

中国人或许不信教，但绝非没有信仰，这里有许多宗教的标志和象征。汤姆数着，还不等太阳完全升起来，他们就已经路过了六座观宇——他想是道观。其中一座高居在山坡上，从小路沿山坡凿有五百级台阶通往那里。尤雅玲在台阶下跪了片刻，然后坚定地继续前行。

他越来越好奇，她要带他去哪里，为何带他去？为何她穿着如此华丽，带他漫步穿过林地和草地？在这个崭新的中国早晨，郁金香盛开如盏，绿竹摇曳，白色野蔷薇刚发新芽，都挂着澄澈的露珠。

然后，他看到了，也明白了。

尤雅玲今天华丽的妆饰和沉默的举止，在汤姆看来似乎奇异，但他能感觉到，这不是女孩的一时兴起，而是出自一个中国女人的某种确定而严肃的目的。他与她的距离，就像美国上纽约湾的埃利斯岛到中国玉门关一样远，甚至更远，但这距离却有一种吸引力，奇异而强烈地吸引着他。她可望而不可即，同时也在召唤着他，迷惑着他，牵制着他。他想，等他回到美国这"世界上唯一的国家"，中国将变成他的一个模糊的梦。然而，汤姆深知，在他的有生之年，他将永远铭记这一刻所见的尤雅玲。这画面不可磨灭：一位中国女子在他身边轻盈地走着，走在如丝绒般柔软的苔藓上，晨光如金灰交织的斑斓画卷，芳香袭人，竹影婆娑，野生的白玫瑰在微风的轻拂下向阳光微微颔首——它们覆盖着这人迹罕至的小径，挡住了阳光。尽管汤姆对雅玲产生了兴趣，他也隐约意识到自己陷入其中，但他对于去向何方、为何而去，依然一无所知。

好吧，他不在乎。旅途很愉快。天气晴朗，树林幽美，这女孩的美与风景相得益彰，甚至更胜一筹。

他们已走了很长一段路，几乎没有说话。汤姆却不觉得累。那是九月初，山东一年中最宜人的季节之始，山顶清新的空气像冰镇葡萄酒一样，令人心旷神怡。

每走一里路，雅玲都好像离汤姆更远了一些，这样的感受前所未有。雅玲真正属于这里，她就像山东每一片细沙中都能自然生长的紫色小花一样。而汤姆则生长于另一个世界，在这里被容纳，被欢迎，但永远不会扎根或停留，永远是个外人，无法融入。好吧，这没什么错。他最爱自己的祖国。

他们走到了一棵巨大的悬铃木前，那树干上长满了地衣，树上挂满饱满的种荚和粗皮的球状果实，坠得每一根小枝都颤颤巍巍。他们脚下那条布满苔藓和蕨草的小径在此向东急转——汤姆看见了，也明白了。

尤雅玲把他带到了尤祺的坟墓。

第十七章

尤家的家族墓地依照风水，精心地建在沿山坡凿出的平台上，层层堆叠，周围翠柏森森。每座坟墓都是用石头或坚硬的灰泥建造的，展现出一种庄重与朴素。其中一座由光玉髓筑成，是为纪念家族中第一位正妻而建，她的骨灰已与岁月一同归于尘土。这位妻子出身皇家，却舍弃自己的皇家身份，嫁到这个山东大院里，与尤家的孩子共享天伦之乐。那时，满族人尚未登上帝位，天朝上国的皇权还掌握在眼睛狭长、不留辫子的汉族人手中。另一座红纹绿血石建造的坟墓，长眠着一位曾守护海岸线、抵御日本战船侵袭的伟大战士。在那个时代，山东的士兵被誉为"捕倭手"，山东海岸上的兵营也被称为"捕倭营"。正是日本人教会了中国人这些海盗的伎俩。

这片墓地非常古老。较新的坟墓都是圆形的土堆，每座都位于大树的荫蔽之下，下方都有一块简朴的白色石碑，上面刻着逝者的名字和生卒年月，有的还简述了逝者的功绩。坟墓成百上千，每一座前面都设有祭坛。老一些的坟墓（建于明代和元代）形如巨大的蜂巢，雕刻精美，坚不可摧，用以抵御那些饥饿的野狼，无论是对活人还是死者都构成威胁。而在今天的"圣省"，人类的力量已经超越了野兽，坟墓不再需要建成蜂巢状。其他的坟墓都是黄色的——原本是雪白的，随着时间的流逝逐渐变成了奶油色，再久则泛黄。

尤家的祖先，一排又一排、一层又一层地安息于此，就像他们生前一样秩序井然——这是几个世纪传统习俗和圣人教诲浸染的结果。在这翠柏拱卫、属于人类尸骨的花园中，在这死亡之阁里，安息的有士兵、诗人、官员，有探索星空的人，有致力于数学和测量科学发展的人，有艺术家、伟大的教师、商业巨头，有思想家，有艰苦奋斗、打拼事业的人，有厚积薄发的人，有为中国培育出新品种蔷薇的人，有为山东拓展疆界的人。每一位逝者都是尤家的子孙，他们以尤家人的身份，共同铸就了家族的荣耀与历史。

在这片墓园中，尤家的女性也安静地长眠。有的躺在丈夫身旁，有的则温顺地躺在丈夫的脚下。被深爱过的女人，那生前被抚摸和珍爱的身体，死后与丈夫的骨灰合葬在一起。每一位妻子都与丈夫合葬，名字刻在丈夫的墓碑上。每一位葬在这里的女人都是尤家的妻子；而且，除了其中的三位，都是尤家人的母亲。这三位未能生育的妻子，就像不结果的花，虽然婆婆有权休弃她们，却出于同情与宽容，让她们留在了尤家。没有一位妻子生在尤家，也没有一位生在"圣省"山东，每位妻子都是通过婚姻这场"二次投胎"成为尤家的血肉。坟墓中没有一位超过尤雅玲年龄一半（十七岁）的女儿，因为在尤家悠久的历史上，但凡尤家的女儿，一到可嫁的年纪，当月便会被抬上喜轿，送去嫁给外省的新郎，一生恪守夫家礼仪，死后葬于夫家之墓。

这里埋葬的每一个人，无论男女，都深爱着中国，为国家尽忠，没有一个人伤害过这片土地。他们早夭的孩子也在周围，和家人长眠在一起。这些中国小孩尚在童稚玩乐时代就劳顿早夭，但大多数婴儿都躺在主墓地远处的无名坟墓里。在中国，未成人、未成婚的儿童不设祭坛，不供奉酒和糖果。

尤家的墓园处处有人精心照管：干净整洁，装饰齐备，就像新英格兰主妇收拾的客厅，但没有那种老式新英格兰客厅的僵硬。在西方人看来，那马蹄形坟前的许多装饰美轮美奂，但是造价十分昂贵，更多的则是奇妙而又无用，仿佛清教徒客厅中黑色斜角古董架上摆的琳琅满目的装饰品。尤家人的坟前，有用玉和珊瑚制成的花，有用金石和极小的海贝制成的花，还有象牙花——经年累月泛了黄，风吹雨淋发了灰，又被太阳晒得棕黑；有金杯、银杯、青铜盘子、铅制盘子、铜香炉；有小小的经幡柔弱地飘扬着；有一尊皂石制成的佛像、一尊青色大理石制成的观音像——经过岁月磨砺和风雨侵蚀，依然洁净无瑕，一如观音菩萨母爱般纯洁的圣心；有给死者用的筷子；有墨盒和毛笔，以备诗人的亡魂挥毫泼墨；有一把笛子，献给一位曾痴迷又精通笛子的人；一个洋娃娃，献给一个三百年前夭折的女婴；一个球，献给一个两百年前爬到河边溺亡的男孩。或许在西方人眼里，这是迷信和自我欺骗的花哨符号，是愚昧的玩意儿。这些东西实际上一无是处，比灵媒敲的小鼓和写的符还俗气，但它们却是中国最真实的本质和灵魂，是中国心灵的馨香，中国崇拜的香火，中国音乐的旋律，是她所坚守的真理，她的品格之筋骨。这些东西是中国人性格和坚韧不拔的毅力的写照——我们西方人无法理解，无法碰触，无法知晓，而且（愿观音菩萨原谅）也无权取笑或诋毁。这种品格和毅力属于中国，坚不可摧，千万次世界大战也无法将其击溃，也不会听凭众多异邦和居高临下的国家联盟来仲裁或调整。任日升日落，潮起潮落，花开花谢，它自不减、不衰、不灭。

墓园在山东是个令人安心的地方，这里都没有围栏，因为没有人会劫掠一座墓园，甚至不会折断这里的一棵树。山东很多地方都树木稀少，甚至没有树木，却有一半的花园是墓园，墓园为山东装点了不少的美。冷杉、桑树（中国北方的桑树从来都不是光秃秃的）等长在坟墓之间和周围，野花盛开在草丛中。尤家人在坟墓中永不分离，是一个幸福美满的大家庭。

在尤家的墓地中，每一座坟墓都被精心照管，周围时刻洋溢着人间爱的气息。每一个长眠棺中的祖先都被后代铭记和敬拜。因为他们都是在世的尤家人的直系祖先——而不是旁系。他们每个人都生育或养育了后代，以使其坟墓永葆体面，使其在天之灵心满意足。这是孝子贤孙的精心照护和不断祈祷换来的奇迹。这里即使是最年幼的婴儿也都成了婚（除了几个世纪前早逝的婴儿）；他们在死后或临死前与某人"结婚"，如果没有适合的人类伴侣，就与花瓶、树木或小溪"结婚"，并通过领养得到后代，确保墓前有人哭丧和祭拜。只有儿子的祭拜可以让逝去的中国人在天上有一席之地，这样一来，早夭的孩童便不会因无子而失去这项权利。这听起来或许有些可笑，但它背后的思想却值得深思。西方的常识能嘲笑东方的想象吗？在整个西方世界，谁能说清？而思想——真正的思想——既不渺小也不虚妄，真正的哲学、进步和道德都是思想的产物。当东方和西方思想发生碰撞，谁能判断孰优孰劣？是西方，还是东方？真知何在？正义何在？是在波托马克河岸的最高法院？还是在巴士穿梭、贸易繁忙的斯特兰德大街角落里被埋没的法庭上？抑或在曲阜的一棵水晶树附近，粉色水仙轻摇的静谧之地，某个正在沉思的黄皮肤梦想家的心灵深处？是道士、基督徒还是法利赛教徒？

汤姆·德鲁站在尤祺的坟前时，并没有想到这一切，或许它们"不相关，毫无用处，也不重要"。他感到非常尴尬，不知该做什么、说什么。尤雅玲并不希望他做什么或说什么，至少是没有表示。她似乎已经忘记了他——忘记了一切，除了她跪拜的坟墓。是的，她忽略了汤姆的存在。她忙着缓慢地进行一些扫墓仪式。这些仪式在汤姆看来既奇幻又荒谬，是一种丑行和亵渎，他心里生出一种嘲讽之情。但突然间，这一切在他看来变得既悲戚又认真，饱含人情味。她究竟想要他怎么做？像她一样，一遍遍磕头，一声声哀号吗？她不会真要他这么做吧？他都不记得自己曾哀号过，他觉得自己根本不会哀号，做不到一声令下就开始大哭。连试试都愚蠢极了。

然后，他忘了尤雅玲，忘了她在那里。他想到了尤祺，尤祺强烈的存在感紧紧地攫住了他，就像在来中国的船上时那样。

他想起与这个中国小伙子在坎布里奇的初遇，并且头一次意识到，这小伙子当时何等孤独——不合身的美式服装，蜡黄的脸，忧郁而奇怪的眼睛：这个在坎布里奇流落异国的中国小伙子，独自站在哈佛的校门前。汤姆想，要是当时再和尤祺多说说话就好了，要是当时对他再好点就好了。如果是他自己像尤祺那么大的时候独自来到中国，不受欢迎，穿着中国服装，被一群欢笑嬉闹的中国学生排斥在外——虽然还不至于当成异类来欺负——他又会感觉如何呢？当然，这是假设中国学生会欢笑嬉闹，而他很少见到中国学生欢笑嬉闹，他猜他们根本不会。尤祺或许很想家，他的眼睛，他的声音，都充满了渴望，却最终孤独地死在了美国。汤姆的眼睛湿润了。他不知道，尤祺是不是进棺材的时候，还穿着波士顿制造的外套和裤子，他就是这样被送回家的吗？汤姆希望不是。

他在山东待了几个月，已经明白尤祺在马萨诸塞州身为异乡人的处境何等可怕；而站在尤祺的墓前，他的感触更强烈，更清晰了。他很高兴他们把尤祺带回了家，很高兴尤祺长眠于族人中间。

他看见了尤祺——现在穿着中国服装——站在那里，表情严肃，目光坚毅：中国的尤祺。汤姆感到周身充盈着一种从未有过的感觉，他从前觉得除非疯了才会有这种感觉。中国终于触动了他。中国——也许，永恒之手也在他的肩上轻拍！只是片刻，汤姆就摆脱了那种怪诞的寒意。尤祺不在那里了，只有他的墓在一片墓地中间，一个中国女孩在她哥哥的坟前祭拜。他从前以为女人是不能祭拜的。斯威夫特或者荆峰或者别的什么人告诉过他，女人是不能进行祭奠的——如果他们所说的就是中国的逝者所接受的这些鞠躬、叩拜和叹息的话。可眼前的中国女人正在这么做！或许是因为年轻的中国，她才有了这一特权。

但对汤姆来说，这已不再荒谬，而仅仅是一件令人悲悯的、妹妹该做的事。

尤雅玲跪拜完毕，但依然没有理会她带来的汤姆。她解开稻草篮子，拿出十来个很小的碗，一只只地装满，摆在尤祺的坟头。她从一个长而弯曲的长颈瓶中在其中一只里倒满亮黄色的酒；在另一只里盛满了米，并在旁边摆好筷子。汤姆知道，她把糖姜从漆盒里盛进了瓷碗中。她摆出的东西里，他认出了山竹、果片、蜜饯和细切鸡鸭肉，但其他的就不认识了。一只稍大的银盆盛着香水，她在旁边放了一条准备好的精致毛巾。她放下编织钱包，汤姆听到硬币在里面叮当作响。随后，她把一盆百合花放在一本书旁边，在香炉中装满了香并点燃。坟墓的两边已经插上了小纸旗，她还点燃了一面，烧完后，她又从篮子中拿出一面插在原处。

尤雅玲转向汤姆："他很高兴看到你也来了。我知道你会很高兴来的。你在美国对他这么好，现在又在中国对他这么好。我哥哥热爱中国，所以为了中国而出国；就像你热爱你的国家，也为它出国一样。"

闻听此言，汤姆尴尬至极。对他来说，这是对他来到山东的一种新的解释，他一时无法反驳。

"我们再次感谢你，感谢你如此虔诚的礼遇——尤祺和我都感谢你。"尤雅玲诚恳地说。

她把手伸到她亲手装饰过的坟墓前，用中文说了什么，汤姆听不懂，她又磕了三个头；然后她拿起装着空饭盒和空瓶子的篮子慢慢地走了，但又不像他们来时那样。

尤雅玲带汤姆来墓地是很突然的，来时走的是一条小路——与其说是一条小路，不如说是拱卫着墓地的柏树之间的一条长满苔藓的狭缝。她带他离开时，走的是一条宽阔的礼仪大道，道路两侧是塑像和树木。这条路既长且直，显然耗资不菲，路旁巨大的英雄和神兽石像仿佛哨兵一般，映衬着柏树森森。西方人不习惯，不了解，看了难免觉得有些可怕。汤姆从未见过"天国之路"，而且一向对中国艺术不感兴趣，不过这精巧的艺术能深深震撼并打动沃尔特·斯威夫特。然而，在这条笔直的黄色道路上，他没有看到任何丑陋或恐怖的东西，路上只有两排粗制的石头战士和怪物，还有森森如墨的柏树。

还不等他们走过最后一只灰色的石头怪物——一只背上有龙、长牙上有一朵莲花的双头大象，尤雅玲就开口用他们一贯友好的方式和他聊天了。

那纤细的少女身影看起来是"盛装打扮"的，活泼而娇小，在巨大的灰色雕像旁显得格外显眼。然而，她与这幅画面浑然一体——即使汤姆这个不爱幻想的纽约人也能看得出来——在这没有神灵和祖先住处的街上，一个中国女孩保持着她的中国风采。她和她的祖先一样，三千年来一直保持着中国人的风貌。从鸦片战争、义和团运动、胶州湾事件到凡尔赛和约，这片土地上风波迭起，水深火热，大破大立，"改革"不断，而中国人的风貌兀自不改、不染、不乱：他们一直是中国人，是毫不动摇的贵族，是西陵氏和"珍珠中的珍珠"。然而，她也是他的朋友和伙伴。如此浑然，如此简单。正午，当他们离开那些巨像，漫步穿过紫罗兰丛生的草地，听见银颈蓝鸟在红木树上唱着歌时，他问了她一个问题。这个问题在他旁观她祭拜尤祺的坟墓时就在他心头萦绕着——他开口问她，因为觉得自己可以问。

"你信仰什么宗教？"

"你是指我个人信仰什么宗教，还是我们中国人信仰什么宗教？"

"这难道不是一回事？"汤姆惊讶地说。

尤雅玲抬起头来，轻声一笑。他看到她如金银花一般白皙的脸上，脂粉已经被泪水冲刷净了。她在哥哥的墓前哭得很悲伤。

"当然，整体包含部分，相比于西方，在中国更是如此。"她说，"但他们以为中国没有个体——认为中国只有家庭，没有个人，生活中没有个人主义，这大错特错。我认为，人与人之间关系越紧密的社群，共同遵从传统习俗，个性才越鲜明、越可靠、越强大。"草地上开满了紫罗兰，也有很多其他的花。她弯腰从草地上摘下一茎挂满钟状花朵的黄色百合，举到他面前。"你看，这一根茎上有一朵、两朵、三朵……十五朵花，"她数着，说道，"它们既相似又不同——实际上不同更甚于相似，和谐而不单调；它们是幸福的一家一户，同根而生，同茎而活，同沐太阳光辉，同汲天地灵秀。但每朵花摇曳之姿般般不同，从心而活，各有其意志与性格。它们固定在同一根茎上，受其支持，借之以得滋养，却不受其束缚。中国人的灵魂不是一大碗灵魂中的一滴，中国人的生命、思想或良心也不是。你要是这么想可就错了。西方教会了我们，嗯，很多东西。"汤姆怀疑她的嘴唇是否讽刺地微微翘起。

"但西方不能教会我们个性，因为我们一直都很有个性，并坚持个性。兽群有巨大的力量，但是从众思维能思考吗？能发明吗？发明望远镜的、发明飞机的中国人就像发现氯仿的苏格兰医生一样有个性。我相信我的中国同胞所相信的，以我相信的方式。道德准则是我们的权杖，不是我们的镣铐；中国的宗教是许多事物的表达，而不是一堆法令。我们遵循一种形式，或者更确切地说，是许多形式的许多变体。但是，在源远流长、饱经考验的形式的庇护之下，每个人都独自思考。我们站在一起，一起行动但独立思考。"

"那么，你是否愿意告诉我，你自己的信仰是什么？"

"爱和服从，"她马上回答，"对父母和亲人的爱和感恩。没有感恩的爱是廉价的爱。我们相信对花和一切美的恩赐的爱，对给予这些恩赐的诸神的爱，对需要的人予以同情和帮助的爱，和对祖先和圣贤的服从。我们信道教、佛教、儒教，以及其他很多教派，我们大多数人都兼容并蓄。灵魂何不像身体一样，兼食百味，茁壮成长呢？但我认为，对所有中国人来说的爱、服从和享受，是你们所谓的宗教的基本要素。"

"享受？"

"享受，"尤雅玲果断地重复道，"每一种可能的享受。就像你所谓的'玩得开心'，以及对甜蜜、美好、强大的事物的欣赏。一个不要求快乐和幸福的宗教，难道不是一种亵渎吗？一定是的！"

汤姆想起了安妮·伊莱扎姨妈，微微一笑。

"欧洲人常说中国人何等辛劳，我想在美国应该也说得很多。至于我们如何娱乐，我很少听你们说起，几乎为零。我怀疑，即使有极个别来中国的旅行家讲述过我们的娱乐方式——浅显地讲述，也没有人能哪怕是模糊地感知到，我们所有的娱乐都是何等触及灵魂。至于我们的节日，我时不时在英文书籍中读到对中国节日描述，虽然都符合事实，但我从未看到哪怕一句话、一个词或一丝迹象能表达它们真正的意义。在节日这种外在形式之下，它们所蕴含的深意是什么，它们纪念谁。这些都是服从，也是常识。服从就是一种常识。服从比我们更古老、更明智的经验，服从法律。中国人可不是奴性的民族，德鲁先生。我们有耐心，但我们的耐心不是弱点，而是世代积累的勇气，深植于我们的骨髓。作为一个精神教养优良的民族，我们有我们的骄傲，不肯轻易或无意义地烦躁或生气。我们是一个快乐的民族，却被误以为成天闷闷不乐，只是因为我们彼此之间不随意相待，更不用说对外人了。快乐是我们的责任。中国人享受天地之大美，继承祖宗之余荫，自然应当快乐。是的，我相信我的宗教就是爱、感恩和服从。我希望你不久就能回到故乡。"汤姆奇怪地看着她，一句"为什么"到了嘴边又咽了回去。"我非常希望在你离开之前，你能看到我们中国人的本来面目，带着这段记忆，在你的有生之年都不要忘记。身为中国人，我很自豪，我本无须在意别人的看法和评价，但我还是在意的！中国人的优点，比最友好的西方人描述得还要多。我们最好的一面，他们从来没有说过，我甚至认为他们也从来没有见过。我们还债——我们中国人。我想，现在全世界都这么说我们。无论如何，我们的历史证明了这一点。基督教世界一直在向中国放高利贷，强迫我们借款。首先是迫使我们需要借款，迫使我们以令人窒息的利率向它借钱，只有中国人的毅力和勤劳才能忍受那些还款条件。西方扼杀了我们，一直束缚着我们，可能会扼死我们，让我们灭绝，把我们从地图上抹去。山东一直是抵押给你们的。山东就像列强的羽毛球，曾是德国的羽毛球，现在痛苦地成了日本的羽毛球！日本和德国都承诺了会离开，可他们走了吗？就算它们走了，又会远离吗？你称我们为'瘦弱、温和的中国人'，因为我们不爱那些夺取山东的国家！可即便如此，我们也一直在还债，而且也将永远还下去，只要中国人还是中国人，中国还是中国。对恨，我们还之以恨，残酷地还；对善，我们还之以侍奉和感恩；对爱，我们用心来还。我们对你的爱，对你本人的爱，是我们对一种神圣债务的感恩。我们爱你，因为你爱尤祺。"

汤姆看向别处。

尤家人把他想错了，但他必须要配合着继续演下去。他不能告诉雅玲他不爱尤祺，他不喜欢他，甚至鄙视他。当然，现在不鄙视了，毕竟不到一个小时前，他还同雅玲在尤祺的墓前，看她为尤祺哭泣、敬拜，他们现在还在那种情绪中。尤家人对他如此友好，尤雅玲说的话，让他感到仿佛窃取了这份好意，他怎能反过来打他们的脸呢？他必须离开！是的，只能这样，转身跑掉，离开山东，即便他父亲交给他、托付给他在山东做的事才刚刚开始，而且开始得如此精彩！

他强行把思绪拉回眼前时，雅玲还在说话，他不知道她在说什么，也不知道他走神了多久。

"……我们必须永远记住，也许大多数侵犯我们的民族并没有恶意。我敢肯定，有些西方人没有，甚至有些西方国家也没有。我知道你们美国是中国的朋友，最近是的，已经有一段时间了。美国是唯一一个没有侵夺中国一寸领土的一流大国，我愿意记住这一点。一个人当然对民族怀有感激和爱，就像对个人怀有感激和爱一样。"

"你——你自己，"汤姆问道，"对在中国和在欧洲遇到的任何一个民族有兴趣吗？"

尤小姐闪烁其词："可能会感兴趣吧，适当地感兴趣，如果我知道并且理解他们的话——除了日本人。"

"那么，"汤姆说，更多的是想听听她接下来会说些什么，而不是谈起他自己对日本人的看法，"日本人和我们其他人很像，有些人很坏，有些人非常好。你知道，这是一个博爱的时代。你不爱日本人，连适度的爱都没有，正如你谨慎地表达过的那样，这难道不是一种犯罪吗？毕竟，生为日本人也不是他们的选择。"

尤雅玲转向他，面上仿佛闪过一道凌厉的闪电。"一个山东人，爱任何一个日本人，都是犯罪，简直是弑母！人决不能爱一个侵犯他的母亲的人！"

第十八章

无论汤姆·德鲁对日本人持有什么辩护意见，他都不再坚持了。况且，从他父亲每周寄给他的纽约的报纸来看，一个美国好公民加入日本的任何党派都不是明智之举。

汤姆和尤雅玲慢慢穿过豆田和村庄，穿过平缓的林地，那是树木稀少的山东仅有的"森林"。雅玲高兴地和他聊着天。

汤姆虽然了解这个中国女孩，或者说他以为他了解这个中国女孩，但他很奇怪，她从尤祺的坟墓归来时竟能如此快乐，这就像她穿着华丽的礼服一样奇怪，简直让他有点恼火。

尤雅玲像往常一样，捕捉到了他未说出口的想法。大部分的中国人只要愿意，都能捕捉到别人的想法。

尤雅玲微笑："我们和那些去世的在天之灵保持着密切联系。不知你们在美国是如何对待逝者的，但在英国，他们埋葬了死者之后就置之不理了。我想他们是把死者忘了，一代人之后，最多两代人之后就会忘记。我在英国的一些同学从未去过他们曾祖父母的坟墓。我很难想象这样一个民族是文明的。可能基督教文明就是这样，但我觉得这不孝顺。"

汤姆反驳道："我们不认为逝去的亲人只存在于地下。他们还活在我们的心中和思想里。"

"我并不认为你们会这么想。"

过了一会儿，尤雅玲补充道："也许如此。英国人、美国人只有一个灵魂，只能下到黄泉。所以才不一样。每个中国人都有四个灵魂；有些中国人的灵魂多达十个。"

"我说，这在我听来有点复杂。"

"这很简单啊。就像十个脚趾和手指一样简单。有个灵魂在坟墓里，有个灵魂在石碑上。'魂'升上天堂，有时候天神会封它为神。'魄'沉入地下。我们和逝者生活在一起，就像我们和那些在家里、院子里的人生活在一起一样真实。除了在亲人新丧的时候，我们感到骨肉分离、肝肠寸断，还有每年披麻哭丧的祭奠之日之外，我们看望祖先的时候并不悲伤，这对我们来说是一种欢聚，我们把它当成节日，从中找到快乐。今天我穿上了华丽的外衣、深红的裤子，还戴了许多珠宝，因为我要去看我的哥哥，还要带着跟他深爱着的朋友一起去。我本来就很喜欢我们的脂粉，后来去英国读书，就不那么喜欢了，因为在那里看到那些长脸女人浓妆艳抹。但今天我化了妆，因为我不能对尤祺无礼。我们上坟，就像是探亲，也是带小孩子玩耍，小孩子也跟着我们在坟前磕头，也恭恭敬敬地点香，然后就笑着跳着回家，一路放风筝、玩耍。那些外国旅行家，用英语和其他欧洲语言写了那么多关于中国的书，在我们中国人看来，却对我们了解甚少。他们写了很多关于我们的'祖先崇拜'的文字，实际上却只是一知半解。我认为，'伟大的家庭友谊'这个叫法更好。"

汤姆·德鲁想象着新英格兰的孩子们在佛蒙特州的墓地里嬉戏跳舞，想象着安妮·伊莱扎姨妈看着他们这样做！

他转移了话题，不再谈论中国的墓地风俗。"说起你在英国的日子，你似乎不太喜欢英国呢。"

"我更喜欢中国。"雅玲慢慢冷静地笑了笑。

"也许你也会喜欢美国，我希望如此。不要觉得像个外人。"

"我想，"女孩严肃地告诉他，"尤祺在你们国家感到格格不入，生活艰难。他在给我们的信中从不抱怨，但我认为他在美国并不快乐。只有你在大学里对他好——你是所有美国本地人中唯一对他好的。我觉得他很孤独。想家，他当然想。但是，要不是因为你的善良、欢迎和友谊，他就要孤独死了。我能感觉到他在哈佛过的是什么样的日子。这真令我难过，我现在还为此难过呢。"

如果汤姆·德鲁只是一缕游魂，他在听到尤雅玲的话时定会颤抖不已。

"对不起，"他无力地对尤祺的妹妹说，"你没能去那里上学，你知道的，我希望你会喜欢我的国家。那是个很棒的地方。"

"我没机会再见识了，"尤小姐回答，"我希望再也不要被送出中国了。"

"谁知道呢。"汤姆坚持道，不由自主地、更仔细地看着她。但从他搬进山东的合租公寓以来，有很多事情他并没有意识到。

"这倒是，"女孩承认，"即使是山中高人也不是什么都知道，或者说不肯什么都告诉我们。但我祈求观音菩萨，等我出嫁后，我的夫君……"

"我说，"汤姆惊讶地站住，插话道，"你不是还没订婚吗？"

"订婚？"尤雅玲点点头，"我想还没有。如果我要订婚了，我相信我尊敬的父亲会告诉我的……"

"天哪！"汤姆又打断了她。

"确实有些订婚仪式，我必须参加，然后才能把我们——我的未婚夫和我结合在一起。我的父亲和我尊敬的祖母可能已经安排好了，也不能再拖了。我的、尤素的婚事都不能再拖了，我们年纪都不小了。到了花朝节，尤素就要满十六岁了。这个貌美如花的人，出生在百花的诞辰，不是很美妙吗？而我再过几个月就要满十九岁了。再不把我们嫁出去，就是他们的不是了。祖母和父亲对我们可从来没有不是。"

汤姆·德鲁的脸红得发紫。"你不知道你要嫁给谁吗？"他尴尬地脱口而出。

"不知道！"中国女孩气愤地回答，"我们还没变得那么'新中国'！"她慢慢地往前走，汤姆也跟着她往前走。

"在政治上，我父亲或许是向着'新中国'的，至少是适度地向着；也许不是，我不知道。我敢肯定，他对山东有很多想法和计划。但除了山东，父亲很少考虑别的，一心只想着美好的东西：丝绸和瓷器、所有美丽的东西、音乐、古籍、我们的花园。我尊敬的父亲或许在那些生活中最不重要的方面，有一点'新中国'的倾向。现在大多数人都是，很难不这样。我现在甚至都可以直接对你提我父亲的名字。在旧时代，我们可不能直呼父亲的名字。但在家庭事务上，我们仍然是老一派，坚守着那种古老的传统。"

"但你无法选择和谁结婚，和谁共度一生吗？"这位美国人也愤怒了。

"我当然可以选择，我选择嫁给父亲为我选择的人。尤文索是个老人了，而我还年轻；他有智慧，而我还懵懂。他了解男人，了解家族，而我一无所知。我了解的东西比我们这里绝大多数女人都要少，毕竟我之前被送到英国上学了。那里冷得每天要穿三件外套；那里的人连烹饪都不会，却要我学习英国国王和战争的日期、他们在曼彻斯特和伯明翰都制造些什么、他们在中部地区和苏格兰种植些什么；他们给我吃龙虾——海洋的清道夫，他们把这当成一场丰盛的款待；还带我去一个叫教堂的地方，那里有个人站在高高的台子上对中国人口出狂言，称他们为'异教徒'，还为他们祈祷。他们传过来一个黄铜托盘（那黄铜质量很差），而那位总是坐在我旁边的女校长，试图让我拿出一先令银币放在上面，为中国的外国传教团捐款。我可不肯，女校长也逼不了我。她很生气，但我更生气。她把我带到她的书房，在那里她什么都不学，要么给学生家长开长长的账单，要么让年轻女孩不快活。她对我说了些难听的话。我什么也没说，只在心里暗暗骂她。哎呀！当我听说要把我送回中国、送回山东的消息时，我又活了过来，心里在唱歌。"

"但是如果你不喜欢你的丈夫呢？"

尤雅玲笑了，笑声如银铃声荡漾。

"那是不可能的。我得等到我出嫁时，他揭开我的红盖头，我才能看到他，在此之前只能偶然透过花墙偷看一眼。但是，当他揭开我的红盖头，我会对他心生爱意；当我像花朵一般，在他的院子里扎根生长，我会对他情意弥笃；孩子在院中嬉戏，我满心爱慕；我育其子，他必尊敬我。他可敬的母亲会温和地引领我，令妾室们服从我。"

汤姆·德鲁感到反胃。

"我希望尽快结婚，"雅玲高兴地说个不停，"这里的女人往往不像其他省份那样，年纪轻轻就结婚。在'小子'们的家中，女儿往往很晚才出嫁，通常是二十四岁，有时甚至到三十岁才出嫁。但绅士家的女儿是不会待字闺中太久的。我认为一些新风俗太疯狂、太野蛮，污染了我们的生活，我不喜欢。我是说，这不适合我们，"她迅速补充道，"对于生在这种文化中的人来说，这种方式当然很可敬，这是贵国和英国的方式。这个我非常明白。就像'咯咯'夫人，如果要她待在深宅大院里，她是不会快乐的。"

"她会把墙推倒的。"汤姆冷酷地说。

"她还不如翻墙呢！"雅玲笑着说。

他们沉默了一段时间，走过长满苔藓和野花的柳树夹道的小径。

也许尤雅玲在幻想她的红色喜轿，幻想那个初见时就会成为她丈夫的男人；而那时的她，却被嫁到一个陌生的省份做新娘。她的目光饱含柔情，朱唇也带着笑意。

汤姆·德鲁的想法并不愉快，他平素和蔼可亲的白皙的脸，此刻僵硬而阴郁。尤雅玲将要嫁给一个中国人，这简直令他憎恶。可怕！他应该和尤锦图老太太谈谈这件事吗？这位老祖母给了他很大的特权。她会在这件事上听他的吗？或者他这样反而会帮倒忙，甚至让这可憎的婚姻来得更快？婚姻？这可不是婚姻！这简直恶心，下流！一想到这件事，他就难受。雅玲将会被装进一个俗气的木轿里，由苦力抬着，抬去嫁给一个男人，而且是她从未见过的男人！锣鼓喧天，鞭炮齐鸣，农民们叽叽喳喳，为她大喊大叫。混乱！一想到这些，他的男子气概就翻涌了！他觉得反胃。雅玲是他的朋友，他几乎就像喜欢莫莉一样喜欢她，比喜欢莫德更喜欢她。在很多方面，她都比莫莉和莫德更讨人喜欢，更和蔼可亲。首先，她阳光般的好脾气更可靠。她比内蒂·沃克有趣得多，而汤姆经常想内蒂，现在也常想。而且，雅玲会说英语，阅读和谈论起英文书来比他还强，她穿起英式服装来更得体、更合适、更像淑女，而且没有裹脚！中国人向她求婚，岂有此理！岂能袖手旁观！

这几个月，汤姆·德鲁感受到中国人热情洋溢的殷勤和友善，一直没有把他们——尤雅玲的同胞——当成"中国佬"，而这次他被深深地惹恼了。这似乎是他不曾理解甚至不曾发现的自我的一部分，从前从未表现出来，今天却突然揭竿而起。他上一次如此愤怒，还是在佛兰德斯。那一晚，他看到一个德国佬用刺刀刺进一个同胞的头部，那个来自底特律的男孩鲜血和脑浆迸流，而杀人者哈哈大笑。那个德国人没能笑第二次！汤姆·德鲁赶到了。

不知尤小姐是否像往常一样猜到了他的心思，但这次她没有回答。

她只是静静地看着小路，直到他们走过了柳树林，她知道离父亲的院墙只有两里地的时候，她才抬头看着同伴，开口说道：

"尤祺结婚的时候……"

"我不知道他结婚了呢。"汤姆闷闷不乐地打断了她的话。他的思绪仍然很混乱，但他还是惊讶地脱口而出。"他从来没提过。"他补充道。尤祺没对他提起过自己的婚事也并不奇怪，毕竟汤姆和这个中国男孩交谈不超过十来次，每次不超过六个词；甚至就在这十来次交谈中，他每次也都尽可能地阻断尤祺的话头。

"在坎布里奇吗？他不可能跟你说的，你认识他的时候，他还没结婚呢。"

"哦。"汤姆沙哑地说。他也只能说这些了。"可是，哦，我明白了，他是在美国结的婚。我没听说，不过确实有人会在大学期间结婚。他的夫人是中国人吗？"他礼貌地问道。马萨诸塞州不会有多少适婚的中国淑女，他确信这一点。尤祺可能结的是一场"代理婚"，他听说过这种婚事，大概在中世纪的欧洲或什么地方有。

"当然是中国人，"尤小姐骄傲地回答，"但不是在美国结的婚，是回家之后结的。"

"啊？"汤姆惊讶得说不出话，含混地问。

"你不明白，"尤雅玲和蔼地说，"这条小溪真是令人愉悦，我们在这里休息一下吧？马上就要到家门口了。我们已经走了很远的路了。我来告诉你尤祺的婚事，那可真美。我坐这块平坦、温暖的石头，你坐那块树荫下的。"她边说边坐下，汤姆坐在一个更宽、日晒较少的地方。

"我哥哥的婚事是一场冥婚。我父亲本可以为尤祺找一个活着的女孩做妻子，但他和祖母都认为，还是找个死去的新娘，对新娘和新郎更仁慈些。即使对我尊敬的父亲来说，找到一个门当户对的家庭愿意嫁一个在世的女儿配冥婚也是很难的。她显然一辈子都得守寡，当然，她也可以自杀。"

"我说——"汤姆说，却什么也说不出来。

"父亲找到了一个外省外姓非常显赫的家族。当然，那家闺女和我哥哥是同辈。她必须满足所有的条件。因为在生前未订婚的男女，在死后也不能结合。一切都必须完全符合上天的安排。那个女孩生前，本来有好几家媒人已向她父母提了亲，父母还在犹豫不决许配给哪家呢，结果女儿非常突然地去世了。她下葬的时候，尤祺还在哈佛。但她方方面面都很合适。她父母欣喜若狂，因为这样，女儿就能成亲了，能让她地位更为尊荣。在山东，新郎有时——并非总是——会亲自去迎娶新娘。尤祺就是去陕西迎娶他的新娘的。"

汤姆的蓝眼睛睁得大大的，他很想问点什么，但问不出口。

而尤雅玲回答了："不，不是躺在棺材里去的，这贵重的棺材太大了，连喜轿都放不下。而且，尤锦图有生之年都不会让尤祺的棺材离开她。"

"去的是尤祺的牌位，用纸做的，当然是白色的，上面刻着他的年龄和名字，还有漂亮的'灵位'，是我父亲做的。'灵位'就是新郎的灵魂的座位。等所有的葬礼仪式结束后，牌位会被烧掉，这样灵魂——牌位上的灵魂——就会被列祖列宗召唤到用珍贵名木制成的家族牌位中，与他们同住。家族中在世的人都会守护和珍视家族牌位，并且会适时祭拜。尤祺是坐在红色的喜轿上去接新娘的。他自己的绿色新郎椅一点也不漂亮，也不华丽，就这么跟在后面，空空如也。那排场可真大。我们从墙头看着，看着它走，看着它来，看到尤祺最终把他的妻子带回家。"

"所以，"汤姆尴尬地大胆说，"他们是在新娘家结婚的？"他并不想说话，也并不想再听这个话题了，他只是觉得应该接这个话茬。她希望他接话。

尤雅玲同情地笑了："你对中国了解甚少！那是不可能的。他去了新娘父亲的高堂。新娘的家人给他做足了全套仪式，他也走完了所有仪式，只是没能和新娘见面。他留在高堂，那顶红色轿子抬进闺阁院子，新娘的女仆和父亲把她放了进去。当然，她在棺材里，但那口棺材很小，那顶红色的喜轿又被做得很宽，她的棺材正好能放进去，上面摆着凤冠，四周罩着霞帔。"

"老天呀，他们把她从地里挖出来了？"汤姆不自在地问。他们确实是这么做的。

"尤祺被摆在绿色的椅子上，跟着新娘来到他父亲的家。"

"中国现在还有这样的事吗？"汤姆冲动地问。

"夺走中国的土地和金钱容易，改变中国的习俗难。"尤雅玲平静地回答，"我们中国是个古老的国家，德鲁先生。我们的旧习俗适合我们，我们喜欢旧习俗，尊敬旧习俗。冥婚在你们听来可能有点吓人，这不是你们的错，对我来说，这很美好。他们是在我们的居室中成亲的，就是你和我父亲经常见面的地方。在山东，他们走完了一场隆重的中国婚礼的所有仪式。后来，我们换下婚礼穿的衣服，披上粗麻，刷掉发膏，散开头发，收起首饰，带着悲戚跟着他们来到坟墓。他们合葬于同一座坟墓，这是妻子的权利，她的名字刻在她丈夫的墓碑上。他们的儿子死了，唉，我们全家又悲伤至极，哭声响彻院子。"

"他们的儿子？"汤姆小声问。

"我尊敬的父亲为尤祺娶妻，是为两件事：一是妻子可以在黄泉服侍他、逗他开心；二是这样一来，他就可以有儿子——这才是更重要、更迫切的，只有尤祺成了亲，我们才能为他收养一个儿子，合理地祭奠他。所以我父亲必须为尤祺安排一桩婚事。等几个月的悲痛的丧期结束后，我英明的父亲就为尤祺领养了一个俊美的儿子。我们都爱他，我慈爱的母亲和更为慈爱的祖母都很欣慰。然而不幸的是，我这个侄子又死了。现在，我尊敬的父亲将要再收养一个儿子和一个孙子，等风水先生择定吉日，就会把他们带回来。这样我尊敬的祖母就会看到两个小孩子在后厅玩了——一个孙子和一个曾孙。如果我父亲收养的儿子死了，我们的心会碎的。但我们不用找人顶替他，因为尤祺的儿子和后代可以祭奠他们的父亲、祖父以及所有可敬的祖先。可如果是为尤祺收养的儿子死了，我们就得重新收养，以此类推，直到他又有了儿子和儿子的儿子。这是必不可少的。"

汤姆没有进一步试图对此发表评论，他拼命想了一会儿，想不出说点什么合适，说什么显得不那么"西方"。他只能听从父亲常劝他的话，而且是郑重其事劝他的话："儿子，惑者不语。"

尤小姐站起来，抖平坐皱的外套和裤子。她微笑着，有点悲伤，也有点豁达。"太阳要落山了，晚饭时间快到了。我们得走了。"

在尤家南门，汤姆与雅玲告别了。他一路走回了合租公寓，尽管他可以骑尤家的任何一匹马，或坐任何一顶轿子，但他还是宁愿走路。

汤姆回到合租公寓时，皮尔金顿正愉快地吹着口哨，这个英国人在吹《扬基调》。

汤姆·德鲁走向自己的房间，尽管在合租公寓，此时也是吃晚饭的时间。这个参加过世界大战的美国人，狠狠地用牢固的门闩锁上了自己的房门，痛苦地撂下一句咒骂："该死的《扬基调》！"

第十九章

　　几天后，就同一问题，举行了四场截然不同的会议。

　　天还没亮，三个中国人就在尤宅北门叫门。尤宅的院墙错落有致，北门几乎隐于其中。三人没等多久，门就开了，或许有人正在恭候。显然，这几个月，他们已经不是一次两次走尤家这道最为人迹罕至的门了。三人走至门口，门即向里大开，门卫一言不发，向来者鞠了一躬。三人也默默走过门卫，静静走向房子。尤宅的北门少有人走，因此平素无人看守。没有仆人陪同他们，通报他们的身份和功绩；他们也没有先送上红色名帖，通报身份并请求进入。罗龙没有陪侍他们，也没有叫其他仆人来陪侍，或者宣告宾客到来，或者询问尤文索，是欢迎他们大驾光临，还是干脆利索地把来者打发走。此时正当日出时分，阳光照得大道上一片琥珀色。来者却不走大路，而是迂回潜行在树影中。他们走着，罗龙甚至看都没有看一眼，安静得仿佛隐形人。老旧的院墙上有很多打通的孔。罗龙透过其中一处向外仔细探查一番之后，重新闩上了为来者打开的大门，回到了低矮的遮棚。这是他在这座少有人监视的大门旁的临时岗亭。

　　尤文索正在一扇敞开的窗边等着他们，却没和他们打招呼。

三位客人也没有说话，无声无息地跟着主人走进了私人书房。尤文索仔细地检查了门板的内闩已经上好，才向客人表示了欢迎。

这不是礼节性的拜访，这是公事，严峻而紧急，是山东艰难而迫切的事务。没有推让座次，没有自我贬抑，也没有互相恭维，四人紧紧地围坐在一起，顾不上考虑惯例，最年轻的孔国藩首先开口。在中国，这样不合惯例的情景，通常意味着有重大事务迫在眉睫。至少在旧时代是这样，而这些人正是旧制度下的中国人。

"有泄漏，"孔国藩断言道，"现在每一步都有人出价高过我们。好几次都有人想要贿赂顾圣庵，昨天晚上有人密谋淹没我们的新矿脉，要不是有人守着，他们肯定就得手了。"

"是德国人还是日本人？"尤文索问道。他没有追问对方是否知道。因为孔国藩向来很可靠，他不知道的事情从不轻易开口。

"日本人，"孔国藩答道，"我很确定，只是还没有线索，就看我们能不能走运找到一条了。这活干得太精细了，不像德国人干的；德国人的手粗心粗，难免会留下一些蛛丝马迹。"

"我们必须找到线索，不仅仅是线索。"冯亚插话道。

其他人严肃地表示默从。

"不是英国人干的？"李弼初苦涩地问道。李弼初的爱子深陷毒瘾，所以他时刻不忘是谁把除之不尽的鸦片带到中国的。

"英国人是干了不少坏事，"尤文索回答，"他们会遭报应的。但是英国已经在亚洲失了势，特别是在中国。英国在长江流域的势力还很强大，但影响范围越缩越小。而且，英国人只买，不偷。他们在光天化日里烧杀抢掠，但不会暗中搞小动作。"

冯亚提醒众人："有个英国老爷带着夫人在这里待了挺久

了——他夫人就像中国女人一样话又多、说话又直——他不是很想要金矿吗？而且胃口特别大。"

"但他们会明说。而且，他们想要，就会公平出价。"尤文索反驳道。

"外国人购买每一寸中国土地，都没有公平可言！"孔国藩激愤地说。

其他人再次严肃地表示同意。

"这没错，"冯亚说，"然而，在我们能够彻底驱逐所有洋人之前，鉴于当前国力尚弱，不得不暂时接纳外国的交易与干涉。身为龙的传人，炎黄子孙，虽身处逆境，亦须尽快抉择。既然交易无可避免，不如和那些稍有信誉的洋人打交道。我最不讨厌英国人。"

尤文索说："对中国承诺最多的是美国人。"

孔国藩问："承诺？"

尤文索坚持："美国人会实现承诺的。"

孔国藩答："那只有我们的孙辈能知道了。"

"你刚才说，有人想贿赂顾圣庵，是谁？"冯亚问孔国藩，"这是条线索，我们能查出在这里的十几个国家中，是哪个想摧毁我们的金矿。找出消息，然后就不难顺藤摸瓜发现那个泄露消息的叛徒是谁。"

孔国藩低下了头："不是这样的，冯亚大人，这事办得太狡猾了。最初是个云游说书人接近顾圣庵，然后是卖炸货的小贩，两个都是外省人，其中一个人的山东话说得很地道。每个人都是给个暗示，见顾圣庵没有默许，就走了，消失了，而且我敢肯定他们不会再出现了。"

冯亚问："他们是中国人吗？"

顾圣庵很确定："一个是广东人，一个是云南人，两个肯定都是中国人。"

"嗯？"冯亚依然将信将疑。

"顾圣庵应该假装接受他们的贿赂，或者假装受了他们的诱惑，"尤文索插话道，"这样或许能得知不少事。"

孔国藩反驳道："这些人在给顾圣庵报酬前，肯定也要求筹码的。不管他怎么跟这些人说，一验便知真伪。要是被发现是假的，他可就没命了，对我们也没好处。而且，无论顾圣庵撒什么谎，都能从中反推出某些实情。权衡之下，我认为顾圣庵还是保持沉默为妙。"

"哪儿都会有孬种，"李弼初感叹道，"既然会有中国人背叛中国，那么也会有日本人背叛日本。谁想腐化我们，我们就腐化谁，这不也是爱国吗？"他轻声补充道。

"当然是了，"冯亚急忙回答，"但现在困难在于从这些'倭子'中找出那个知道我们想了解的事情的人，而不是单单找个愿意为银子和'票子'当叛徒的人。"

众人一时寂然。

随后，李弼初对尤文索说："您老德高望重，认识这么多国家的外国人，还请他们进入您的花园，到您的宅院里来。要是您愿结交一些日本人，岂非大义之举？这个牺牲当然很大，但不可谓不明智。"

"我会为山东做很多事，"尤文索声音沉重，老脸变得灰白，"但有何用？靠善良和谦恭，就能博得日本人的友谊吗？即使我们碰巧认识那些知道日本计划的人，雄鹰又怎么能了解蝼蚁的心思？咱们中国人能知道日本人的想法吗？"

"一个中国女人也许能。"李弼初意味深长地说。

尤文索从凳子上站起来，像是有些憋闷，迈开步伐，走向房间外凸的阳台。

"李弼初，"尤文索的声音严厉而严肃，"父亲理应爱护自己的子女。我的两个女儿是我的挚爱，只有我这个做父亲的知道有多爱。过几个月我将要收养一个儿子，免得我死后坟墓无人祭拜，在尤家祖坟里不像话。我会给予他父爱，但我的心还是更偏向于我那两个亲生骨肉，这是天性。为了山东，即使让女儿下油锅我也在所不惜，但是让她跟日本男人说话绝对不行，观音菩萨不会要求她这样做。就算诸天神佛下此旨意，我尤文索也恕不奉命。"他气喘吁吁，胸口起伏不定，长袍上挂的山茱萸珠子跟着叮当作响，双手颤抖不止，稀疏白眉下的双眼似乎要进出火焰，他一向柔和的声音此时带着怒气，十分刺耳。

冯亚想起李鸿章是尤文索的朋友，心中也颇为崇敬他。于是礼貌地提醒道："李鸿章对不少日本人印象都不错呢。他不止一次提到，伊藤是个伟人，是个有侠义的绅士。"

"李鸿章大人，永垂不朽。"尤文索鞠了一躬说："在大多数事情上，我这区区小人不会质疑他公正的判断。即使他把台湾割让给了日本——这是件奇耻大辱，他对中国的贡献也不可估量。就事论事，他对咱们省的情况认识不清，这点毋庸置疑。我们纪念伟大的李鸿章，但无法抹去这一笔。他是为了全中国的利益，但这对我们山东不公平。我敬其为友，然时势所迫，纵使神明也难免有过失。正如那些戴花翎的人所说，在这片动荡的土地上，狂热的大鱼就像谷物船舱的老鼠一样不断繁殖。"尤文索又补充道："李鸿章的判断不无道理，但是我家女眷的事情，我自己做主。

我的母亲，她嫁入尤家时，如珠似宝，国色天香，就在那个花园里散步。"他指向阳台外面的花园，园中一片绚丽青葱，但他没有触碰挂在阳台推拉门板上的丝绸。"她现在还坐在里面。尤家的女人世世代代在那花园里自由自在，在胡桃树荫下调琵琶弦，在花墙下哺育孩子，在莲花池边的绣架旁细心刺绣。她们爱这花园，照料这花园，她们的体香与这花园的花香交融在一起。只要我尤文索这双手还能拿得起剑、挥得动刀，日本人就别想进尤家的园子，日本男人也休想和我家女眷说上话。"

一丝微风吹过花园，吹得丝绸窗帘微微一动。

冯亚问："地图呢？"他们都觉得尤文索的话已是最终决定。

尤文索从腰间抽出一根细绳，打开了一个柜子，抽出一卷厚厚的宣纸——仁鹤金矿的地图。

他们展开地图，肩并肩跪在地上围着它研究商议，声音低得几乎是窃窃私语。

这时，一只小袖狗穿过窗帘从阳台上蹦蹦跳跳地跑了进来，嗅嗅孔国藩的衣摆，抓抓李弼初的衣袖，在一群聚精会神的人中间兴高采烈地嬉戏着，就像一小团欢快的橙色丝绒。然后，它像恳求一般，朝尤文索举起一只金色羽毛般的小爪子。尤文索仍然目不转睛地盯着地图，只伸手从口袋里摸出一块蜜饯，喂给小袖狗，拍了拍它金色的小脑袋。这个小东西又蹦蹦跳跳地跑了出来，通红的嘴里露出闪闪发光的尖牙，用力咬紧一大块蜜饯。

会议结束，四个中国人从地板上起身，严肃地站着。尤文索把金矿和周边乡村的地图重新卷起，锁了起来。

"就这么定了。"尤文索转身对他们说。

"就这么定了。"客人们重复道。

尤文索转过身，不是对着进来时的门板，而是对着凸出的阳台，阳台下方是一花圃耧斗菜。

"愿与诸君共沐晨光，"他说着拉开窗帘，"愿与最尊贵的朋友一同欣赏这旭日初升于紫藤之上的寺庙之美景。我每次欣赏这般壮丽的美，都不会忘记感谢上天对中国的馈赠，同时遗憾那位无与伦比的马远先生，未能在这里欣赏这幅绢画，这是自然的神来之笔。"

他把窗帘全拉开，随即退后，让客人先行；三位客人一番推让，也就先行了。年纪最长的李弼初先走了一步，望着花园彼端，屏住了呼吸，哽咽难言，这是中国人看到大自然美景时的深情：那是一种集爱与崇敬于一体的情感，展现了人性中最光辉的一面，超越了人与人之间普通的爱，是自我洗涤、净化、升华后的崇高与谦卑并存之爱。

冯亚跟着李弼初走到阳台站定，也同此感受。

孔国藩和尤文索一并走来，他突然连声道歉，向阳台的地板打手势让尤文索注意，随后便小心翼翼地移开了目光。

一个中国女孩躺在阳台抛光的地板上熟睡，在柔软的垫子上轻若无物。袖狗"袅平"从她的袖子里抬起头看着众人，点头欢迎，摇着金色羽毛般的短尾巴，然后继续认真地啃着蜜饯橘子。

尤文索宽容地一笑，把年轻人拉回阳台上。

"这小猴子，在我的房子里乱跑。"他宠溺地耸耸肩，"她经常像这样睡在这里。我刚才一门心思在咱们的要紧事上，要不然看见袅平这么活蹦乱跳地进进出出，就该知道她在这里了。这小瞌睡虫最喜欢那条袖狗，那小狗也最喜欢她，一会儿闻不到她衣服上的味，就闷闷不乐，哼哼唧唧。让我那淘气的红裤子丫头睡个够吧，我们先来欣赏这紫藤花中寺庙上的旭日为我们绘制的绢本画。"

三人都深鞠一躬，感谢尤文索允许他们在尤家少女酣睡的阳台上停留，然后走到阳台最外侧的栏杆边，全神贯注地欣赏阳光映照下的山东绵延起伏的山丘，还有尤家蜿蜒绵长的院墙之上，紫藤盛开、竹林环绕的铜顶白色寺庙。般般景物尽收眼底，变幻无穷，令人振奋。他们中国式的狂喜是如此深刻和真诚，远非西方人所能理解或体会，以至于当他们观景时，忘记了尤文索那纯洁美丽的女儿还躺在他们脚边——除了孔国藩。他再也没向她躺的地方看一眼。但他知道她在那里，血脉中荡漾着一股人类情感的悸动，带着一种更柔和的玫瑰色，那是在晨光中苏醒时如画般的玫瑰色。

那些需要在通商口岸旅居，如今又置身于中国错综复杂的国际事务中的绅士们，不论是出于自愿还是必要，社交妥协是不可避免的。孔国藩算是最坚守中国旧传统的人，但如果穿着西式服装遇到尤小姐，不论是在某个半西式的社交场合，还是在济南或者泰安的街头，只要有正式介绍容许他承认她的存在，他都会庄重而坦率地与她打招呼，尽可能展现出临时的世界性礼仪和风度。在前几天的游园会上，李弥初和冯亚都谈到了她，李弥初像父亲一样和她开玩笑。但在这里，她在父亲的私人空间里熟睡，她作为一个少女的存在，对他们都是禁忌的，尽管他们是她父亲的密友，而且冯亚的原配妻子正是这女孩母亲的同父异母姐妹——在中国，这种亲属关系并不怎么算数。

尤文索让他们留下，是出于友谊和信任的抬爱。中国人礼貌的回报是无视女孩的存在。忘了她，最重要的是，既不提她，也不朝她的方向看一眼。

他们站了很久，看着这幅连马远都画不出的画，然后穿过尤文索的房间，走出房门，回到半掩的大门。他们三人从阳台上转身回屋时，谁也没有对躺在那华丽的垫子和羽绒被子上的美丽身影看一眼，但孔国藩知道，她就在那里。

尤文索本想回到小阳台，等到爱女醒来，和她玩耍一个小时，用她那愉悦温柔的陪伴和话语，抚慰心头的愁闷。他和同僚们开会很疲惫——这类事务总是如此。尤文索生性热爱和平，争吵和纠缠使他恼火，不论发生什么，他都不会退缩。但是，他从不会像那些尚武的人那样，听到战鼓渐进就欢欣鼓舞——他从未完全理解这一切纷纷攘攘的意义。它为何要来！为何不去！他现在信任孔国藩，就像曾经信任和尊敬李鸿章一样，只要他还记得孔国藩的要求，他就会忠诚地照办。但现在他的记忆，随随便便就能被看到的一朵花，或者一本书抹去。

尤文索朝房门走去，看到一株星形铁线莲修剪坏了，刚刚想起来的事一下子烟消云散。他暂时忘记了山东的苦恼，也忘记了女儿和爱犬正睡在阳台的地板上，愤怒地拍了拍手。正当尤文索斥责一名青衣园丁时，女孩清醒地从被窝里爬起来，袖子里笼着还在咀嚼蜜饯的袅平，如枝头的一只鸟，如一个一闪而过的念头，安静地穿过客堂，穿过庭院，从高高的杜鹃花后面飞快地离开了花园。

第二十章

　　汤姆今天并没有打算去尤家，原因之一是，他本来是要去捕蝴蝶的。他知道尤雅玲不喜欢这种杀生行为，每次看到他的捕蝶网，她就会显得有些不自在。尽管她从未直接表达过这种不满，尤家人现在也和他很亲密，没有一个人对他说过一句批评的话，连用眼神表达都没有，但汤姆·德鲁虽然没有通灵能力，却有美国佬的精明锐利，能感受到尤小姐不赞成以科学为由跟踪、捕捉、杀害这些可爱无辜的空中之花。因此，他在捕蝶时总是刻意避开她。女孩就是这样，甚至是在理性至上的纽约也有这样的女孩。汤姆也不会因此而不喜欢她们。例如，他的表妹莫德，是他所知道的最和善的女孩，也对他这可怕的嗜好嗤之以鼻。他记得当莫德斥责他时那副俏皮可爱的模样。阳光在她那迷人的帽子上闪烁，帽子上的蜂鸟仿佛也在嗡嗡作响。他想，尤小姐对森林、河流或空气中的种种生灵都有着近乎敏感的温柔，比莫德更始终如一。当然，她也并非完全始终如一。她不是素食主义者，曾带他去看过山涧中鳟鱼最多、最不防人的地方。他从未见过她佩戴被猎杀的蜂鸟做成的装饰，但她会在冬天寒冷的"三九""五九"，穿灰鼠皮长袍、内衬貂皮和银狐皮。好吧，我们都是这样的，他想。

汤姆在捕蝴蝶的时候总躲着尤雅玲，但是他并没有因为一个中国女孩而减少捕蝶的次数。山东到处都是蝴蝶，其数量之多、品类之盛、形态之美，世上无出其右者。他在"圣省"的几个月里，收藏的蝴蝶标本越来越多。他没有把他父亲的生意抛之脑后，这里的新熟人——无论是白种人还是黄种人，都友善而热情，他当然不会忽视他们。但是每隔几天，他就要独处放松，去捕捉"绿逗号"和豹纹蛱蝶。人有权享受真正属于自己的假期，尤其是他最喜欢的那种，只要条件允许，他就会时不时地享受一番。

汤姆不去尤家的另一个原因，是他不想在尤家消磨太多时间，也不想去得太频繁。他知道尤家热情好客、慷慨友善，他在那里不会受到冷遇，但他在山东还有别的事要做。他对自己的事业有着足够的抱负，对父亲也足够忠诚，打算趁此机会大展身手。

他发现尤家的认可对他非常有利，能使他敲开山东任何一扇紧闭的大门。他意识到，在尤文索的房子、庭院或花园里，他在一小时以内对中国的了解和真正的接触，比在济南府待一周或向斯威夫特、荆峰学习一周所能了解和接触的还要多。但是，有些事情他希望能够仔细地完成，在尤家可办不到。他没有打算，也没有计划将他在山东的时间过多地消磨在一座中国花园中。

他喜欢尤家人——尤家所有人。他现在对尤家的房子了如指掌，觉得它异常舒适，迷人而古怪，就像莫德那顶蓝帽子上的蜂鸟装饰一样吸引人。他有个想法：等自己挣到一两百万——虽然不是父亲期望的几百万——他会在哈德逊河边建造一座这样的房子，用来度过夏天。那应该会在十到十五年后，他那时应该已经结婚了，只是不知道会娶谁，或许还没遇到那个人。时间还很充裕。他会建上一两座庭院。他喜欢庭院，如果设计得当、有足够的阴凉处，在炎热的夏日里，那里会非常凉爽。不是只有中国有大热天，纽约州的七八月份同样酷热难耐。当然，还要有一个花园！每个美国有钱人在乡下都有"院子"，每个庭院都有固定"配件"，只是不会像尤文索一样，建成毛毛虫形状的花园，在哈德逊河畔做不到这样，花光整个华尔街的钱都做不到。汤姆相信，只有在中国，或许只有在山东，才能建成这样的花园。他突然发现，自己是多么喜欢尤家那个古老的花园，回国后他可能会想念它。真是奇怪！他从来不怎么喜欢花园，没想到竟会如此在意。但是，天哪！他确实很喜欢尤家的花园，他发誓！他对尤家的花园的喜爱，甚至胜过喜欢尤家的那座古色古香的老房子，还有对他如此友好的尤家人；而尤家那座房子，他有朝一日要在哈德逊河畔仿造一座——仿造它的屋顶，仿造它的一切。

事情竟会发展至此！来自纽约、来自华尔街的汤姆·德鲁竟然爱上了中国的一座花园。一个古老而奇异的地方，曲折蜿蜒，奇花异草错落有致，雕刻着龙的石凳仿佛随着龙一起翻腾，小桥如玩偶屋一般，鱼池中生长着不可思议的睡莲。对于一个生而自由的典型美国人来说，这是一种怎样的迷恋啊！有趣！这是他听说过的最有趣的事情了。汤姆·德鲁对这样的想法感到非常惊讶，他靠在一棵气派的老核桃树上大笑，笑声在四周回荡。他笑得太厉害了，笑得累了，擦了擦眼睛，然后再次扛起网，慢慢地继续捕捉蝴蝶。

汤姆的好运用尽了，或许是因为他的眼睛累了。他只看到了一只他想要做成标本的蝴蝶，而且还没有捉到。

他包里带了三明治，他饿了。难怪，快到中午了，太阳高悬，他的手表也指向了中午时分。它们计时都很准。老邢制作的三明治味道绝佳，包装亦十分妥帖，但不知为何，他此刻却无心享用，尽管饥饿感已经袭来。可是，他现在在哪儿呢？他四周环顾了一下，然后放弃了思考。这里并非没有地标，实际上有几十个，但在汤姆所熟悉的山东这块地方，这些地标都太常见了。那棵古老的漆树，和他在合租公寓和尤家大门之间见过的无数棵老漆树别无二致。简朴的小寺庙、路边的神龛、村庙前有顶的戏台子（甚至比寺庙本身更宏大、更华丽），时不时出现的挂满祈福红布条的"圣树"、铅笔般矗立的儒家石碑，刻有经文或吉祥寓意的石头……所有这些在那片乡野都很常见，却无法让汤姆知道他身在何处。它们和谷子地、茄子地和养蚕的桑树没什么两样。他要继续往前走一点，可能会遇到一些人可以问路，他现在山东话说得更好了。或者找到一些比他的指南针更能指路的东西，再往前走一点，再吃老邢做的三明治。

不久，汤姆遇到了一个苦力，正牵着一匹骆驼。除了非常熟悉的人，汤姆还没有学会区分中国人的面孔，这对于西方人往往需要好几年才能做到——但他认识这只巨兽身侧的"印章"。骆驼似乎认识汤姆，不无友好地对他嘶叫了一声，仿佛在道"早安"。苦力似乎也认识汤姆，因为他比对待陌生欧洲人时更恭敬地把骆驼拉到一边。汤姆确信，那是尤家的骆驼和苦力。太好了！正好可以用他学的山东话试试。大多数美国女性和不少美国男性都有语言天赋，汤姆也不例外。他现在听官话、说官话都相当自如，但山东话对他来说还是有些难度，它与官话本身的诸多相似之处，让他感到既困惑又尴尬，如果山东话不那么像官话，汤姆反倒能学得更快。说北京话的人通常能听懂山东话，山东话算是官话的一种；但是，在许多方面，比起北京话的流畅柔和，它却更像南京话。无论如何，汤姆还是要试一下。

"要回家吗，你？"汤姆问道。

那中国人笑了笑，困惑地点了点头，表示否定。"那你是出门？"

那中国人还是友好地微笑着，困惑地点了点头。

汤姆换了个问法："你要去哪里？"赶骆驼人的第三次回答和前两次一模一样。

"听不懂？能听懂吧？"这个美国人只能靠洋泾浜英语了。

那张黄色的脸笑得更开心了，饱含深情。他确信自己终于理解了这位天外来客般的白人老爷想要什么，他奉为圣旨。这位伟大的白人老爷，尊敬的尤锦图和尤文索可都乐于奉承呢。他突然用力拉了一下穿过骆驼敏感鼻子的绳子，这与其说是残忍粗暴，不如说更像是一种明白易懂的信号，于是这只巨兽笨拙而顺从地跪倒在地。汤姆连连后退，直退到一丛带刺的树篱之前。显然，这个中国人搞错了，以为他想骑骆驼。

苦力牵拉鼻绳，骆驼依命跪下时，汤姆赶紧说："不是这样。"他所有的美国本性突然涌现：一个美国人在陌生的中国陷入困境，被人以为想要骑一匹没挂铃铛、脸和尾巴涂了颜料的骆驼。这个苦力是个典型的中国北方农民，身材高大，臂力惊人。汤姆认为，他是要帮他骑上骆驼，或者说，把他抬到那光秃秃、危险的灰骆驼背上。

汤姆的洞察力不错，他猜对了，这位中国苦力正等着这么做。但是即便他完全听不懂英语，对英语如同对中央公园的动物和西方宗教的教条一样一无所知，他也能一眼看出一个人生气了。他温顺地耸了耸肩，在东方，这表示耐心，虽然受挫但不气馁。青布衣袖下，他双手交叠在手臂上，等待着这个承受着精神痛苦的伟大白人老爷更明确地指示：他究竟要什么？

对方泰然自若，汤姆也就冷静下来，好奇地盯着依然蹲着的大骆驼，然后笑了，对他说：

"要是我不会摔下来，或者说不一定会摔下来，我真想试试看。"

骆驼扭过长长的脖子，用棕红色的眼睛越过驼峰久久地盯着汤姆。苦力像石头一样站在原地，一动不动，耐心地等着。

"我有点想冒这个险。"汤姆继续说，越来越客气，"你真像那埃菲尔铁塔，也许我能在你的塔顶看到我认识的东西。不过，等我在你那观景车上好好瞅了一眼之后，我能下来的吧？"也许他在考虑，如果他无法让骆驼再像现在这样虔诚地跪下来，也无法成功地从它身侧爬下来，那么他毫无疑问可以用更简单的方式：摔下来。他决定就这么做。他示意苦力不用管他，但对方再次误解了，还是帮助汤姆骑上了骆驼，伸手推着，抓住汤姆的一条腿抬起来，然后将他的一条腿也抬起来，横跨到驼峰的另一侧——这方式对汤姆来说颇不光彩。苦力咕哝了一声，骆驼听令，像鸟儿一样站了起来，只是比鸟儿笨拙。

起初，这骆驼骑着还不错。汤姆虽然有些不舒服，也不太镇定，但还能坚持。然而，骆驼越跑越快，汤姆坐在骆驼背上硬撑，耗尽了所有的精力，更不用说坚持下去的勇气了，而且根本顾不上四下寻找可识别的地标。这匹骆驼似乎比汤姆还饿，也知道要去哪儿，虽然汤姆并不知道。它加快了脚步，汤姆抓得更紧。作为一个优秀的骑手，或许更是一个优秀的水手，汤姆还不至于惊慌失措。他没有向跟在一旁跑着的苦力求助，他甚至不觉得求助会有什么用。但他相信他的第一次（也是最后一次）骆驼骑行将以灾难告终，而且越早告终越好。他听说骆驼都很懒，但这只并不懒，他再也不会相信骆驼懒的说法了。汤姆像水蛭一样，或者试图像水蛭一样紧紧抓着它，他竭尽全力抱住那只摇摆着奔跑的骆驼。如果他能够抓到，他会紧紧地搂住它的脖子，紧到让它窒息。但他被夹在离骆驼脖子太远的尾部，不敢往头部去靠，即使他不会掉下去——他并不确定——他也不敢。那中国苦力和骆驼并排跑着，气喘吁吁，汗流浃背，却还是边跑边喊，让骆驼越跑越快。但中国人的耐力和速度，即使是北方人中最好的，也终究有限。那苦力喘不过气，放慢了脚步，而那只骆驼既不喘，也不慢，它越跑越快，天哪！它摇晃得真是要命！它从惊慌失措的中国苦力的手中挣脱了缰绳，甩掉了他，留他蹲在一个巨大的仙人掌般的灌木丛中，拼命地喘着气。眼下就汤姆·德鲁独自一人，在中国骑着一头正在逃跑的骆驼。那是一头温顺、温驯的雌骆驼，血脉中没有恶习，头脑中没有诡计，只是优雅地沿着它熟悉的小路和道路前行，好赶快回家吃晚饭。他们路过了道姑庵，汤姆只是匆匆一瞥，就像对待自己的合租公寓一样，视而不见，也没有听到庵中召唤道姑们用斋的钟声。他们飞驰而过时，梓树晃动；竹子摇摆着，弯腰垂向地面；蝙蝠从白日安眠中惊醒，成群结队地盲目乱飞，其中一只摇摇晃晃地撞在汤姆脸上，差点吓丢了他的魂。大雁向他们尖叫，野鸡仿佛在嬉笑怒骂。骆驼一路卷起黄色烟尘，呛得汤姆直恶心，简直可以和"雾都"伦敦的一场大雾相媲美。

中国很多地方有"集市"，但是没有美国那种农畜产品评比集市。例如，在伊利诺伊州的麦克多诺县（如果不是在库克县的话），奖品从泡菜、黄油和钩针垫到当地艺术作品和牲畜，应有尽有。如果山东也有这样的集市，汤姆骑的这匹骆驼一定会荣获"轻快步"蓝丝带奖。骑过这匹骆驼，汤姆才知道马术步态中所谓的"轻快步"究竟是什么。他后来给它起了个名字——"马捷帕"，当时他并没有关心命名的事。它就像一条酒精中毒的锯齿状闪电。汤姆·德鲁吓得魂飞魄散，第二天就写信告诉母亲这件事，并且一如既往地对母亲毫无欺瞒。在他看来，那匹骆驼跳跃的幅度大于奔跑，只有当它奔跑时，他的恐惧才稍微减轻一些。这头牲畜直直地往前冲，似乎在它那看似愚钝的脑袋里，只有一个清晰的目标——汤姆虔诚地希望，可别是朝着黄河去的。骆驼的动作如风驰电掣，但对汤姆而言毫无意义。更令他感到震惊的是：它像火箭一样升空，又如沉重的铅棒般重重地砸向地面，动作毫无规律，起起落落，摇摆不定。汤姆骑在它的背上，感觉就像是在经历一场疯狂的跳跃。骆驼喘着粗气，步履蹒跚，却没有停止奔跑。它没有放慢脚步，更没有停下来啃路边的草。汤姆甚至怀疑，他们已经跑出了山东，或者已经穿越了整个中国。他们什么时候会撞上长城？这骆驼能不能一跃而过？长城的另一侧到底有什么东西？他想，可能是东北，或者其他古怪的地方。他这次来中国，并不打算去东北。他不想去东北，一点也不想。

即使是牧师家的孩子，只要在英国和美国上过大学，就绝不可能学不会说脏话，甚至可能还会不少。汤姆·德鲁对着这匹中国骆驼，骂出了他知道的所有脏话。情急之下，甚至还自创了相当肮脏的几句。

骆驼还在跑。

到了！它就在眼前！汤姆见过长城的照片，现在他亲眼看见了。他立刻认出了它，和照片上的、朋友描述的一样。说到底，没什么好看的。然而，他看到的那根本就不是长城。它比他想象的更低矮，更具装饰性，也没有那么军事化。

如果汤姆·德鲁更了解中国的历史，或者听说过长城的历史和意义，理解它过去的辉煌、现在承载的意义以及未来的价值，或者当长城最后一块残石被东北和西藏的狂风骤雪席卷而去，或者这只狂奔的骆驼的步子稍缓一点，他可能会对这一世界奇迹有更深刻的认识。但他既不是考古学家，也不是学者，对古董没有什么兴趣，而且那一刻对他来说太不吉利了，他没有任何深入思考的心情。

他们马上就要撞上那堵墙了。骆驼能跳过去吗？不能。因为，天哪，这个牲畜终于慢了下来——偏偏就在汤姆希望它冲得更猛、跳得更高的那一刻。

然后，这只巨兽突然缓缓跪倒下来，就像它开始玩命狂奔一样突然。它跪着一动不动，只用它那天鹅绒般的大嘴唇轻轻吸食着一簇香草。此时，欧义本已经敞开了尤文索家花园院墙的东门。

第二十一章

　　汤姆骑着尤家最年轻的一匹灰色骆驼，直奔尤宅的东门。欧义本目睹了这一幕，仿佛家常便饭，只是简单地磕了个头，随后便双手插入袖中，站在一旁，面无表情，显得异常冷静。

　　汤姆急忙从骆驼背上滑下来，感到双膝发软，双腿抽筋，双脚麻木。他没有向欧义本打招呼，也没有做任何解释。既然一个中国"傻瓜"可以表现得如此镇定，那么来自纽约的汤姆·德鲁自然也可以。而且，为了国际公平起见，就当这个纽约人的冷静表现更胜一筹吧。欧义本毫不惊讶，已经很多年没什么事情让欧义本惊讶了，也许以后也很难有。欧义本是个随遇而安的人，无论是肩上挨着尤锦图的棍棒，还是给他清淡的小米粥里额外加上一碗糖姜，他都无动于衷。除非没收他珍藏的那点烟，清除亚洲所有的罂粟田，他才可能会有情绪的波动。但即便如此，他也可能不会表现出来，这样一来，打败他也就失去了意义。欧义本很懂得分寸。年轻的中国并没有"改进"或解放欧义本。

　　汤姆僵硬地走向花园，想找个朋友，要点食物和冷饮。他比多年前安妮·伊莱扎姑妈对他表现信任时还要感激。那时，姑妈没有怀疑他打碎了她心爱的瓷狗，也没有怀疑他把客厅的古董架弄得无法修复。

那只骆驼伏在地上，欧义本将它拴好，等待饲养骆驼的仆人。安置、打理主人的骆驼并非欧义本的职责，而且他猜想这位西方老爷既然骑了骆驼来，就可能还要骑着骆驼回去。

汤姆慢慢地走着，他的身体还在恢复。他向着杜鹃花丛中蜿蜒流下山坡的小溪走去。到了小溪边，他跪下来，畅饮了凉爽甘甜的溪水。一丝略带尴尬的笑容浮现在他英俊的面庞上。他真是个傻瓜。长城！他先是咧嘴一笑，然后大笑起来，开怀大笑。这是他自己闹的笑话，也正因如此，还不算太糟。美国人很少缺乏幽默感，而汤姆·德鲁有一个最美好、最健康的闪光点——那种在自嘲时笑得最长久、最开心的幽默感。只有善良、健康的人才有这种幽默感。能够自嘲并乐在其中的人，是真正能够享受生活的人。

这场旅程可真要命！那头高大的牲畜把他吓坏了。它真是个横冲直撞的顶尖高手，而它竟然还找得到家。汤姆骑了一路，也被颠了一路，虽然路程可能并不远。

他不知那个苦力要走多久才能到家。汤姆想到这个就忍俊不禁，舒服地抖了抖身体，抖掉衣服上的灰尘。不过，山东的道路毕竟干净，他没什么损失，那黄色沙尘并没有把他的衣服弄得太脏。他路过一池清水，只有几朵莲花点缀在水面上。他临水自照，觉得自己看起来还不错，至少不会失礼。这样他遇到的第一个人——无论是仆人、小厮或尤夫人本人——一定会给他东西吃。这就好了。

这时，汤姆听到琵琶温柔清脆的声音，于是循声走去。在中国，琵琶不会无缘无故地响起。在木槿花盛开的竹林后面有个人——一个女人。这琴声确实听起来是女人弹的。她在弹什么？

他以前听过的。是什么？弹得好极了！他还没有饿得受不了，便静静地站着倾听。

这琴技之高超，仿佛教堂的风琴手，连舞曲都弹得像圣乐。节拍变化，旋律变奏，为同样的旋律披上了新的外衣。

这旋律他肯定经常听。可到底是什么呢？拨动琵琶的手加快了节奏。

那是《扬基调》。

在中国弹奏的《扬基调》！在这个古老的山东花园里，一个中国女人正在用一把小巧的琵琶弹奏《扬基调》！

知道了！是的，他知道。这首《扬基调》，他从小就耳熟能详。尽管他记不清楚美国历史上总统的更替顺序，是杰斐逊接替了亚当斯还是亚当斯接替了杰斐逊，也记不清最初的十三个州分别是哪些，但他会用口哨吹这个调子。当他还在摇篮里的时候，父亲就曾吹给他听。汤姆并不记得，但那旋律已经印入脑海。顺便说一句，这是鲍尔斯·德鲁唯一模模糊糊知道的曲子，即使他听到了，也仅觉得耳熟。汤姆总能从父亲用口哨吹《扬基调》时的节奏中听出，录音机的播放功能是好是坏。

汤姆的爱国主义并非一时的激情或情感的爆发，而是一种深深植根于内心的坚定信念。这种信念或许是大多数美国人共有的，它超越了简单的情感流露，更是一种道德的坚守，一种个人的自尊和不屈的挑战精神。这种精神热烈而直接，有时甚至不乏带有一丝尖锐，向任何质疑美国优越地位的观点提出挑战。古老民族对年轻民族的批评或许确实存在，或许只是后者过度敏感的想象，但他们总是为此感到愤恨，这更多的是耍脾气，而非单纯的爱。当听到熟悉的《扬基调》在中国如此欢快地响起时，汤姆感到兴奋异常。这首曲子对他来说，不仅仅是一段旋律，更是一段历史和身份的象征。他知道！是的，他知道。还有天知道，他在佛兰德斯走了多少路，身陷膝盖深的泥泞，踏过满地鲜血和不忍直视的尸体。对他来说，这首歌曲是协约国最好的进行曲。他们也都这么说。它胜过《马赛曲》，甚至胜过《蒂珀雷里》。在那段黑暗的日子里，为了让地球免于沦为人间地狱，许多国家都在为尊严和理智而战，《扬基调》成了他们的战斗号角——"向前，勇士们"。它是伟大的共和国的战歌。天哪！而现在，汤姆听见中国人演奏这支曲子。这个美国人的爱国主义如火焰般高涨，成了一团前所未有的、跳动的白热火焰。

汤姆悄然走上前，分开竹子，站在那里看着雅玲，脸上带着一种从未对内蒂·沃克流露出的表情——即使是在她最可爱、最甜美的时候。雅玲就坐在他们初遇时的地方，身穿传统的中式服装，用一把象牙制的小琵琶演奏《扬基调》，那是他的家乡的曲调，她似乎很喜欢这支曲子。她那精致的脸上有一种渺远的神情，少女的嘴角挂着柔情的微笑，眼眸中却又透露出成熟女性深邃的情感，似乎泫然欲泣，泪珠如露水悬而未坠，轻柔地覆盖住小小的野花。

这个中国姑娘是在哪里听到《扬基调》的？她可是在英国留的学，尤祺也没能活着回家教她这首《扬基调》。而她在英国留学的时候，这个旋律还没在那里流传。那么，是谁呢？哦，当然，他自己经常吹口哨，哼唱这个调子。他知道，这是他最常随口哼唱的曲子——无论是在最快乐的时候，还是最烦恼的时候，或者是最入神思考的时候，他都会哼起《扬基调》——就像他父亲一样。

雅玲现在弹奏得非常轻柔，把《扬基调》弹得不像进行曲，也不像战歌，倒像一支摇篮曲——温柔、深沉、抚慰人心，年轻的母亲会对她的第一个孩子这样哼唱，就像雅玲现在弹奏的这样。随后，女孩纤细的手指更加热烈地拨着琴弦，琴声跳动，既甜蜜又悲伤，它轻轻地、奇怪地刺痛了汤姆，仿佛触动了一条未曾察觉的自我的心弦，心弦在回应一般轻轻跳动。真奇怪！汤姆从前无论在家乡，还是在佛兰德斯，听到《扬基调》都从未有过这样的感受。这简直是一首情歌。

《扬基调》怎么会听起来像一首情歌呢？这太奇怪了。然而此刻它确实如此——尤雅玲在镶饰琵琶的银制琴弦上，拨弄出熟悉又陌生的旋律。

他走向她，女孩抬起头来对他笑，弹奏的手指却不停，也不犹豫，反而欢乐地加快了弹奏。女孩闪烁的黑眼睛，和古老的《扬基调》，俏皮地欢迎着汤姆。现在这曲子成了一支舞曲，无拘无束，漫不经心。

她双手交叉在袖子里。汤姆告诉她：“我不知道你会这支曲子。”

“我又不聋，美国人先生。”

汤姆在她的长凳上坐下来，问她：“你听过的曲子，都能记住吗？”

“这多简单呀。而且这曲子朗朗上口，是你最喜欢的嘛，它叫什么？”

“扬——基——调。”

“扬——基——调。”雅玲也跟着他念道。

“这个中文名字真好听，我会永远喜欢它的。”

汤姆的思绪飘向了远方，开始想象自己在未来的岁月里，在华尔街、在新港，或许会带着一丝温情回忆起这个中国花园，以及这个中国的乐声。他觉得这样的回忆不会削弱他作为美国人的忠诚，因为他的祖国，一个充满活力的年轻国家，已经以自己的方式接纳了这个古老而摇摇欲坠的中国，并且决心帮助这个庞大的国家渡过难关。

他不再犹豫，直接说道："顺便说一句，我饿了……"

尤小姐立刻跳了起来，但还没等她离开长凳，一个女仆恰好匆匆穿过黄夹竹桃丛走来。汤姆于是示意道："打发她去，你别走。"

尤雅玲一示意，女仆立刻上前，但雅玲看出了她来得并不情愿。汤姆虽然不熟悉中国人的面孔，对中国的家仆也不感兴趣，但他也能看出这个女仆回到房里时不情不愿的样子。

"她不听你的命令吗？"他问道。

尤小姐不屑地耸耸肩："倪来萍听不听可不算数。但是她最近确实有点不对劲，我得搞明白是怎么回事。她这是要去某个地方，讨厌被叫回来。不知她要去哪儿。"

"为什么不问问她呢？"

"她要是不想让我知道，肯定不会说实话。"

"我以为你的仆人都很忠诚可靠呢！"

"他们大部分都忠诚可靠，但也不是所有人。而且，倪来萍并不是我的仆人。"她突然补充道："如果你再见到倪来萍，你能认出她来吗？你如果在曲阜的大街上，或者别的什么地方遇到她，能认出她来吗？"

"我大概认不出来，况且，你知道，她们穿的衣服都一样。"

尤小姐就此打住了。

汤姆心中充满了疑问，想知道这个女人是谁的仆人，但没有问出口。雅玲转而谈起了别的事，然后她派人去要的食物送来了：炸禾雀、腌竹笋、一堆杏子和樱桃、柚子茶、坚果牛奶冻，还有一壶山东黄酒。

汤姆用餐时，仆人们在一旁静候——倪来萍和两个与她一起来的小厮，都身穿青衣在一旁站着。

"他们需要候着吗？"他一边夹起第二只禾雀，一边问道。

尤小姐打了个手势，两个小厮回到房中，但是那个女人溜回了夹竹桃丛里。

"我现在到哪儿都能认出她来了，"汤姆说，"除非有人和她长得一模一样。"

"如果你在任何地方——除了在这里——看到倪来萍，"尤小姐向他探了探身子，"你能不能帮我留意，她在哪里，她是不是和什么人在一起，她往哪条路走，任何你能注意的事情，告诉我，只告诉我，行吗？"

"能，我一定会的。"

"哪怕她穿的不是中式服装？"

"请相信我，我能认出她来。"

雅玲有点疲倦，静静地靠在长凳上。她什么也没说，什么也没解释。汤姆并不知道，这其实是因为她对他不信任。他一直坚信她信任他，尤家人也全都信任他，就算尤家只有一个人不信任他，他也从来没有怀疑过她。

他吃完午饭后对尤小姐说："我想请你为我参谋一件事。"

女孩的脸上立刻焕发出光彩。

"我想告诉卢瑟福勋爵一件事。如果不告诉他，我会觉得良心不安，可我的父亲要求我保密。我给家里写了信，告诉他我的感受，告诉他为什么我认为我应该像他对我一样对卢瑟福开诚布公。我很确定他会同意，但我的信是几周前才写的，现在应该刚寄到纽约，我还得等很久才能收到回信。如果父亲正在出差，那我就得等更久。他很有可能去加拿大、墨西哥或者加利福尼亚，行踪不定，这样信就不会寄到他手里，只有打电话或发电报通知他信中的要点。他不在的时候，我写给他的信谁也不会拆开。可这件事，我现在就想告诉卢瑟福。我相信我应该这么做。"

"可你不能！"尤雅玲急切地叫道。她的反应出乎他的意料，这是他第一次感受到她的震惊。很显然，她被吓了一大跳。她一贯温柔的声音因愤怒而变得尖利，纤细的眼睛因恐惧而睁大，流露出伤心和失望。

"你不明白……"汤姆试图解释。

"我不必明白，也不想明白，"雅玲突然说道，"你不能违抗你的父亲，背叛你父亲的信任！想想都可怕！"她没有站起来，但慢慢地、尽可能地从他身边挪开。

"尤小姐，你看，你以为我来中国是为了捕蝴蝶，特别是一只'樱桃美人'，是吗？"汤姆问。

"不，那只是你的爱好。我从没想过你来山东是为了抓蝴蝶，当然也不是为了看我们。你不知道我们住在哪里，也不知道我们姓什么。你只是偶然遇到我们，而且因为尤祺，很高兴见到我们——"雅玲说道。

这次，汤姆没有退缩，他对尤祺的记忆，最近变得异常地充满柔情。

"可你来到山东，跟蝴蝶没什么关系，跟我们就更没什么关系了，你也不是来旅游或观光的。那天，看守西门的桑伯睡着了，你径直穿过西门来到这里。从那时起，你就很少离开这里三十里之外，已经有段日子了，而你根本不在乎我们这里的风景。我怀疑你根本分不清牌坊和宝塔。"雅玲继续说。

"喂，我说，我还不至于这么无知！"汤姆气愤地说。

"我敢肯定，你也分不清'父母官'和'仙人'。你能吗？你能区分汉族人和满族人吗？"雅玲反问。

"我当然能！"汤姆气愤地说。

"那么，你作为一个外国人，可真够有学问的。"她讽刺地说。

"那你觉得我是为什么来到中国的？"汤姆问。

"可能是为了得到山东的某个矿。"雅玲回答。

"你为什么会这样认为？"汤姆问。

"每个来山东的人都是为了得到一些东西，拿走一些东西，"这位山东女孩悲伤地回答，站起来补充道，"通常是金矿，或者金矿的一部分。"

汤姆跟着她穿过长满马鞭草的草地。"你猜对了，尤小姐，我对矿山或采矿知之甚少，但我是来这里做交易的。如果可以，我确实有块金矿想争取一下。卢瑟福公开表示他有意收购某个矿，根据我昨天听到的消息，他想要的那座矿，应该正是我父亲和合伙人想要的那座。卢瑟福一家一直对我很好，但我们的利益将会冲突。要么他和我断交，要么我们干预他的行动。我觉得我有义务跟卢瑟福说明白这事，或者干脆离开。"

"那么，如果你父亲给予了你选择的自由，就离开吧；至于他作为秘密托付给你的事情，你绝对不能向任何人透露。"雅玲坚定地说。

"这很尴尬，但恐怕我别无选择。这种事情，人只能自己判断。你知道，我快三十岁了。"汤姆表达了自己的困境。

"这有什么关系？"中国姑娘很快反驳道，"什么关系都没有！你得听候父亲的决定，无论在此期间发生什么。"

"就算我很确定，父亲收到我的信后会允许我这样做，你也认为我现在不能这么做吗？"汤姆问。

"你得等到父亲完全的允许，才能做。"雅玲坚持。

"如果我断定我不能，但还是（私下）向卢瑟福坦白一切，你就不再把我当成朋友了吗？"汤姆试探性地问。

"我永远都会把你当成朋友，"尤雅玲严肃地说，"每个尤家人都会永远把你当成朋友，你不会失去我们的友谊。但是，如果你违抗你的父亲，我会看不起你，并为你感到难过。"

"那就这样吧！"汤姆把手放在她的袖子上。

雅玲的双眼因他无意中说出的某些话语而黯然失色。

"你们两方想要的东西，日本人都会出手阻挠的，"她果断地说，稍微挪近了一点，靠向他，耳语般地说道，"无论是你还是英国财团，都会受到他们的阻挠。他们在山东依然权势滔天。他们恨你，德鲁先生，恨所有的美国人。他们对英国的友谊也是装的，充其量是'虚伪的爱'，甚至可能更糟。我们想把金矿留在自己的手里，但是如果我们被迫出售这些金矿，我们宁愿卖给你们美国人，而不是英国人。我想卢瑟福勋爵不会得到一寸仁鹤金矿的。你们西方根本没有人知道，中国还有多大的财富。几乎每个小镇——当然是每个府镇，都至少有一个百万富翁家庭，乡下的百万富翁很多。父亲有许多资金，甚至可能有一百万日元，他自己也数不清。他还拥有山东以及那些更富饶地区的大片土地和众多资产，他的财宝藏得很安全。仁鹤金矿虽然不是祖传之宝，也不是艺术奇珍，但只要我父亲能做到，就绝不放弃对这座金矿的把控。他把它放在心上，托付给山东。英国老爷可没份儿。尽管目睹它落入外国人之手，会令父亲感到切肤之痛，但我的父亲愿意将它交给你，因为你庇护了我们家族的尊严，而他对于家族的热爱与敬仰，甚至超越了他对这片神圣土地的情感。但他也有搭档——中国的搭档。他们既不给，也不卖，他们只想控制住日元交易。我们宁愿自己毁了仁鹤金矿，也不会让日本人得到它。"

汤姆惊讶得涨红了脸："你父亲！他的搭档！仁鹤金矿的主人是一个叫费鹏福的济南人呀。为什么你认为卢瑟福和我都想得到那座金矿呢？"

"你们外国人视为珍宝的秘密，在中国传播得更快，泄露的蛛丝马迹甚至比冬日飞雪中大雁脱落的羽毛还要多。我父亲和他的伙伴们，才是真正的费鹏福。"

"可我已经见过费鹏福了！"

"那人是我们的傀儡、我们的稻草人。你想买的矿是我们的，汤姆·德鲁先生。你可以买到，其他人都不可以。我早就知道卢瑟福勋爵的财团想要得到仁鹤金矿。你要不是为了仁鹤金矿，何必在这里待这么久？为什么你去捕蝴蝶的时候，总会到那金矿附近去？山东到处都是蝴蝶，但仁鹤金矿是这附近唯一的金矿，也是唯一让你非常感兴趣的金矿。就因为仁鹤，你才一直待在这里。"

"不完全是，"汤姆冲动地反驳说，没有意识到自己的语气如此之重，"我不会买你父亲不愿意卖的东西。"他急忙补充道。"事实上，我被派到这里，更多的是四处看看，而不是具体做什么事。我父亲的公司很大，在许多国家都有业务。尤小姐，我没打算买仁鹤金矿的任何股份。"

"你的父亲……"女孩开口道。

"我的父亲是真君子，"汤姆·德鲁自豪地断言，"我对他这方面的生意还不太了解，比孩子还无知。他把我派来这里时我很惊讶，现在也一样。他告诉我要评估事态，给他报告，不要擅自行动。但当我发现需要立即采取行动，发电报不合适时，我也要自行判断。我父亲一生中从未让我做过卑鄙的事。你们的金矿，我不会买一英尺①，即使整个百老汇的地契都搭给我我也不买。"

"百老汇是什么？"雅玲好奇地问。

汤姆笑着回答："一条创意之路。"

他完全没有想到，世上还有人没听说过百老汇。

---

① 1 英尺约等于 0.3 米。——编者注

第二十二章

　　在夕阳的余晖下，汤姆·德鲁回到了合租公寓，却一路没有怎么欣赏天空中绚烂的景色。多年来，或许可以追溯到他的童年时光，尽管他对蝴蝶抱有浓厚的兴趣，但是砖石、城市的街道、人际的纷繁依旧深深吸引着他，甚至远超过大自然。在中国度过的七个月时光里，他的心境发生了变化，他在这个国度里领略到了一种对美的崇拜，那是在花朵、绿叶、苍老的树干、点缀着荷花的银色池塘，以及尤家山东花园的景致中所蕴含的精髓。山峦与草原，绽放的花朵与待放的花蕾，鸟儿翅膀上斑斓的彩绘，甲虫背上那漆光闪烁、宝石镶嵌的华美，以及天空那如诗如画、变幻莫测的美景，如今在他心中占据了更深的意义。他忙碌的头脑中沁入了自然神秘的馨香，变得柔和、甜美，但他的本性依然是一个务实、敏锐的城市人，从不沉溺于空想。他更习惯于看手表，而不是那如血的残阳，以及夕照下那碧绿、玫红、柠檬黄交织的天空。汤姆纵马飞驰回到家。尤家的马他随时都能骑，而且马厩里总有一匹马配着西方式的马鞍，也没有那些花哨的饰品和铃铛。汤姆骑着马走在路上，陷入沉思，但并不是在想金矿的事。他的脸上不时露出柔和的神情，甚至笑了一下，但大多数时候他的脸色都很紧张，蓝色的眼睛满是困扰。平日里和善的嘴角，此刻也显得有些僵硬。他紧紧地抓着缰绳，仿佛是在努力控制着自己。从尤家大门门口一路骑到合租公寓的台阶前，他既没有吹口哨，也没有哼歌。他没有任何的轻松愉悦，因为思绪始终被某些令他烦恼和困惑的事情占据。

汤姆独自一人在游廊上喝茶，三位室友都不在家。老邢在他的盘子旁边放了三个信封。看见其中一个信封，汤姆有些沮丧地皱起了眉头——是内蒂·沃克寄来的。他此刻并不是特别想看到她的信，尤其是那信封看起来很厚。这意味着他必须给内蒂写一封更长的回信，而他这辈子从未像最近这样讨厌写信。内蒂总是坚持要收到信的人立即回信，除非这个人不想再和她联系了。他毫不感激她这么快又写信来。第二个信封又大又薄，颜色雪白，是牛皮纸，显然是一张请柬。千里迢迢地从纽约给他发请柬，能有什么好事呢？他不认识这字迹，但他认识那邮票和长长的波浪形邮戳。他本可以先等等再打开，但当他品了口茶，挑了块蛋糕之后，还是伸手探进了电报信封。或许这电报很重要呢。

这封电报对他来说确实非常重要。

当他读到这封信时，心中充满了对父亲的感激。鲍尔斯·德鲁通过电报给他回了信，这让他感到既惊讶又温暖。他的父亲真是体贴，这份关切完全出乎他的意料。

电报上写着："听到你说的，我很遗憾。不过，当然要讲规矩了。你觉得怎么公平，就和你朋友怎么交易。不要心慈手软，都交给你了。"

汤姆长舒了一口气。

他知道自己会遵守对尤雅玲的承诺，无论是表面还是内里，他都会不惜一切代价信守诺言。但是他在过去一个月里收集到的信息，以及"咯咯"对他如此坦诚和友好，都让他感到如果继续把"咯咯"蒙在鼓里是不公平的。

他决定第二天一早前往曲阜，即使天气炎热，也要去告诉"咯咯"这一切。如果嫌热，就没必要来中国。

"咯咯"夫妇几个月前在中国的"圣城"——曲阜买了一套平房。沃尔特·斯威夫特在那里和他们一起待了几个星期，汤姆认为他是为了离尤文索的那些扇子、丝绸和象牙制品更近一些，才离开济南府。

但汤姆今天不需要再走那几里地去"圣城"曲阜了。十分钟后，两辆黄包车开到了合租公寓，卢瑟福和斯威夫特都在车里。

"沃尔特是来过夜的。"卢瑟福解释说。他们不喝茶，喝了点威士忌。"我回去的路上会捎着他，我还得去个更远的地方。不过，我想天黑些再去。尤文索在不在家，你知道吗？你今天去过他家吗？"

"我大约一点钟到的那里，我当时那样子比查理·卓别林的电影都滑稽。我问他们要午饭吃，吃完后就一直在花园里，没有进屋。我不确定尤文索在不在家。我没看见他，但我有时确实找不到他。老天，我最好的蝴蝶网丢了！肯定掉路上了，当时的光景可真是精彩。我这才想起来。那张网，给我五十美元我都不换。"

"明天午餐之前，我会派人来给你做一张新网，会很快的。"斯威夫特说。

"也许吧。"汤姆沮丧地回答，"但是那张网，我用着太顺手了。那个手柄拿着太舒服了。"

"我派来的人会处理好的。"斯威夫特坚持说。

汤姆虽然表示感谢，但语气中透露出一些怀疑。他转向那个英国人："要不是你突然出现在这里，我明早就会去曲阜看你了。有些事压在我心上，我不想提。就是这事。我来山东不是为了闲逛的——是时候告诉你我在做什么了。"他坦诚地表达了自己的意图。

"你当然不会是来闲逛的啦，你怎么会呢？"卢瑟福高兴地说。

"你马上就会知道，我为什么要闲逛了。"

"我在这里是不是碍事了？"斯威夫特问。

"不，我俩都不介意你在这儿。是我碍事，或者可能碍事；但是我已经下定决心，不再在这里久待了。卢瑟福，你有没有想过我在这里要做什么？我为什么来？"

"没怎么想过，我很高兴有你在这里，仅此而已。"但他没有接着说，自己希望汤姆继续留下。他很高兴听到汤姆·德鲁想离开，沃尔特·斯威夫特更高兴。

"我来这里是为了尽可能地替我父亲评估情况——条件、可能性，凡此种种——顺便为他和他的集团争取到采矿特许权。我被派来这里要做的，和你来这里要做的是同一件事。你告诉过我，你来这里是为了什么。当时我没说话。现在我觉得越来越不合适。在某种程度上，我不得不保持沉默，但我从来没有觉得这样是对的。大约一个月前，我下定决心，我要像你对我一样坦率地对待你。或者我就退出，离开这里。"

"我亲爱的德鲁，"卢瑟福大声说，"这太荒谬了。我在这里的任务，本来就没什么好保密的；我有十几个供应商，根本没法保密。我告诉你的事情，都是我想让你知道的。你根本没有理由把你的事告诉我。"

"我的事主要是我父亲和他朋友的。"

"是这样没错，但是如果这只是你自己的事，你也没必要对我透露一个字。我来这里有两个任务，获得金矿开采权只是其中不那么重要的一件。如果我只图金矿，不图别的，我们俩谁也不会碍着谁。山东不止有一座金矿，它们都需要更多资金，需要向国外出口，需要更好的管理，或者卖个足够高的价格。"

"但只有一个仁鹤金矿。"

斯威夫特小心翼翼地用指甲拂去雪茄上的烟灰。

"这倒是真的。"卢瑟福缓缓赞同，"我们俩都想得到它，只有一个人有这个福气。若是你得了，我别无二话；若是我得了，我想你也一样。"

"如果我们俩中只能有一人得到它，我真心希望是你能得到。"汤姆很快地说，双方都带着无可置疑的真诚。但是沃尔特·斯威夫特不知老德鲁会做何反应，尽管他和卢瑟福相交甚密，而且四海为家，甚至有些乐不思蜀，但他还是很同情鲍尔斯·德鲁。他以为只要不出什么大岔子，就该轮到美国在中国当家做主了。

"但是，"汤姆接着说，"如果我要走，这不是我离开的原因。那是另一码事。"卢瑟福和斯威夫特都不置一言，对他的话也毫不怀疑。"老实说，我宁愿没有人得到仁鹤金矿，我也不相信你会得到它。我不相信费鹏福肯出手。"

"他肯定不会，"卢瑟福平静地说，"因为他说了不算。我不确定它真正的主人是谁。但是我现在要去警告尤文索，这座金矿现在有危险。我还要向他打听一件事，这件事对我来说比仁鹤金矿的地契还重要。我现在要去了。在我走之前，我得跟你说清楚一件事：你父亲派你来这里做的事，你别因为我耽误了。这样，我们就没法做朋友了，我可舍不得你这个朋友。"

"我会找到别的金矿的，不用担心，"汤姆坚定地说，"或许还能找到更好的东西。这里的金矿比地下的还多，我猜肯定还有更丰饶的。我打算到山东之外看看再做决定，或者建议纽约那些人去别的地方看看。他们给了我很大的余地，我一找到合适的目标，肯定就能买下来。我发现，现在这里的大部分东西都能买到。"

"除了在山东。"斯威夫特说。

"可他们能守住山东吗？"汤姆焦急地问，其他人都注意到了，"在我看来，山东的情况非常复杂。"

"确实很复杂，整个中国都是这样，"斯威夫特回答道，"但我打赌中国人能行。只要他们戳破几个政治毒瘤，而且要是英国不要太顽固地迎合日本就好了。"

卢瑟福已走到了台阶，犹豫了一下，又折了回来。

"德鲁，我要警告尤文索，日本人正密谋要毁了它。他们要是夺不到仁鹤金矿，就要毁了它。我不知道谁是仁鹤金矿真正的主人，但尤文索知道。我拿身家性命担保，仁鹤金矿是中国人的。也许尤文索会告诉我谁是负责它的主人，但也不一定。在结果揭晓之前，赌中国人会做什么纯属浪费金钱；可是若等到局势明朗，赌注上升，那时再想下注就晚了。无论如何，我都要说服尤文索相信，仁鹤金矿现在有危险，他自己的财产也岌岌可危，要是——要是，该死的——我敢当面对他说。我要是没敢说出口，那么你就替我去说。"

"我会准备好的。"汤姆郑重地回答，又补充道，"我现在并不打算买下仁鹤金矿，但我会全力以赴，尽力而为。我不想看到它从中国合法所有者那里被掠夺，或者被破坏。只要你需要，我任你差遣。但是尤文索会听你的。拜托，兄弟，尤文索这么随和，简直小菜一碟。"

"没有哪个中国人是'随和'的。"英国人断言。

斯威夫特补充道："同意！同意！"

"好吧，再见！我现在要试一把了。如果我没敢说出口，就得你来说了。"

"你已经明确了方向，你一声令下，我就会全力以赴。"

"那好说了。尤文索未必信任我，但是你对任何一个尤家人说什么都行。我不想看到尤文索被一群日本骗子打败。我不知何时回来，别让沃尔特把威士忌喝光，给我留点。"

"没问题！"汤姆保证。

"你认为卢瑟福说得对吗？"汤姆问，给斯威夫特倒满了酒。

"嗯？"

"真有日本人要谋害尤文索？"

"根据我的经验，"斯威夫特回答说，"只要三四个日本人聚在一起，八九不离十，就是在密谋什么骇人的诡计。就我的印象，卢瑟福是很少犯错的，而且他说话很谨慎。他刚才说的，我也是刚刚听说。我知道他要去尤家，如果可以的话，他今晚打算单独去见尤文索，但我不知道他要和尤文索说什么。卢瑟福第一次来这里时，对小日本很有好感，但我最近注意到，他的态度发生了变化——巨大的转变。有一天晚上，他在俱乐部甚至公开表示，他希望英国从未误入英日联盟。我猜，现在很多英国人都有这种感觉。"

"国内很多人憎恨他们。"

"这是他们应得的。我不喜欢日本人，我遇到的人当中，值得我信任的也不多。但是，也有可敬的日本人，比如伊藤。没人骗得了李鸿章，至少亚洲没人骗得了他，而他直到最后都信任伊藤。小山从来不使阴招。多哥一向都是个男子汉，是个绅士。还有很多其他人。但总的来说，从普罗大众来看，我认为即便是纽约的新新监狱的道德水准，也胜过那些披着现代西方外衣的日本人一筹。当然，日本的艺术非常精致，日本人真诚地热爱艺术。他们是地球上最令人费解的民族。即使是在山东，日本展现出了最恶劣的形象，但他们肯定也有不少理由。比如，在华盛顿和伦敦都没有得到应有的重视，在北京和上海，尤其是在山东，自然也得不到多少同情。自保是一个国家和个人生存的首要法则，也是正义的法则。日本要么开疆拓土，要么国将灭亡。而这两者现在已经重叠了。下一个世纪，日本会做什么，在局外人看来，想想都可怕，这对他们来说一定令人抓狂。如果他们不能为自己可怕的人口过剩找到解决之道，他们的道德就会继续堕落。日本的贪婪中也有无奈，甚至他们的无情、残忍的诡计也是如此。"

"让他们殖民撒哈拉或南北极吧，那儿有地盘，"汤姆厉声说道，"可他们竟然盘踞在山东，真是岂有此理！山东一个日本人都不该有，他们在这里可没生意做。"

"山东人是这么想的。"沃尔特·斯威夫特淡淡地说道，靠向昏暗的灯光，想卷一支新烟，同时他敏锐地看了一眼汤姆的表情。他与自己国家的联系有些淡薄了，但仍然像阅读书籍、鉴赏图画和珐琅一样揣摩人类，这也是一种乐趣。

"山东问题如何终局，还有待观察。"他说道。此时，天空刚刚出现暮色，东方人认为这是白昼与黑夜交替的瞬间。"我想，我是看不到了，甚至你也很难。我倾向于认为，在你身归尘土一百年后，你的想法才会实现。我觉得，日本人终将撤出山东，并永久撤出。至于这是否符合中国的长远利益，则是另一个更加扑朔迷离的问题。"

汤姆惊讶地叫出声来。斯威夫特却坚持己见，平静地说道："哦，的确，这是一个看似无足轻重的问题。李鸿章将山东视作一枚可牺牲的棋子。对于日本占领朝鲜，他并未表现出太多不满，就如同他对台湾的态度一样。他将台湾拱手让给日本，甚至可以说是兴高采烈。当然，我们不能只指望尤文索，山东的其他忠诚子民也应该认识到这一点，他们都是忠心耿耿的人民。李中堂的精明并不逊色于任何美国人，他的观点值得我们深思。你读过他的传记吗？"

"天哪，我可没有！"汤姆回答。

"我想你也没有，"沃尔特·斯威夫特温和地说，"但它确实值得一读。我们基督教世界出版了许多关于中国和中国人的荒谬无知的著作，但其中也不乏一些用英语撰写的、深入探讨重大复杂主题的书籍，如果你愿意，这些书绝对值得一读。"

两人沉默地继续抽着烟，沉浸在各自的思考中。

斯威夫特突然打破了沉默，似乎随意地问了一个问题："你读过李白的诗吗？"

"读过几首，我甚至能背诵一首。"汤姆迅速回答，对于彰回答上斯威夫特的问题感到高兴。斯威夫特原本以为，他可能从未听说过李白。

斯威夫特凝视着刚刚升起的新月，微微一笑。实际上，在尤家的花园里，汤姆已经能够背诵李白的《望月有怀》和《千里思》，也许还有《折杨柳》。即使他真的回到了纽约，或者远赴巴塔哥尼亚，那也无关紧要，而且他希望这一天能尽快到来。

斯威夫特来到合租公寓想要了解的事情，现在都已经清楚了。他不知道卢瑟福何时会回来。

第二十三章

　　卢瑟福和斯威夫特已经踏上了返回曲阜的旅程。大室彻拉开了帘子，让宏吾带来了清酒和桃子蛋糕。

　　屋内只有一盏灯亮着，摆在桌上，桌边坐着另外两个日本人。大室彻回到他们身边，平静地说："我们已经做了所有能做的事，现在只能耐心等待结果。"

　　"你觉得尤文索会屈服吗？"松山重复着他的问题，这已经不是第一次了。

　　"我相信他会的。他非常爱他的女儿，这份爱超越了对山东的热爱，更不用说一座金矿了。即使他对女儿的爱没有那么深，他也难以抵抗他那老母亲的压力。自从他们的宝贝疙瘩尤祺翘了辫子，用我们那位高雅的朋友祖国的话来说，这丫头就成了那个疯老太婆的心头肉。尤文索会签字的，那老太婆会让他签。一旦他签字盖章，仁鹤金矿就会落入我们的手中。"

　　"你回到东京后，定会得到丰厚的奖赏。"南树说。

　　大室彻坦率地回答："希望如此。"

　　南树又问："那等他一签字，我们就立刻离开吗？"

　　"是的，立刻离开，"大室彻答道，"我们不能给尤文索时间，让他唤醒这个'圣省'。"

"等尤文索把他女儿找回来，这丫头就可怜咯，"南树笑道，"她要不是中国人的话，我或许会同情她。"

"她就是中国人，"大室彻提醒他，"但是尤文索是不会把她找回来的，就算找回来，也不敢伤害她，不然那只母老虎可饶不了他。"

"怎么，不把那女孩找回来？"松山难以置信地叫道，"这怎么可能？尤文索肯定得确信能把女孩找回来，才会盖章呀。"

大室彻示意宏吾放下酒和甜点后离开。"我会处理好的。我这里有她的衣服，尤文索很熟悉。我还有个和她身高相仿的女孩，从远处看，面容也有些相似，就藏在这附近……"

听到这个计划，另外两人都笑了。

大室彻不以为然地耸了耸肩："她不过是宏吾的玩物，与我无关，除非我们的计划需要她。当我需要她时，她会随时待命。我们会安排尤文索远远地看到她。他一旦看到她，就会签字，然后他会像只蛤蟆一样，用最快的速度跳向她。"

松山惊呼道："那你打算带走尤家的女孩？那可是既麻烦又危险！"

大室彻露出一丝邪恶的笑容："那女孩确实美丽，但头脑空空。中国女人都这样。全世界的女人也大多如此，包括我们日本的。即便以中国女孩的标准来看，她也显得特别没脑子。但她可真是美得像画一样，那皮肤柔嫩得就像一朵黄色的杏花。她不会给我们回国的旅程带来任何麻烦。她那颗愚蠢的心正梦想着我会娶她呢……"

另外两人的笑声打断了他。

"她以为，我们的婚姻将以一种柔情和忠诚，将中国和日本团结在一起，让两国的结合就像我们俩一样长久。"

他们再次哄堂大笑，松山也跟着咯咯直笑，南树笑得把清酒都弄洒了。

"这个涂脂抹粉的小傻瓜以为，她告诉我的一切、为我发现的一切、带给我的一切，不仅是在为我效劳，也是在为她父亲效劳。这样一来，我们就能更快、更容易地赢得她的信任，让她为我们服务，为日本服务。"

听到这里，他们肃然起敬，虔诚地站起身来，将杯中的酒一饮而尽，然后再次斟满，仿佛他们饮下的是一种圣洁的液体。大室彻三次斟满了酒杯，几个日本人庄严地连饮三杯后才重新坐下。大室彻再次斟满酒杯，粗声大笑。

"你打算什么时候告诉她真相？"松山咂着嘴，声音比他摇晃酒杯的声音还要响亮，满怀期待地问。

"到了东京，我再告诉她！"

"你冒的风险太大了，"南树立刻警告道，"尤文索一旦发现自己既失去了仁鹤金矿，又失去了女儿，肯定会把山东动员起来，联合白人领事馆和那些腐败的传教士团伙，让整个基督教世界都对日本群起而攻之。大室彻君，这个险冒得太大了！"

"尤文索会大发雷霆，会语无伦次，但出了家门不会吱一声，"大室彻反驳道，"他可丢不起这个脸。"

"如果你猜错了呢？"松山接过话茬，"如果尤文索不肯签字，怎么办呢？"

"那我们就炸毁他的金矿，导火索和电池都已准备就绪。要么让尤文索签字，要么仁鹤金矿就会变成一堆废墟，连三个垃圾桶都装不满。我们会先让他尝尝我们保险丝的威力，听它发出的叮当声，那声音真是美得像音乐，这足以刺激他的神经，让他相信仁鹤金矿已经落入敌人股掌之中。等到时机成熟，我会这样吓唬他一下，然后再让他知道，她的女儿在这里，哭泣着等待父亲来救。"

"你疯了，大室彻君，"松山大声喊道，"如果尤文索不盖章，哪怕破坏最贫瘠的矿脉，也会让他立刻警觉起来，那时我们就更不可能毁掉整座矿了。"

大室彻冷冷一笑，回答道："我已经够深思熟虑了，松山君。我不会犯错误的。我们终将得到那座金矿，尤家的女儿也会随我去东京。"

松山仍带着疑虑："你就没有任何惧怕吗？你确定没人怀疑我们的计划吗？中国此前曾经胜过我们，我们难道不会重蹈覆辙吗？"

"我不畏惧任何山东人。在整个山东，我只忌惮一个人——卢瑟福，那个长脸的英国人。"

南树不以为然地说："他连一只睡着的兔子都不如，娶的老婆像只嗡嗡叫的蜻蜓。"

"他只是表现得如此，南树君！你没在英国生活过，不了解英国人。我非常了解我们傲慢的英国盟友。我既讨厌他们，也害怕他们。卢瑟福勋爵就是英国人中最危险的那类人。如果一个受过良好教育、四处旅行的英国人看起来安安静静，似乎对周围一切视而不见，只关心球类运动和赛车新闻，那你可得小心，这样的人很危险！他们无所畏惧，和我们日本人一样无所畏惧。他们经过白金汉宫的严格培训并获得信任，极为危险，而卢瑟福就是这样的人。但我会好好观察他。他想要我们的矿，这一点他毫不掩饰，这说明他还有更想要的东西。他倒是没有派人监视我，应该没有怀疑我，不然他就会邀请我去他家，并且把我介绍给他的妻子，这就是白金汉宫的做派。"

"他们不是有个朋友经常在尤家厮混吗？"松山说道，"这人是来干吗的？"

大室彻的笑声中带着恶毒的轻蔑，只有日本人才能笑得这么恶心："那个金发的白痴！整天在阴凉的花园里闲逛，用玉碗喝山东酒。有时候兴致来了，就跟尤母打打乒乓球，用犹太竖琴给一个女孩的琵琶伴奏。他日复一日地无所事事，对任何事情乃至无足轻重的琐事都开着玩笑，就是个绣花枕头，连一只吠叫的中国袖狗都不如。"他补充道："尤家有两个女儿……"

南树开口："大室彻君，你可能了解英国人，毕竟你在英国住过，我没有，但我在美国待了很多年。朋友，你还没完全理解美国人的心理。我可太了解他们了，那些乐天派玩笑不离口。我住在美国的时候，偶尔会想方设法结识他们。如果这样一个美国人一本正经地无所事事，那可要当心了。他要是真那么无害，那么汽油和燃烧的松木刨花也该无害了。"

大室彻漠然地耸了耸肩。

他们一直在用母语交谈，讨论那些用英语难以表达的复杂国际问题。平日里悠扬优美的日语，在这一刻却变得尖锐、刺耳，充满了狡猾与欺诈。

大室彻再次耸了耸肩，那一举一动中透露出对生命的轻视和对国家利益的至高无上的崇拜。他们的言语如同他们的文化一样，充满了独特的日式风格，在这种情境下，显得格外冷酷。

第二十四章

第二天一早，汤姆醒来时感到一阵自我厌恶，痛骂自己是个花花公子。老邢送上茶壶的时候——他形象地称为"主人的醒神汤"——汤姆简直想让老邢踢他一脚。昨天他可真是个傻瓜，竟然认为他有理由逃离山东。尤雅玲和他只是很好的好朋友，仅此而已。雅玲没有爱上他，他也没有爱上雅玲。这个荒唐的、甚至不太愉快的念头从未进入过她骄傲的小脑袋。他真是个卑鄙的混蛋，竟然会有这种想法。好吧，不是说它曾经发生过，而是如果他不注意的话，总有一天它会发生。一定是那头怪物般的骆驼把他摇来晃去，把他本就不聪明的脑子晃糊涂了。雅玲不会看上他，就像他不会看上雅玲一样，他们都把对方作为一个很好、很有趣的朋友。他真是个傻瓜，是个糊涂虫，根本就不是个绅士。他有那么一瞬间的想法——嗯，只是因为当她坐在那里弹《扬基调》时，那双奇异的眼睛就像挂满露水的深棕色紫罗兰；她那双小巧的手轻抚着那把精致的小琵琶，将《扬基调》演绎得充满中国风情。沃尔特·斯威夫特曾说，那是历史上最好的乐器之一，曾属于某位了不起的皇室女性。逃离山东！他可不会——他还没准备好这么做。离开雅玲，这个他见过的最好的女孩，如此羞辱她吗？当然不。雅玲可以照顾自己，他也可以。况且，他们的种族差异——白种人和黄种人——横亘在他们之间，既是道绝对的屏障，也是个完美的保障。他很喜欢和雅玲相处，如果一两天不见，就会想她。如果他如此喜爱一个白人女孩，就可能会很危险，尤其是如果他不想娶她的话。但是他并不想娶这个中国女性朋友，就像他不会娶尤祺，或者那个在他的办公楼里卖雪茄的混血女孩，或者一个南海岛民一样。他不想娶雅玲，雅玲也不会想嫁给他，他们可以成为世界上最好的朋友。这就足够了。

茶壶送到了，顺便还带来了两封他昨晚没打开的美国来信。

"天哪，老邢，你真是个磨人精！你以为我愿意大清早就读信吗？"

老邢深鞠一躬，露出阳光般灿烂的笑容。他喜欢他的这位美国主人。只要主人有一点儿人情味，仆人便会提供近乎完美的服务，而且汤姆又是他见过的年轻白人中相当靠谱的。

"哦，好吧，你总是这样，随你吧！"汤姆撕开那只大一些的信封，拿出里面银印的卡片。看完后，他大喊一声，将卡片高高抛起，简直把老邢吓了一跳——难得有什么能吓到他。

内蒂·沃克要结婚了——天哪！内蒂已经结婚了！这个彼得·T. 布鲁斯特是谁？他不是纽约人。为什么莫莉没有告诉他婚礼的消息？他希望彼得足够优秀。这真是可惜，他没有及时收到消息去准备礼物。他本可以给莫莉写信，或者给蒂芙尼打电报。当然，他现在就送一份。他向老邢说："你相信好了，那一定会是个惊喜。"不过，女孩喜欢提前收到结婚礼物，并在婚礼招待会上展示，同时找些穿着得体的保安人员——其中一些人其实是贵族——来照看这些礼物。莫莉真是个懒猫，他打算在下次邮寄时给她写封信表达不满。他希望这个彼得·T.布鲁斯特能配得上内蒂。"要不然，可有他受的。"他向老邢保证。老邢对此并不感兴趣，但还是保持一副很专注的样子，递过杯子和碟子。

"好吧，"汤姆这位主人温顺地低声说，"你是要强行喂我咯。""你高兴就好，我的老爷。"老邢更喜欢黄油吐司。

"彼得·T.布鲁斯特到底是谁啊，老邢？"

"我不知道。"老邢伤心地说，一边把一只袜子翻过来。

"好吧，但愿内蒂知道，我们问问她吧，她一定知道的。你把那只杧果切开，我来拆开沃克小姐的信封。老天！不是沃克小姐，这已经是彼得·T.布鲁斯特夫人的信了。"

如果鲍尔斯·德鲁能像老邢一样，站在汤姆·德鲁阅读"威廉·沃克女儿"十二页长信的地方，那么这位精明的纽约人或许会怀疑，是否有必要将他唯一的儿子流放到中国。不过，防患于未然总是没错。如果汤姆·德鲁留在他父亲最喜欢的地方——纽约市，也许已经发生的各种事情现在都不会发生，而一些不可能发生的事情，却可能会发生在汤姆和其他几个人身上，无论是白种人还是黄种人。

即使是大室彻，如果像老邢一样看到汤姆读信，也一定会觉得他昨晚鄙视的美国懒汉并不是无所事事。汤姆非常认真地读了内蒂的长信，但随后的几个小时，他就没有这么镇定了。他怒气冲冲地穿上衣服，给彼得·T.布鲁斯特夫人写了一封又长又贵的电报，由她母亲转交，并警告老邢，如果这封电报没被立刻送到曲阜，他就要打断他的脖子。

"我可以做到。"老邢温和地答应。汤姆狼吞虎咽地吃了早餐，吃得很多，然后热情地投入他通常不情愿做的事情——给他母亲写一封充满赞美的长信。他很爱母亲，但很少给她写长信。有趣的是，汤姆与父亲的书信往来最为频繁，写起来也最为自在，而信中所谈远不止生意上的事。从来没有人认为鲍尔斯·德鲁有什么魅力，但是不论旁人是否承认，能够单打独斗，从无到有积累起巨额财富的人，往往都散发着不凡的个人魅力。很多人会不由自主地向鲍尔斯·德鲁"交心"，过后却百思不得其解。也许父亲给儿子的友谊本身就是一种吸引力。

汤姆给内蒂写了一封比她的信更长的回信，回忆他们曾共度的美好时光，并且送上热烈的祝贺和真诚的祝福。他告诉她，他过得很愉快，喜欢他的工作，越来越喜欢卢瑟福一家，并且说沃尔特·斯威夫特是一个可爱的老家伙。他在信中写了纽约剧院，给她讲了一个他听过的"叮砰巷"的故事——一个非常好的故事；写了他从纽约报纸上收集和推断的八卦，说他确信她会喜欢芝加哥。尽管他在写下这些时，心中不免有些保留，毕竟如果她不喜欢芝加哥，她也不会留在那里。他表示要分一块她的结婚蛋糕，给彼得·T.布鲁斯特问好，写得字斟句酌，又没有特别张扬，诸如"尽管他抱得了全纽约最迷人的女孩"，并表示自己一回国就会登门拜访。除了第一页的地址，他没有一次提到中国或任何一个中国人。

信上签了名，盖了章，贴了邮票，也嘱咐了老邢，要是他没有第一时间寄出，他和他的脖子会有什么下场。汤姆·德鲁心安理得地点了烟，蜷缩在那把最宽敞的扶手椅上，绞尽脑汁地想，这份迟到的结婚礼物，他应该送点什么、从哪里弄到、怎么弄到。但他越想越觉得难办。他想立刻就把礼物送出去，那一定得是上好的东西。但是，送什么呢？他绞尽脑汁。他曾给几十个女孩送过几十份结婚礼物，这在纽约是小菜一碟。随便找一天——只要不在周日——到第五大道上去逛逛，难题不是该给什么，而是不该给什么。但是，他现在在中国。或许应该直接给蒂芙尼打电报订购，或者打给莫莉请她代劳。但汤姆不想这么做，他想亲自挑选礼物送给内蒂。选什么呢？他知道了！他会请尤小姐帮他，她做这事肯定毫不费力。她曾经在英国待过，常戴着的手表，可能就是蒂芙尼的。不过，算了。他不相信雅玲和内蒂的品位相契，雅玲甚至不喜欢西方女人的衣饰。算了，他不会拿这件事去烦雅玲的……有了！"咯咯"夫人。如果这个问题能在旧金山以东的地方解决，那么一定是她。他的脑子肯定被那只该死的骆驼颠簸坏了。如果这种情况继续下去，他不得不去看脑科医生。当然了，这里连像样的结婚礼物都买不到，想来也没有脑科医生。他就这个问题征询老邢的意见。这一次，老邢确实"懂"，并推荐了一位天赋异禀的中国女士。从老邢热情的描述来看，她似乎既是个祖鲁医生，又会些戏法，还会用竹简占卜。

汤姆去了曲阜，骑马去卢瑟福家的平房。

经历了一段闷热的旅程后，他冲了进去。当时，卢瑟福夫人马上就要结束午餐。卢瑟福在家，沃尔特·斯威夫特和尤文索也在这里共进午餐。鉴于问题的急迫性，他顾不上礼节性的寒暄，也没有回应他人的问候，他直接说出了他来此的目的。

他们给他端上鸽子肉、茄子和沙拉，试图用他们临时想到的所有建议来安抚他的急切心情。

"拿不准送什么，就送钻石吧。""咯咯"首先给出建议，也是最简短的一个。

"她家的钻石已经多成海了。"汤姆反对道。

"女人的钻石再多也不嫌多，再多也不能满足。"艾琳说。

"我发现了，"她丈夫附和道，"美国女人尤其如此。"

"我想送她点特别的东西，和她收到过的那些垃圾不一样。这礼物最好能立刻搭着开往美国的下一班船走，快点带给她。"

尤文索建议，送她一匹玳瑁马。他知道有一匹特别好的，从嘴到尾巴和蹄子都像豹子一样。他听说，美国女士会在她们美丽的花园里骑马。他还建议送她一把用象牙和玉制成的镶宝石的琵琶。卢瑟福夫人不知为何，汤姆一听此言便涨红了脸。卢瑟福和斯威夫特都认为，汤姆脸红是因为想象到一个美国女孩骑着一匹中国玳瑁马的样子，在憋着不让自己情绪失控。尤文索提出，或者是说恳求要赠送一架屏风，这架屏风是他众多珍贵收藏中的一件。听到这个建议，轮到沃尔特·斯威夫特脸红了。斯威夫特没见过这架屏风，他们没有人见过。这架屏风被小心地保存在一间大房间里，那里摆满了所有这些闲置的东西——尤家大部分最好的家具都在那里保存着。只有在大日子，才拿出来摆一两天，然后再放回盒子里，拴上樟木栓，用未染色的山东丝绸层层包裹起来。中国人在居家布置上讲究空间的留白，不会在房间里堆满家具。他们只保留供日常使用的桌子和凳子——并不是很多。每个房间仅会摆放一件珍品，不致让人眼花缭乱，可能是一幅画、一只花瓶、一件牙雕艺术品，或者一架精美的屏风。然后，在观赏者对这件宝贝习以为常之前，便将其收藏起来。尤文索谦虚地将自己的屏风称作不值钱的小玩意，认为它不配得到他尊贵朋友的青睐；他自称为区区小人，甚至使用了若干更谦卑的词语，说自己真不敢想能够携带如此不值一提的礼物，来到伟大的德鲁先生面前。他提到了制作这架屏风的匠人的名字、制作的年代和历史，沃尔特·斯威夫特立刻明白了，尤文索想送出去的是一件最宝贵、最精致的人造艺术精品。这架屏风在中国无与伦比，欧洲的任何一座宫殿也找不出一件能与之媲美的东西。沃尔特·斯威夫特愿意跪拜观音菩萨，只求能获得观赏这架屏风一小时的荣幸。他颤抖地屏住了呼吸，但汤姆谢绝了尤文索。

汤姆解释说，布鲁斯特夫人已经有钟爱的坐骑了，她对音乐并不热衷，至于尤先生的屏风，几乎无法适配北区公寓的任何房间，而且她完全无法领会其价值所在（他说到这里时有些结巴，但很快恢复镇静）。他还明确表示，他绝不会把尤家的任何一件珍贵的古老藏品带出山东。

"而且，德鲁先生要送的礼物，得是自己买的才行，"艾琳·卢瑟福巧妙地救了场，"得花他自己的钱，否则在我们美国，是不能送人当新婚贺礼的。"

尤文索表示歉意。

见到尤文索在卢瑟福的家里，汤姆并不意外。尤文索不常进城，但只要他去，都会去拜访艾琳，这对他而言是一种极为珍贵的特权。他们很快就一见如故，而艾琳通过向尤文索施展其魅力，巧妙地将这份好感转化为对"咯咯"利益的最大化。尤文索热情而又愉快地回应。作为一个能力出众的中国人，他见证了中国半个世纪的沧桑巨变和山东地区长期的苦难，他并没有什么疑心，因为就像能轻松解读贴在衙门口的汉字布告一样，他早已洞悉了卢瑟福夫人的心思。他知道为什么卢瑟福的妻子如此热情地款待他，并且一向不失时机地拜访或招待他的妻女。这令他觉得好笑，但并不反感。促成丈夫的利益和愿望，是一个妻子的责任，而尤文索最推崇贤内助。但他也感觉到，这个外国女人挺喜欢他，喜欢他们多语混杂的聊天。至于她希望从他那里为丈夫获得什么，尤文索很愿意配合，只要这对自己也有利。如果艾琳·卢瑟福得知尤文索对她的喜爱之情——他非常喜欢——她定会感到十分惊讶；而若她知道自己竟有本事逗乐他，她会更加惊讶。

他感受到了她的魅力，这份魅力很可能源自她那充满活力、甜美而又略带狡黠的任性，这与中国贵族女性的特点极为相似，因此他对她的喜爱更加真挚，还蕴含着一丝类似父爱般的情感。卢瑟福非常清楚尤文索对艾琳的感情，也知道他为何如此。但这个英国人对此保持沉默。如果他告诉艾琳，她身上有很多中国女人的特质，她肯定会说个不停。艾琳本就口若悬河，不触即发。单凭这一点，她就很"中国"。女人总是健谈的，在哪里都差不多，但只有两个国家的女人说个不停：美国和中国。

英国男人和中国男人有几个显著的共同点：在最好的情况下，他们都有精神和道德上的亲和力——性格上的亲和力。英国和中国的女人很少有共同点，而且很难找到。英国人可能会在中国大有作为，美国人可能就不行。许多典型的英国男人，即便身上不带有道家思想的影子，也往往展现出不少儒家思想的特质。而美国男人这两种特质都不具备。

一旦中国男人全身心投入某项任务，无论身处何地，都能大有所为。

另一方面，仅靠轻率随意的分析（这都称不上是分析）难以解释的是，美国女性和中国女性之间存在着相当多本能上的共鸣。如果可能的话，考察和分析这个主题会十分有趣，只是三言两语难以概述。但事实就是如此。

若东西方能够实现一次真诚而深入的交流，那么这必定在中国人与英国人的握手之中传递——男人的握手。倘使东西方之间的隔阂得以逾越，美国女性——尽管目前看来希望渺茫——极有可能成为架设桥梁的工匠，她们将能够安全地跨越并往返于这座桥梁之上。这座桥起初会很脆弱，它可能会渐渐变得坚固，也可能会崩塌。没有哪个财团会建造这座桥，或者保证它的安全。任何图谋私利的政客——无论是黄种人还是白种人——都可能对这座桥梁构成威胁，情况甚至可能更糟。唯有人类的同情与公正，才能够加固这座桥梁，让它抵御住风雨的侵袭。它难以抵御风暴。但要是那样的话，它可能永远不会建成！

　　中国女性永远无法在西方的环境下成长。而美国女性——那些优秀、高尚的美国女性——却可能在中国自在生长。中国女性不适合移居，而受过教育的、"敏捷"的美国女性却适合。移居的经历会使她更充实、更成熟。

　　尤文索敦促家中的女人拜访艾琳，并要求无论何时艾琳来访，她们都要热情接待。当然，尤家女人都服从他——除了他那个自行其是的老母亲。尤母没有拜访过卢瑟福夫人，但并不反对卢瑟福夫人来访，也不反对尤文索要求他的妻女随时回访。不过，尤素却一点也不喜欢，但为了保持体面，表面上还是遵从父亲的指示，常常去卢瑟福家。尤夫人虽不是特别喜欢去，但也不介意去，只要不是太麻烦，天气不是太冷或太热。尤雅玲很乐意常去卢瑟福家。她不喜欢英国。在英国度过的寒冷而缺少阳光的几个月，让她备受煎熬，思乡之情愈发浓烈；她觉得英国人显得刻板而缺乏趣味，他们的武断让人不悦，而当他们表现出更加冷漠的态度时，那种不悦之感更是倍增。但她很快就和父亲一样，喜欢上了这个金发的英国人。在卢瑟福的家里，她还经常遇见她喜欢的他们的朋友。尤雅玲意识到了一件事——尤素和祖母永远不会意识到，而尤夫人至少在一段时间内不会意识到——古老的壁垒已经被打破，中国的命运现在是一场世界性的冒险；中国女性与男性一样，必须承担起自己的责任，为中国的伟大事业添砖加瓦。尤雅玲不可能不喜欢卢瑟福勋爵，因为他的严肃、安静和礼貌有点像中国人。但真正让尤雅玲很快产生友谊的，是卢瑟福夫人和斯威夫特先生。她发现自己喜欢所有的美国人，这或许是出于某种女性的自负。毕竟在众多的美国公民中，尤雅玲只认识三个：汤姆、斯威夫特和卢瑟福夫人。由于汤姆为她哥哥尤祺所做的一切，她坚信他们之间有着牢固的联系。因此，她立刻本能地对汤姆产生了好感，而随着友谊的加深，这种喜爱也变得更加强烈。雅玲对沃尔特·斯威夫特的喜爱很坦率，也带着一种优雅。他对中国人真诚的兴趣，以及对中国文化艺术深刻的理解和洞察，赢得了她的好感；他的优雅举止和睿智头脑，也赢得了她的尊重。毕竟，他们俩都出身贵族。他甚至比卢瑟福勋爵更像一个绅士。沃尔特·斯威夫特从未参与过骑猎，也未曾因板球的撞击而受伤流血，他的鼻子和小腿从未在壁球比赛中留下伤痕，也未曾在洛德板球场或莫特莱克的赛场上如疯牛般咆哮。良好的教养有很多种不同的表现。沃尔特·斯威夫特的优雅风度和举止，比起其他任何人——除了中国人——更能吸引尤雅玲。他那浮雕般俊美的面容和双手，总是能够吸引她，并符合她的中国审美。尤雅玲出身于一个对美有着千年深厚积淀的民族，理所当然地期望自己阶层的男性是俊美的，这既是一种社会责任，也是一种与生俱来的忠诚。卢瑟福勋爵并不漂亮，雅玲当然这么认为。

尤文索拜访卢瑟福夫人时穿着欧式服装，相当"气派"：一件稍紧的礼服大衣，一条像裙子一样宽松的裤子。尽管他内心并不认同，但出于对西方礼仪的尊重，他还是摘下了自己的帽子，这是一顶非常精致（却又古怪）的"烟囱"式礼帽，比尤文索那气派的脑袋约莫小了三个号。尤文索把它放在膝上，自己不得不与餐桌保持一段略显尴尬的距离。他戴着那顶闪闪发光的帽子，从容地前倾身子，用优雅、黄肤色的双手，巧妙地使用着沉重的西式银质餐具，享用番茄汤、鱼肉蛋黄酱和炖鸽子，一点都没有弄脏卢瑟福夫人的锦缎桌布。在社交场合，这等技巧和仪态即便不够优雅，也绝对称得上体面。筷子使用起来也并非总是文雅的，即便是在最讲究的中国家庭里，也常常会有一些东西滴到食者嘴边的碗中。但一个中国绅士绝不会把食物洒在英国女主人的桌布上。

咖啡用毕，卢瑟福领斯威夫特和尤文索进了自己的房间，汤姆·德鲁则跟着艾琳来到阴凉的游廊最凉爽的角落。三个男士边抽烟边谈正事，最近他们经常如此。

"你真是荒唐，居然不给她送点中国的东西。当然，得是上好的。"卢瑟福夫人说着，汤姆拿着一根火柴点燃了她的香烟。"你在这里找不到其他值得送的东西。所以要么送中国货，要么送蒂芙尼，汤姆。"

汤姆摇摇头："我只会送内蒂最好的东西，而我不会做那种把中国的宝贝带出中国的匪徒。"

"这是胡说八道！中国要生存，就得做买卖。"

"我认为，现在对中国最有利的大概是让所有的外国人统统都滚出去，离中国远点。中国或许可以卖茶叶、卖大米、卖柞蚕丝、卖二流首饰盒和茶壶，但没有必要出售她的传家宝，那些都是她的灵魂的一部分，谁也没有权利这样做。如果我们让中国这样做，我们就是混蛋。"

艾琳·卢瑟福神秘地笑了笑："哦，那就送她点日本货，而且得是上好的那种。"

"那是中国的冒牌货！"汤姆轻蔑地反驳道，"我想要真实的东西。内蒂特别真性情，比任何女孩都真实。我不会让哪个日本人赚到钱，一分钱也不会。"

"这个难缠的女孩。"卢瑟福夫人自言自语道，"我说，汤姆，"她提高声音说，"你还真想在这混乱的国际局势里搅和啊？就买蒂芙尼吧，别再小题大做了。现在，我想和你预约一两周后的一场野餐。就怎么着吧，我就当我们已经说好了。'咯咯'在山上租下了一座古老的寺庙，那里比这里凉快多了。下个星期，我们让汤普金斯先出发。他负责组织一批批推车、骆驼、搬运工，把我们需要的东西一一送上去。再过一个星期，一切安排妥当，我们就过去。你、我、沃尔特，还有几个从济南来的、思念家乡的英国人。我们要在那座中国古庙里尽情玩乐，快乐到忘了我们在哪儿；我们要搞个英式的家庭聚会，你懂的，再加上一些美国式的狂欢。"

"非常抱歉，'咯咯'夫人，我那一周已经安排了其他的家庭聚会。"

"别去了。"

"不能不去啊。"

"你是不能不去，还是不想不去？"

"既不能，也不想。"汤姆回答。

卢瑟福夫人严肃地盯着手中的香烟。"什么样的家庭聚会？在哪里？"

"在湖上，一座船屋里。"

"尤家的船屋！"

汤姆点点头。

卢瑟福夫人当时只说了一句："哦，我明白了。"但是到了深夜，她对丈夫说的要多得多，而且比往常和丈夫私下交谈时常说的话更尖刻。她有点生气，感到有点受伤，而且焦虑不安。

第二十五章

汤姆·德鲁在中国的日子，并不仅限于济南或曲阜，也不仅仅是在这两个地方之间以及周边的乡村。他也为了父亲鲍尔斯·德鲁的生意和交给他的任务，去过中国更远的地方。有时为了休闲，有时为了商务，有时兼而有之。他会到威海卫爱德华港的欧洲人聚居处住一个星期或更久，或去刘公岛上的英国住宅消磨时光。但他总会回到合租公寓。公司在那边的业务仍然处于萌芽状态，再说了，汤姆·德鲁还没捉到"樱桃美人"帝王蝶呢。他可能见过十几只，甚至更多。每次见到，他都会穷追不舍，用上了他所有经验丰富的技巧、根深蒂固的痴迷和不屈不挠的耐心，但还是一只都没抓到。他打算在回国之前，无论如何也要抓到一只。尤母也没能为他抓到。作为一个收藏家，他还是想要用自己的网、凭自己的本事抓到一只如此稀有的、美如红纱的帝王蝶。他恳求过尤雅玲，别把他这个追求和愿望说出去。尤小姐当然尊重他的意愿。要是他可以的话，他得自己抓到那只蝴蝶。

刘公岛有英国的钢琴，还能打网球，但在这片山东地界上，蝴蝶比曲阜乡下少得多，而且帝王蝶根本不在这片地方出没。不知何故，在威海卫，汤姆·德鲁总是想念尤家的古老花园，还惦记德高望重又凶神恶煞的尤母是否安好。他想念尤家人，也想念他们的花园。有那么一两次，他微笑着想到，他回到纽约后会不会想念他们。汤姆·德鲁并不想像沃尔特·斯威夫特那样在中国定居，鲍尔斯·德鲁也不希望他唯一的儿子如此打算。

当他告诉艾琳·卢瑟福-卡迈克尔夫人他要在尤家的船屋待一个星期时，她那句"哦，我明白了"让他有点恼火。他完全听得懂艾琳的语气，但其实暗地里很同意她的想法。他答应尤家的时候有点冲动，但做出了承诺就得遵守。发出邀请的是尤夫人，但汤姆不知是出于她丈夫还是婆婆的授意。他唯独没想过，这是尤夫人自己的主意，也没想过这会是她或她两个女儿的特殊愿望。德鲁与尤素的关系比起初识时已经大有改善，但尤素依然相当冷漠。雅玲不会这么做。他从她的话中可以肯定，她担心让他在他们的中国船屋里待一个星期或更久会令他厌烦。他确实担心自己真的会厌烦。但他既然答应了，就要去。艾琳·卢瑟福瞎想一些子虚乌有的东西，真是又愚蠢又卑鄙。女人都是这样，但他曾以为艾琳可以免俗。

汤姆曾小心翼翼地问老邢，中国富人在船屋上的生活是什么样的。老邢说好极了，而斯威夫特也证实了老邢的说法。中国富人的船屋非常优雅，镀金的房间雕刻精良，仆人成群，美食如山，佳酿如海，管弦齐鸣，花灯四照，还有无数舒适的垫子，只是没有任何的隐私。所有人都和衣而眠，睡在一个房间里，因为船屋只有一个房间和一个甲板，许多绵软的垫子和坚硬的小板凳。人们用低矮的桌子吃饭，上面佳肴琳琅，黄汤甘醇，用餐时乐声悠扬。晚上月华映照，岸边竹影婆娑，水面波光粼粼。白天阳光洒落，明媚宜人。船不会移动，是固定在湖上的。上面会有无数灯笼，但只有一个镀金的大房间，一个巨大的涂漆甲板，却没有一处可独处的角落或缝隙。所有人在一个大竹盆里洗脸，里面是带香气的温水。主人和客人洗的时候是温的，剩下给仆人和船夫洗的时候就半冷不热了。船屋小厮会伺候你洗手，用一条共用的毛巾擦手擦脸，给你整理头发、擦耳朵、修指甲。会上岸吗？不会。汤姆·德鲁连连惊呼，震惊不已。他一开始不相信老邢的盛情夸赞，但老邢生动的描述，得到了沃尔特·斯威夫特的肯定，这使他信以为真。斯威夫特向来用一种积极乐观的视角看待中国万物，任何事物都光彩夺目，描述起来像是他亲眼所见一样。

但汤姆既然说了要去，就必须得去。

汤姆从未预料会有如此不愉快的假期，哪怕是留他和两个患腮腺炎的男生一起在寄宿学校过圣诞，也要比这强。

实际上，他这个假期过得前所未有地好。

他不仅有专属的毛巾、脸盆和盥洗间，还有一艘自己小巧、舒适的睡船。船甲板上有一张简易的床铺，专为老邢准备的，这算是一份额外的照顾，但是老邢并不领情。老邢更愿意和尤家的仆人一起，睡在另一艘船的"船头"，一起抽夜烟。

汤姆·德鲁独自一人安睡，仅有他的仆人在一旁照料。他不用像艾琳和沃尔特·斯威夫特预想的那样"和衣而眠"。他可以穿他穿惯的丝绸睡衣，既轻松，又自在。睡觉和上厕所都可以独处。其余时间，他可以自行支配，可以待在自己那间水上小屋里，也可以到尤文索夫妇和尤素吃、住、睡的那所巨大的船屋上。汤姆一开始以为孔国藩也在那所船屋上。因为尤锦图和尤雅玲都留在山东的家里，这位老祖母拒绝出门。然而，让尤素和所有人震惊的是，这位老祖母出人意料地决定，让长孙女尤雅玲而非她最宠爱的小孙女尤素留在家中陪她。祖母的决定让尤素感到痛苦和莫名的焦虑；而尤雅玲则是既有喜悦，又有些遗憾。但是没有人质疑，更没有人反对。对于他们随和的父亲，或一贯自满的母亲所做出的决定，尤素和尤雅玲在极度不满的情况下，可能会以一种近乎祈祷的、犹豫的方式，小声地提出质疑。但是尤锦图做出的一切决定都是不容置疑的，没有任何改变的余地，没有任何一个尤家人胆敢尝试或暗示她改主意。

汤姆但凡有过半点怀疑雅玲可能不参加船屋聚会，也绝不会答应来这里。当他发现雅玲不在时，着实沮丧。没有雅玲说话，他一个人在那里怎么办？他喜欢他们所有人，他们也喜欢他；但他对他们知之甚少——就像隔着一块极厚、极昏暗的玻璃。他也确信，他们对他的了解和理解甚至更少。但他了解尤小姐，她也了解他。他被困在一艘中国船屋里，与他相伴的只有两个他不怎么熟的中国男人——尤文索和孔国藩；还有两位中国女性，其中一位完全不会讲英语，另一位除非万不得已，否则绝不愿意开口。没有尤雅玲，他在那里怎么办？他感到非常恼火，但是真诚的友情和好客的美德不容亵渎，他不得不将自己的不满深藏心底。

不过，生活总是充满了意外和惊喜，我们最大的快乐往往会伪装成我们意料之外的样子出现。没过一会儿，汤姆就非常庆幸自己如约前来，无论如何也不愿错过这个机会。这让他在写信给父亲时充满了热情和激动，这样的措辞在美国男子给父亲的信中相当罕见。当鲍尔斯·德鲁看到信件后，这位见多识广的父亲极不高兴。

偏巧，汤姆·德鲁在信中没怎么提过尤雅玲。他从合租公寓寄出的信，大多讲的都是尤文索和仁鹤金矿，而不是尤家的女人们。但他待在湖上船屋的这几天，却把生意上的事抛之脑后，信里也没有提。他从未在家信里描绘过真正的中国。他所说的中国是中国人的中国，那个未受外国影响、保持着纯粹和原始风貌的中国，一个远离外来纷争和商业利益的中国，一个没有被外国势力动摇其边境安全、没有在通商口岸遭遇外来势力的密谋和诡计的中国。他现在就要写，至少试着写一写。在这里与中国朋友们独处，周围没有任何白人的面孔或声音，他的手提箱里甚至没有一本英文书。他应该给父亲讲讲关于中国和中国人的真实图景，他希望自己能做到。他要试一试。他在学校拿过一次作文奖。那篇作文——《华盛顿、英雄和绅士》，至今仍珍藏在家族档案中。而且，情况也没那么糟。是的，他要试一试。

他试了。他简直是百步穿杨，正中靶心，直击鲍尔斯最薄弱、最敏感的地方，把这个纽约硬汉打得千疮百孔。无论是生意上的起起伏伏，还是想到"沃克家的女孩"可能会成为自家儿媳妇，都没有过如此的杀伤力。汤姆·德鲁的父亲一读到那封信，立刻冷汗直流，双手颤抖。再读那封信时，他展现出了前所未有的谨慎。鲍尔斯·德鲁认真考虑直接乘飞机到中国的可能性。

汤姆滔滔不绝地描述了尤素，并附上了尤素一张特别开心的快照——全身照，穿着长裤，那只袖狗"袅平"坐在她肩上。看了汤姆的描述，鲍尔斯·德鲁气得脸色发紫；再看那张"快照"，几乎要大发雷霆。

实际上，汤姆私下里认为尤素是个有些缺点的小女孩，但尤家人对他实在太好了，他无法跨越重洋，向远在另一大陆的父亲传达任何挑剔之言。这事其实要归咎于鲍尔斯·德鲁自己。他就打过儿子一次，因为汤姆在舞蹈学校时过于坦率，批评了一个比他小几岁的女孩的外表和举止。汤姆自幼就受到严格的教导：对于女性，要么说好话，要么就保持沉默。

他详尽地描绘了那艘船屋，船上精致的菜单，它停泊在何等神圣的山脚下，以及这片中国土地上恍如热带的绝美风光。接着，他毫不吝啬地赞美那个女孩。坦白地说，她的美丽远超过他以往所见的任何女孩，他坚信她是世上最迷人的女孩。他真希望能把她带回家，让大家都看看。他向父亲保证，尤素甜美可爱，像小猫一样温顺，像日出时的云雀一样欢快明亮，会让全纽约的人为之驻足，争相围观。

如果汤姆继续向大洋彼岸的父亲倾诉，他对一个名叫孔国藩的中国人多么感兴趣，他也在船屋上，而且深深地迷恋着尤素小姐，他们无疑是天造地设的一对，那么这无疑会让一位世上最好的父亲少一些忧虑，少几夜辗转，少生许多白发。然而，远在中国的汤姆，唯独忘记了这一点。在他对游船、圣山、当地美景和尤素极尽溢美之词之后，他已经对写信有些"意兴阑珊"了，文采也耗尽了。于是书信戛然而止，结束于一句"爱妈妈和莫莉"和他惯用的"你亲爱的汤姆"。

老德鲁的习惯是，向来有烦恼独自承担。儿子需要不时地了解一些生意上的烦恼，帮着分担一些，这也是对儿子商业培训必不可少的一部分。但对于鲍尔斯·德鲁而言，生意上的烦恼更像是一种激励而非烦恼。他天生具有斗士的热血，同时也保持着适度的审慎，从不轻易在金融风暴里冒险，也从不下注超过他所能承受的损失。他将唯一的儿子培养得与自己一般，能够轻松而坚定地应对商业上的风云变幻。至于他的妻子，鲍尔斯·德鲁从未让她感受到一丝一毫的焦虑。而且，自从他娶到了心仪的女孩后，这些年鲍尔斯·德鲁从未遭受过情感上的煎熬——直到"沃克家的女儿"开始困扰他。

中国的大雁，是天空中忠贞的象征。如果失去了伴侣，哪怕是度过了蜜月期，雄雁和雌雁也不再另寻配偶，有时会孤独地生活九十年甚至更久。在中国，大雁常常能活到一百岁。中国捕鸟人不愿猎杀单个雄雁或雌雁，希望能够猎一对。鲍尔斯·德鲁会欣赏中国大雁的忠贞。德鲁家族的人从不再婚，他们决定了和谁结婚，就不会改变。鲍尔斯想不起来家族里有谁改变过主意。他的祖父已鳏居了半个多世纪，拉扯大了六个孩子。最小的孩子尚在襁褓时，做母亲的妻子就去世了，只有雇来的女佣能帮帮他，但也帮不上大忙。埃尔默·德鲁，腰缠万贯，周游四海，和蔼可亲，仍然住在灯塔街的房子里。三十年前，他失去了年轻的爱妻，自那以后，便没有再娶，未来也不会有第二任妻子与他共度余生。鲍尔斯·德鲁的另一位表兄阿萨，七十三岁仍未结婚，因为他深爱的那位蓝眼睛的普鲁登丝·克拉克十六岁时在科德角去世了。鲍尔斯·德鲁的一个叔叔，墓碑上记载他活了九十八岁，一生虔诚敬畏上帝，也终身未婚。他在罗德岛上小学的时候爱上了一个女孩，并在二十一岁生日那天向她求婚，而女孩拒绝了他。鲍尔斯·德鲁虽然没有给他妻子"反复强调"，却非常确信，如果不是娶了爱丽丝·布朗，他根本不会结婚。

鲍尔斯·德鲁坚信汤姆是典型的德鲁家族成员。他了解儿子一旦下定决心要娶某个女孩，就会坚定不移，而且如果因为任何原因无法与所爱之人结合，汤姆很可能会选择不结婚。但这正是鲍尔斯·德鲁最不愿见到的局面。他珍视德鲁家族的血脉，并希望这血脉能够得以延续。他渴望见到汤姆的孩子们，渴望亲自参与他们的成长和教育。他原本希望汤姆在三十岁左右时能找到合适的伴侣成家。内蒂·沃克已不再是合适的儿媳人选，而一个中国女孩……难怪鲍尔斯·德鲁忧心忡忡，他怀疑汤姆是否会娶一个中国人。他深知汤姆的为人，绝不会轻易对女孩做出承诺，哪怕她的家人给予他无微不至的关怀，让他感到家一般的温暖。但如果汤姆真的爱上了他在信中赞不绝口的中国女孩，那么至少有一半的可能性是，汤姆可能根本不会结婚。

鲍尔斯·德鲁心如刀割，几乎要脱口而出一句咒骂，心想如果当初和汤姆一起去中国，或许会更明智。他更倾向于汤姆娶内蒂，而不是那位中国女孩；他甚至拿不准自己是不是更希望汤姆娶了内蒂，而不是永远不结婚。

好吧，他现在能做的就是打电报叫汤姆马上回家。他拉过电报表格来，再过两分钟，信息就要发出去了。就在这时，德鲁夫人推开了丈夫"私人"办公室的门。

"怎么了，孩子他爸？"她疑惑地问道。她向丈夫要一张巨额支票时，丈夫只是带着一种无精打采的态度，一言不发地将支票递给了她，手都没有抖过。

鲍尔斯向来遵循的规矩是，尽可能不让自己的妻子爱丽丝操劳，但此刻他打破了这个规矩，把汤姆的信递给她，观察她阅读时的反应。

"好吧。"爱丽丝说。丈夫把信放下，舒服地靠在巨大的办公椅上。"是什么让你烦恼了，孩子他爸？你在担心什么？"

丈夫向她倾吐了自己的担忧。

"鲍尔斯·德鲁!"妻子生气了,"那可是我们的儿子!你应该为自己感到羞耻!我告诉你,我为你感到羞耻。我们的汤姆!这封信也太愚蠢了。我认为汤姆只是在开玩笑。他在一艘中国船屋上能做什么?和中国男人和中国女人在一起!你到底为什么把他送到中国去!你把他带回家,他在那里待得够久了。你要是需要人手,就再派个人去那里,但是你要把我们的孩子带回来!"德鲁夫人又看了一眼尤素的照片,随后一撕两半,扔进了鲍尔斯的大废纸篓。

"你进来的时候我正在写电报,准备召唤汤姆回家。"她的丈夫说。

"别发电报,孩子他爸,"妻子劝道,"你这念头毫无意义,你这么想是在侮辱汤姆,也是在侮辱我们自己。不要去给他灌输这个想法,你也不要这么想。你相信,我们的儿子不会做那样的事。而如果他这么做了,我绝对会杀了那个中国女孩。我大概也会杀了汤姆!但他不会这么做的。诸如此类的事情也都不会发生。你就给汤姆写一封普通的信,说你很高兴他玩得开心,告诉他想回家就回家。说你已经决定先搁置中国的事一段时间,你现在很需要他在身边。告诉他,你有时感觉不太舒服,但不许他对我透露一个字,你希望他离你更近一些。别说过头了。无论说什么,都不要夸大其词。我会像往常一样在周日给他写信,私下告诉他,我觉得你状态不好。他会回家的!如果他没有,你就别管了,我给他打电报。我们用不上打电报的,最好用不上,除非万不得已。"

"也许你是对的,孩子他妈。"鲍尔斯·德鲁犹豫着说。

"我当然是对的,你不用再为此烦恼了。这没什么大不了的。"爱丽丝·德鲁叠好支票,打开钱包,正要离开。

"这些够吗?孩子他妈,你就要这些吗?"鲍尔斯用瘦削的食指指着妻子正在折叠的粉红色纸条。

"不够,"她温柔地笑着说,"不过今天的够了。"她在丈夫坐的桌前弯下腰,把一只戴着精致手套的圆润的手放在他的头发上说:"怎么了?孩子他爸,今天从你这里多拿一点,简直就像是从婴儿那里偷糖果一样容易。"

鲍尔斯·德鲁一只手握住妻子戴着手套的手,站了起来,一只胳膊搂住了妻子的肩膀。"孩子他妈,你还记得我们结婚那会儿吗,我们——你和我——我们手头有多少钱,来面对这个世界吗?"

德鲁夫人点点头:"我去银行的时候,还不到这张支票的四分之一。"

"你还记得咱们存下第一笔一千美元时,是什么感受吗?"

"我不可能忘记那天,孩子他爸。"

"我也不会。嗯,我们挣了一大笔钱,爱丽丝,而且这段经历总的来说相当愉快。"

"一边去,鲍尔斯!我也挣了不少!"

"最重要的是你——我的妻子。你一直是我挣钱的动力。我想,如果那天晚上在马车里,你没有答应我的求婚,我现在可能还在格罗弗的杂货店里卖桃子和糖蜜罐头,每周只能挣三美元。我挣的每一分钱,都有你的功劳。你现在花的钱只是其中的一点。别忘了,我们还能挣更多,孩子他妈。这些钱我们带不走,花一大笔钱,咱们现在享受得起。但是,"他和她一起走向办公室的门口时,冷酷地补充道,"世上只有一样东西我们买不起,爱丽

222

丝，我们的孩子，可出不起任何差错。孩子他妈，汤姆要是走错了路，我就完蛋了。"

"汤姆不会的，"德鲁太太坚定地说，"他从来没有，他永远也不会。"

鲍尔斯·德鲁感觉好多了，他非常信任妻子。他轻快地按铃叫速记员，熟练地口述了一个小时的商业信函。

但随后几个月，华尔街口口相传："哎，鲍尔斯·德鲁怎么突然白了头呀。"

在大洋的另一边，几件事合在一起，使汤姆在中国船屋的短暂停留出乎意料地愉快。

首先，没有人时不时地来打扰他。尤雅玲想方设法地使父亲相信，长篇大论和繁文缛节虽然对于中国人来说是最基本的礼貌，但对汤姆先生而言，却可能感到尴尬。尤家人逐渐理解，给予汤姆最舒适的款待，就是一切从简，让他自由自在，不受拘束。尤文索最初听到这样的建议，觉得有些荒谬，但最终他选择信任女儿的判断，并尽可能地迎合这位尊贵客人的意愿，以一种在他看来近乎失礼的方式进行款待。他知道，尊重客人的期望和偏好，是一个好主人应有的风度。因此，当汤姆·德鲁漫步到尤家的花园或闺房庭院时，不再有皇家般的欢迎乐曲为他奏响，姜室们也不再跪在地上，向他奉上各种装满美食的器皿，比如装着炒蝗虫幼虫的瓷盒，装着夹杂着蜜饯榅桲和矮红椒陈年炒蛋的漆碗，装着黄酒的彩壶。尤母始终将汤姆视为己出，偶尔还会动情地称他为她卑微腹中孕育出的最金贵的果实，是她哺育出来的最芬芳的花朵。但是，她这种表现不再那么频繁、那么极端了。自从汤姆来到中国后，尤锦图明显变老了。而年轻的汤姆也逐渐习惯了这位老妇人，甚至喜欢上了她。这个女性如此年迈，如此瘦小，如此慈爱，又如此暴躁，已经时日无多了。她的专横、无畏的气质，深深地吸引了他的美国心。一想到她，汤姆就忍不住想要发笑：一个高不过膝、非常慈爱但又爱发脾气的瘦小老太太，裹着破旧的衣服，将她那宛如鸟爪的黄皮肤小手装饰得珠光宝气，璀璨夺目；她看起来非常脆弱，仿佛能被一个十岁的顽童轻易折断。但是她始终受到这个权势显赫的家族的尊敬，让仆人们充满了敬畏，甚至吓得嘴唇发白。对汤姆·德鲁来说，这无疑是最荒谬的笑话。现在除了尤母，没人再用夸张的礼节对待他了。尤文索对汤姆的尊敬之情，让他很难完全放下客套。尽管他努力以平等和坦率的态度与汤姆交流，但有时仍不免会流露出过分谦卑的言辞。他会时不时地说些自贬的话，称自己是德鲁大人的"可鄙奴才"，是个"小人"，认为自己的存在玷污了汤姆所到之处的"芬芳花园"。

在船屋上，汤姆体验到了一个中国绅士家庭所能提供的最简单的款待。

无论是泊船之处，还是船上的生活，都与这位纽约人的预期截然不同。四周非常宁静，没有一丝波澜。静得仿佛他们就是地球上仅有的居民，汤姆从未体验过如此彻底的宁静。对他而言，这样的生活环境是一种特殊的提神剂。尽管长时间处于这种环境中，可能会感到厌倦，但汤姆在船屋的停留时间很短，还不到一周。汤姆在中国已经一年多了，他发现这里比他想象中更让人疲惫不堪：鞭炮声响个不停，人群熙熙攘攘；加之，他父亲派给他的商业任务前途未卜，他的压力与日俱增。自从离开济南后，一系列亲密的个人体验不断涌进汤姆那毫无戒备的心。湖面宁静无波，船屋也在湖上纹丝不动。亲切的人们轻声细语，脚步轻盈；偶尔传来琵琶的悠扬声；最近的"噪音"不过是湖畔竹林中轻风的低语。这一切宛如柔软的枕头和温暖的摇篮，温柔地抚慰着他的身心。这里的生活仿佛静止，波澜不惊。

尤文索的船屋上没有鞭炮；即使有，也没有放。这生活美得像梦，这地方也美得像梦。这不是在山东，而是在湖南。前清时期，尤文索曾在湖南的地方衙门任职，如今在湖南仍有很多财产和股份。他喜欢闲暇时来湖南度假，仰望神圣的南岳衡山。

船屋是主船，俨然如庞然大物，周围环绕着一队小帆船。这些帆船小巧精致，不禁让汤姆联想到纽约和旧金山的中国商店里售卖了近百年的小帆船，它们由光滑坚硬的果壳雕刻而成。夜晚时分，这里宛如仙境。每至夜晚，便有千百盏灯笼悬挂于船舷，每盏灯笼都精美独特，自成一格。这种层出不穷的独特创意，唯有中国人的智慧与巧思方能做到。有些灯笼形状像番茄，有些像甜瓜，有些像鱼，有些像足球，但没有两盏是一样的，每一盏都装饰精美。宁静的湖面上映出千盏灯笼的影子，仿佛蛋白石上燃起了火光，美得神秘，难以言传，充满了中国风情！成千上万的萤火虫在岸边的竹林间闪闪发光，飞来飞去。中国人认为，萤火虫是观音菩萨从天上送来的慈悲之灯，指引流浪者走过危险的山路。尤素身着玫瑰色长袍，坐在蓝绿色的坐垫上。她父亲命她用象牙琵琶弹一首古老的中国爱情曲。孔国藩琥珀色的脸炽热如火。尤素奉父亲之命，又弹了一遍。随着她拨动银弦唱出歌词时，孔国藩把脸转开了。汤姆确信，孔国藩的手在外衣的缎袖下紧紧地握着自己的手臂，他在尤素父亲的船屋上穿得板板正正。

汤姆想知道，尤素在弹奏古老的爱情曲时，是否在想孔国藩，或者是否在意孔国藩对她的看法，毕竟是他父亲让她弹的。汤姆认为没有。月亮已经升起，甲板灯亮了，尤素坐在一圈明亮的灯光中。汤姆看着她那小小的、忧郁的脸，觉得她的思绪飘得很远——或许是回到了山东。他想知道尤素的心思，但面对这个谜一样的女孩，他毫无头绪。这个中国女孩的言行举止，也无法提供任何线索。但汤姆知道严肃而有礼的孔国藩的心思。即使是白昼的瞎眼蝙蝠，在正午那"日星高悬，天幕广布"的黄金时刻也能看到这一点。

汤姆希望孔国藩能赢得这个女孩的芳心，他对孔国藩抱有很高的评价。汤姆的信已经在寄往纽约的路上了。两天前，一个快递员携带着这封信穿过了竹林，而船工则用船将它送上了岸。汤姆的信虽然是出自好意和孝心，却在父亲的心中掀起了巨大的波澜，比华尔街的任何一次恐慌都让他更加焦虑和衰老，也让爱丽丝·德鲁惊慌不已，比她丈夫知道的程度还要剧烈。

在曲阜尤家的环境下，孔国藩与汤姆·德鲁这位美国人保持了一定的距离，可能是为了顺应尤文索坚定而客气的态度。但在这里，孔国藩的态度有了显著的变化，变得坦率和友好。经历了起初的一两次尴尬之后，汤姆和孔国藩渐渐熟识，两人都发现他们彼此欣赏，喜欢在一起交谈。某种类似友谊的东西，在美国人和中国人之间产生了。这种友谊的产生，让两人都感到异常地惊讶。孔国藩的英语比汤姆的汉语流利、准确。他们用两种语言勉强沟通，一聊就是几个小时。当大船屋里的人在垫子上睡着时，他们就在汤姆的甲板上或在孔国藩的船舱里抽烟。除了他们，只有守夜人还醒着，一声不吭地玩着多米诺骨牌，直到天亮众人醒来。

对于一个西方人来说，尤其是一个美国人，认同身穿长衫和花绸的男性的男子气概并不容易。同样，对于一个尚未从民族古老传统中"进步"的东方男性来说，认可一个美国人有男子气概，是真正的男子汉也很难得。毕竟，他们穿着适合女性的"谦逊"的裤子招摇过市，而他们的妻子和姐妹则穿着毫不"谦逊"的裙子，以及像漆器一样贴合少女和已婚妇女身材的"紧身上衣"，甚至更不雅的是，露出了她们柔软的喉咙。然而，优秀的品格和坚实的价值观可以穿越大多数障碍。

汤姆·德鲁和孔国藩从来没有想到，他们竟然能在中国，在"五岳"中最美的衡山脚下的湖上找到知音。

孔国藩并不像汤姆·德鲁喜欢中国一样喜欢西方，但他对欧洲几个地方和民族的了解比汤姆对中国的了解要多。孔国藩在牛津大学待了四年，游历了欧洲大陆。他的观察力十分细致，尽管他的观点可能受一些偏见的影响。他很少喜欢什么。他从来没去过美国，但在有限的范围内，他还是对美国人抱有好感，哪怕只是出于感激。在十九世纪，旧金山的街道被无辜华人的鲜血染红的时候，孔国藩还太年轻，没能形成刻骨铭心的痛苦记忆；他只知道美国作为唯一货真价实的白人"第一强国"，从未占据过中国的一寸土地。

他们坐着，在星光下抽烟，谈了很多。正是从孔国藩严肃而缓慢的谈吐中，汤姆这位被派来"了解中国"的纽约人第一次对中国有了严肃的印象：她的过去，她当前的乱局以及她未来的险地。就在那一刻，汤姆才意识到，等他回国后，他将持续关注这个古老的国家，面前这个中国人爱得如此深沉、如此自豪、如此有尊严的国家。他将以个人的微薄之力——庞大的财富和影响力可不容轻视——竭尽所能成为中国的朋友。即使做不了中国的朋友，他也绝不会与中国为敌。

他们谈论了许多事情，但从未提到任何一个女人。但是在他们抽烟交谈时，汤姆总是想起两个女人：尤素和尤雅玲。他相信孔国藩的思绪也从未离开过尤素。

至少在西方，陷入爱河的男人往往会让旁观的朋友们觉得可笑。西方男性爱上一个姑娘，甚至是年轻迷人的寡妇，他的脸上有时就会流露出一种温顺如绵羊的神情。在欧洲，甚至在芝加哥或缅因州的班戈，"恋爱"的状态在单身的人看来，可能相当愚蠢。在中国，情况却大相径庭。部分原因（并非全部）在于，隐私让交媾变得神圣，而婚姻往往先于交媾。孔国藩陷入了爱河，爱上了尤文索那如蝴蝶般美丽、如甜豌豆般娇小的小女儿，就像万里无云的正午看到太阳一样明显。但他的爱慕中带着一种自豪和安静的尊严，这让汤姆·德鲁觉得格外有男子气概，也格外有魅力。

后来，汤姆回到纽约后，在一场舞会上再次与一位女孩并肩坐在楼梯上时，她注意到他不仅表现得更加恭敬，还略显"拘谨"。他的舞伴可能不会知道，这些变化都归功于一个名叫孔国藩的中国人，以及他在一艘中国船屋的甲板上面对一位中国女孩的举止。这位女孩很少看他一眼，从来没有主动和他说过一句话，除非是必要的应答。

或许，最迅速地让孔国藩吸引汤姆的是中国人的公正。美国人从没期望在任何东方思维中发现这种品质，尤其是在中国人身上。孔国藩似乎不仅从中国的角度，更从所有其他国家的角度看待中国的现状和未来的严峻问题，总是能透过严肃的中国眼光观察，用历经多个世纪文化磨炼的心智进行权衡。他承认，那些对中国肥沃土地垂涎欲滴的民族，有些可能不是单纯出于无尽的欲望和野心，而是由于对本国资源匮乏的担忧和焦虑。这可能为他们的侵略行为提供某种解释，尽管并不足以为其辩护。但他毫不掩饰对日本"倭子"的厌恶，也没有为此有丝毫的愧疚。这些"倭子"野心勃勃，虎视眈眈。但他主动补充说，日本确实处于困境之中，几十年来一直如此。而以日本政治家们的精明，不可能预见不到，日本未来几年、几十年将面临更加严峻的困境。即使在痛苦的山东问题上，他也指出了日本可能狡辩的理由。

汤姆·德鲁非常喜欢孔国藩，他可真是个了不起的人。

第二十六章

人们常将曲阜誉为中国的麦加，这一称号名副其实，但曲阜的意义远不止于此。它是中国至关重要的精神内核，将麦加与其相提并论，是一种亵渎。

曲阜在人类的历史长河中独树一帜，是一个独立并超越人类思想和成就的圣地，代表着有史以来最伟大、最重要、最自然、最深刻的伦理文明。这种文明并非一蹴而就，而是建立在一个伟大民族经过几千年的反思和信念逐渐积累的基础上。当巴比伦等其他古老文明被鄙视和摧毁时，这个古老的文明历经沧桑依旧屹立不倒。当粗鄙的国际政策咆哮着侵蚀这个古老城墙的根基，蚕食这个时代最重要的种族时，这个文明仍旧坚如磐石，屹立不倒。任何对此持有异议的人，尽管来讨论。

对于当代西方人来说，"曲阜"（K'ü fu）这个词可能看起来有些陌生。《大英百科全书》将其拼作"K'iuh-fow"，英国陆军部的最新地图也随意地沿用了这一名称，就像这些权威机构把济南府（Tsi-nan Fu）拼作"Chi-Nanfu"，甚至《中国年鉴》也在努力让中国名字读起来更符合西方人的口味。这样做虽然方便，但在将原本属于表意文字的中文词汇翻译成由字母组成的英文单词时，不可避免地会有一定的随意性。我们已经从中国索取了这么多，而且还在试图拿走更多，我们真的有必要连同那些名字也一并夺走吗？这些名字早在我们的祖先还处于蓬头垢面、披发涂身、蒙昧无知、残暴不仁的野蛮人时代，就已然在这个帝国沿用。即便我们出于一种道义、全然无私的强烈冲动，想要用我们的工业产品取代中国的传统乐器，用刺眼的电灯照亮中国古老的城墙和城市，在中国原本是宁静花园的地方建造摧毁生命与快乐的工厂，用我们那些既不美观又不舒适也不相宜的服装取代中国传统的服饰，扼杀中国的音乐，击溃中国的精神，稀释中国的血脉，难道我们就不能把那些古老城市、古老家族的名字，它们原本的读音和它们本来的模样留给中国吗？旧的中国名字一定要被淘汰吗？也许再过几年，济南就会有条"霍尔斯特德街"，北京就会有条"第五大道"。这种变化并不令人意外，毕竟这种狂热潮流已经促使中国女子走出了她们的深宅大院，让她们穿上了凉鞋，戴上了单片眼镜。

我们曾经为中国做过什么好事？只有一桩：我们解放了中国妇女的双足（如果这算我们的功劳的话），可是满族人在我们大肆宣扬之前就已经树立了榜样。然而，与这一积极影响相比，我们对中国的负面影响似乎更为长久和严重。

我们有何理由、有何权力去评判或改变一个拥有悠久历史和文化的国家？

曲阜城外便是孔林，其中一片矩形的大花园，依照尊重和传统被分隔出来，那里矗立着孔子的墓碑。即便是那些从未踏足中国的人，也普遍认为他是历史上最卓越的人类导师。他的一生虽然历经坎坷，却从未沾染罪恶、卑劣或鄙贱，这是毫无争议、无可辩驳的事实。这位圣人的教诲和榜样，影响了中国长达两千五百年，塑造了一个由四亿君子组成的民族。我们西方人称他为"Confucius"，有时把他描述成一个扎着辫子的异教徒，这忽视了他思想的深度和影响力。我们不可能都是君子之国，但我们可以学习并尊重孔子的智慧和他对道德、社会秩序的贡献。

儒家学说有时被称为中国的宗教。尽管"宗教"一词具有广泛的含义，但相比之下，将其定义为"行为规范""思想标准""不朽的榜样"，似乎都更接近儒家的本质。孔子，这位伟大的不可知论者，长眠于曲阜。但只要还有一个人继续保护并珍视祖先留下的无与伦比的文化遗产，孔子的精神就会长存；只要中国还保持其本色，还忠于她自己，孔子的思想就会永存，能够继续激励人心，给这个国度的人民提供力量和启示。他从不传教，却兼收并蓄一切宗教。孔子主张待人要理智、谦卑和公正。儒家学说倡导仁爱、善行和美德，这体现出最深刻、最真实的"宗教性"，超越了其他许多所谓的宗教，这是有充分理由的。

道教，作为中国的一种宗教——如果我们可以将"宗教"这个词合理地用于描述中国人的信仰——原本蕴含着巨大精神美感和力量，但如今已然充斥着迷信。佛教在中国的影响力已日渐衰微，隐藏在北方的小巷和濒临废弃的寺庙中，唯有儒家思想屹立不倒。

只要儒家思想继续流传，中国也就不会倒。无论我们西方各国及日本如何行动，只要儒家思想还在，那么中国人的家庭始终是这个世界上最幸福的。

汤姆·德鲁在山东居住的时期，对儒家思想并没有深入的了解，也缺乏兴趣，这在我们这些西方人中并不罕见。儒家思想与我们的文化传统存在差异，使得我们这些外来者很难完全理解中国的核心文化。要真正理解东方的文化，我们西方人需要带着同情和理解的心态，这是认识和了解东方真正本质的关键。

汤姆对中国有着深厚的喜爱。对于我们这些粗鄙、野蛮的西方人的后代来说，这是一种难能可贵的情感。然而，他对中国并没有产生太多的同情或理解，也许是因为他的本性使然。许多白人虽然来到亚洲，但真正能够适应并融入这里的并不多。

如果由汤姆自己决定，他可能在离曲阜只有几英里的地方住上几个月，直到返回纽约，也不会特意去参观孔林。但尤雅玲希望带他去参观这个对中国来说最神圣、最令人自豪的地方。汤姆已经心满意足地"跟"她一起，他随时都愿意和雅玲一起散步、交谈。虽然他对孔圣人的长眠之地并没有太大的兴趣，但他尊重雅玲的意愿，也珍视与她共度的时光。

在通往孔林的路上，骡铃叮玲，鸟儿喌啾，尤雅玲脸上带着悠远的神情。她今天与往常不同，隆重地化了妆，仿佛戴着一副面具，使得这趟旅程颇为沉默。他们之间友好随意的交谈并不多，大部分时间他们都在默默无言地走着。

只有一次，汤姆把手搭在她绘着花朵的骡轿边上，俯身向尤雅玲透露了一些信息。

"昨天，在城里，我看见了你让我留意的那个女人。我昨天见到她，之前还见过一次，那是在星期三。我上次见你是在星期二，我原以为你可能不希望我写信给你。我第一次见到那个女人，是在你家北边的树林里，当时我正在捕蝴蝶，突然就遇到了她。她正和两个日本人在低声交谈。她一直背对着我，似乎不想让我听见他们的谈话，但我确信她并不知道我认出了她。他们很快就分开了，我没能听到他们的谈话内容。我小心翼翼地跟踪那两个小日本。我知道那个女人是谁。如果我能弄清楚那两个人的身份，或许会更有帮助。他们甩掉了我，仿佛凭空消失了，要么就是藏到哪棵树里了。"

"那昨天的情况呢？"尤雅玲询问。

"我在水管街上，正要离开，看见她站在一个瓜摊旁边，正与一个人——一个德国男人谈得非常专注，她没有注意到我。我设法跟踪那个男人，没有引起什么麻烦。他来中国是为柏林的一家公司联系时钟和留声机业务的。我已经开始调查他了，目前只知道他是德国人，还没有找到他的什么把柄。他的汉语说得比我还好。只是不巧，当我走近的时候，他们似乎已经谈得差不多了。我只听到他说，'要是出了差错，你可就有麻烦了'。那个女人说她不会出错，并且提醒那个男人，到目前为止所有的错误都不是她犯的。那个男人也承认了。他问了她一个问题，我没听清楚，我觉得那是一句问话。她轻轻地笑了，说：'是的，准备好了。是的，他们两个都会去。'然后他们就各自离开了。"

"他给她钱了吗？"

"至少在我观察的时候没有。除了我告诉你的，他们没有交换任何东西。"汤姆回答。

尤雅玲重重地叹了口气，没有再说什么。他们继续沉默地走着，但汤姆一直把手放在雅玲的骡轿上。

他们前往孔子墓的场面颇为壮观，尤雅玲乘坐着骡轿，十几个尤家的旗手前呼后拥。尤家人前往孔子墓时，不会像普通村民那样穿着随便，也不会像那些普通阿嬷一样无人陪侍地步行而来。作为美国公民，汤姆·德鲁拥有在世界任何地方都不可剥夺的权利，这一点在未来也很可能不会改变。汤姆步行着，心情愉快地走在雅玲身边，而雅玲则在轿子里晃来晃去。雅玲的骡轿架在两头骡子的肩膀和侧腹之间，它们都身强体壮、装饰华丽。尤雅玲今天的打扮，是汤姆前所未见的华贵：一身紫色绣花柔缎官装，衬托着她珠光宝气的身姿，宛如紫云映月；小手被闪闪发光的红绿宝石戒指所覆盖，就像她的祖母尤锦图一样；腰带上镶嵌着钻石和黄玉，闪闪发光，还挂着珍珠、绿松石、钻石和红宝石缀成的流苏，轻轻作响。她的骡轿并不是那种用来走山路的、用竹席子当顶的简陋竹制品，而是用樟木制成，轿杆上雕花嵌饰。轿身长而低悬，设有舒适精美的坐垫，外表被相互交织的花边所包裹，上面绣着牡丹花和月季花，图案别致，如同上好的官袍上的刺绣，并有绉纱衬里。每朵大花瓣上都挂着无数丝绸小流苏和细小的珍珠、珊瑚和金银珠宝。车帘是彩丝织就，带垫的座椅和脚踏都涂了亮漆。骡铃随着步伐响起，如同钟乐齐鸣，骡轿过处，花香满路。

每经过一个神龛或方尖碑，他们都停下来祈祷，并留下一枚硬币。雅玲从骡轿上躬身，旗手们跪倒在地。汤姆·德鲁用怪异的眼神看着这个奇怪的场面。

他们在一扇宏伟的大门前停下，其庄严壮丽甲冠天下，即便是德里、阿格拉、君士坦丁堡、推罗都无法比拟，其威严更是无与伦比。骡夫们拉住骡轿，旗手们转过身，尤雅玲小姐扶着汤姆伸出的手，走下骡轿。尤雅玲和汤姆两人走在长长的大道上，走向这座全中国最神圣的坟墓——在中国，每座坟墓都是神圣的。

翠柏夹道，道路宽广。汤姆从未想象过柏树能如此壮观，它们高耸入云，枝干粗壮，枝叶茂盛，郁郁葱葱。尤雅玲行走其间，她身上的丝绸和珠宝闪耀着光芒，似乎连周围的柏树也被映照得更加生机勃勃，整个天地都充满了她少女的纯真与甜美，散发着珠光宝气。柏树在中国被视为守护亡魂之树，它们守护着孔子的墓园大道。孔子将哲学思想传遍中国，使中华文明得以延续，教导中国人要自豪与谦逊，赋予了他们不可动摇的勇气，保持内心的平静与坚韧。尤雅玲缓缓穿行在这片柏树之中，宛如一曲流动的音乐，她的灵魂如花般美丽，如女王般高贵，又如贞女般纯洁。她仿佛不再是某个人或个体，而是一种永恒的存在，是生机勃勃的中国本身，是造就中国的一切母性之源，这样的纯洁使中国迷人、精致、永恒。女性因爱国主义而升华，因坚守传统而完美，受到数千年的尊崇和守护。

他们穿过柏树遮阴的大道，来到一处开阔的空地，那里有一个种着参天大树的巨型土丘。尤雅玲缓缓地跪倒在地，虔诚地拜了好一会儿。汤姆觉得，他感受到了某种力量的存在。

的确如此，他所感受的乃是整个中国的存在，以及山东——中国"国魂"之所在，正激荡着强烈的情感！

他知道，孔圣人的骨灰就在那个大土堆下面，是那个跪拜的女孩告诉他的。

汤姆对那里的石碑、雕像，以及巨大坟墓两侧的小坟墓并不理解，也不在意。但他认识到，那个巨大的土丘中埋藏着某种东西，它依然强大而富有生命力。他开始理解女孩的叩拜意味着什么。他前所未有地感受到自己与中国格格不入，以及与中国人之间的深深隔阂。

尤雅玲结束了敬拜，站起身来，静静地站在他身边。她没有试图解释或讲述什么，也没有指出刻在大理石雕像上圣贤所题的铭文，那些字迹至今依然清晰可辨，仿佛凿子刚刚刻下，新鲜的石粉还覆盖在字上："至圣先师；大成至圣文宣王"。她也只字未提中国历代帝王所立的颂德碑，每一块都闪耀着对孔子的赞美之词，它们宛如一朵朵石制的崇敬之花，在园中茂盛生长，与孔子共享永垂不朽的荣耀。她也没有告诉汤姆，孔子最爱的儿子和孙子就长眠在他的脚边。

汤姆觉得，尤雅玲静默不动，却在逐渐离他而去，越来越远，像是要在他的世界消失。他感到他们之间所有的友谊，所有的亲密无间和轻松愉快的同志情谊，都不过是黄粱一梦——一场有趣的梦。

巨大的土丘很松软，长满了茂密的树木。合欢美丽，柏树庄严。它们之间有一种奇异的植物，汤姆从未见过，甚至没有见过与之相似的植物。还有一棵树与众不同，与汤姆以往所见或在照片上看过的树木都不同。这棵树既吸引他，也排斥他。

现在似乎已经离他而去的尤雅玲，又一次以她的中国方式洞悉了他的想法，回答了他的疑惑。她仿佛又回到了他身边一些，虽然只是一点点。

"长在那边低处的，是神圣的蓍草，是中国占卜用的植物。那棵树是水晶树，只在这里长，别的地方都没有。这是孔子的树，它一直长在这里。自从圣人长逝，我们的国家、我们的民族就如丧父的孤儿。我们称之为'樱桃宝石'的如纱如花的蝴蝶，就只生活在水晶树的树枝上，也不在别的地方生活。你来到中国想要捉了带走的，正是孔子他老人家的蝴蝶。"

此刻，二人头顶上空就有蝴蝶飞舞。在山东，只要未到中国北方的凛冬——天寒地冻，万物蛰伏——就总有蝴蝶飞舞，如花一般跃动，形成一座空中花园。

仿佛是要印证尤雅玲的话，一只红色蝴蝶从金灿灿的天空缓缓飘落。那是一只樱桃色的帝王蝶，越飞越低，最终停在了水晶树的一根矮枝上。

它比当初吸引汤姆闯进尤家花园的那只蝴蝶更大、更美，斑点更完美，凹褶更精致。这是汤姆·德鲁见过的最美的蝴蝶。他相信，这只也是天上地下最美的蝴蝶。

汤姆慢慢地向它挪了一步。那只樱桃帝王蝶没有动。汤姆举起一只渴望的手，微张双唇。蝴蝶依然一动不动。汤姆屏住呼吸，轻柔地俯身向它靠近。尤雅玲摸到了她的围巾，那是一层薄纱，但网眼很紧密。她持着围巾一端伸向汤姆的手，看着汤姆的脸，带着好奇又莫测的神色。汤姆看不见她的动作。他的眼睛、他的全身心都关注着那只懒洋洋地停歇在水晶树上的可爱的深红色小东西——但他一定感觉到她做了什么，因为他的手指碰到了薄纱，摸了摸，拿过来，轻轻地向水晶树低矮的树枝移动，动作轻柔得就像一阵微风拂过。

然后，汤姆把围巾的一端重新搭在尤雅玲的衣袖上。她深深吸了一口气，转身离去，带着一丝痛苦——这声叹息在一个女人那里必定是啜泣。

尤雅玲对汤姆·德鲁微微一笑。如果汤姆当时看到了她，看到了那个微笑，如此甜蜜，如此亲近，看到了它所给予和容纳的温暖，汤姆一定不会觉得她在离他而去；他也不会再感到陌生，他会觉得他似乎离家庭生活不远了——男人的家庭和责任。

但是，汤姆没有看到尤雅玲的微笑，没有看到她那如黑色天鹅绒般深邃的目光，那如红色天鹅绒般柔软弯曲的嘴唇。

他也没有看到她纤细的手指如何触碰她袖子上的围巾。

孔子之孙的墓旁，有一座小小的中式房子，雅玲在那里等着汤姆。过了一会儿，汤姆缓步而来，她以一种仿佛置身于自家庭院的亲切，向他娓娓道来。

"子贡的茅屋就在那里。子贡是孔子的弟子，对老师怀有深厚的尊敬。在至圣先师归天之后，他就在这里建了茅屋，住了五年。白天端坐其中，夜晚安卧其内，无论是炎炎夏日，还是山东严寒的冬季，他总是坚守于此，只因为他满怀热忱地想为老师守墓。这座房子就见证子贡对师恩的无尽追思。"

"五年！"汤姆惊叹。

"我们中国人非常珍视对逝去亲人的爱，"女孩淡淡地说，"像这样的中国故事，我可以给你讲一千个。我们并不畏惧你们所说的死亡，你不觉得奇怪吗？死亡不过是通往另一个家园的路。逝去的亲人从未真正离我们远去，反而在死后，我们会更加紧密地团聚在一起。"

"不，"美国人温和地回答，"我明白了。我开始明白了。"

"从前有个人，"雅玲继续说，她的声音里带着一丝温暖，"这是我最喜欢的故事，我只给你讲这一个，然后我们就走。有个人名叫王裒，是独生子。王裒的母亲非常害怕雷电，一场大风暴就会让她陷入恐慌。在风暴来临时，王裒总是陪在母亲身边，带她进入他为她建造的地下室，那里闪电无法穿透，雷声也变得微弱。王裒抱着她，不断安慰她，向她保证风暴会平安度过，只要在这里，雷电就不会伤害到她。尽管王裒被赐予了外省待遇优厚的官职，但是他拒绝了，因为他不愿离开母亲，也不愿带着母亲上任，担心路途漫长，母亲可能会遭受雷暴之苦。他活着就是为了母亲。母亲去世以后，每当暴风雨来临，王衰都会急忙跑到母亲的墓前，无论白天还是黑夜，无论健康还是病中，他都会扑倒在墓前，向她喊道：'母亲，我在这里。不要害怕，母亲，儿子在这里陪着您！您不会有危险的！'风暴不息，王衰就俯卧在他母亲的坟墓上，衣袍和双臂覆盖着母亲的坟墓，安慰着母亲的灵魂，直到最后一滴柔和的雨滴落尽，直到阳光将她墓前淋湿的树木、每一片树叶上的小水珠、树皮上的每一个裂缝都晒干。如果风暴停歇时已是夜晚或黄昏将至，王衰便会整夜陪伴在母亲身边，直到第二天太阳升起，墓地的每一处都被晒得温暖而舒适。毕竟月母和星子只能照亮黑夜，却不能带来温暖。在我们北方，暴风雨有时会持续几个月。风雨连绵的时候，王衰就会陪着母亲。"

"我喜欢这个故事。"汤姆热切地说。

"还有一个故事，"雅玲轻声说，忘了她保证只讲一个故事，"一个妻子——"

"安静！"汤姆突然厉声喝道，把目光从女孩身上移开，侧耳向子贡的"茅屋"倾听。他的神色变得紧张，迅速回头朝向雅玲，粗暴地抓住她的肩膀，推着她离开了房子。

"雅玲！"他半是恳求，半是急切地催促，"你相信我吗？"

"我相信你。"尤雅玲回答。

"你知道我是你的朋友！"

"我们都知道。"

"你还记得我为尤祺做了什么吗？"汤姆·德鲁竟然也开始邀功了，真稀奇！

"尤家人都不会忘记的。"

"那么，现在就报答我，"汤姆说着，仍在把她往外推，推向入口的大道，"尤祺爱我！"

"尤家人都会永远爱你，尊敬你。"雅玲的语气有些惊讶，汤姆如此迅速地把她推向大道，双手几近颤抖，但她的眼睛依旧清澈平静。

"现在，听我的！看在尤祺的份上，照我说的做，就当是他要你听话！"他一把抱起她，抱着她跑到大道的路口，急忙把她放下。"走！回家去！快跑！不要回头看！回到你的骡轿上。叫赶骡子的人用鞭子赶路。马上去！"

尤雅玲曾有过片刻的犹豫吗？她不知道，当时不知道，过后也不知道。

她凝望着汤姆的眼睛，微微一笑。这个微笑，即便汤姆当时未能完全领会其深意，也将在他一生的记忆中永远闪耀。然后，在他还未来得及将她转向背对他、背对孔子墓的方向时，雅玲已经迅速转身，独自一人沿着他们之前一起走过的小径快速离去，没有再回头望一眼。

尤雅玲跑得又快又稳，不等她跑过几棵大柏树，汤姆就回到了孔子最忠诚的徒弟子贡的住所，用他在哈佛训练得强壮有力的肩膀猛力撞向紧闭着的房门。

幸好没有中国看门人看到这一幕。

房门被撞开了。

进入屋内后，汤姆·德鲁静静地环顾四周，保持着警觉与冷静，积蓄着力量与勇气。他预感到可能需要采取一些行动，他觉得也应该这样，依靠力量、速度、勇气、冷静和出色的判断力来完成。

身为鲍尔斯·德鲁的儿子，他所继承的可不只是百万遗产，更是那份与生俱来的男子气概。

不，这里没有时钟，在雅玲说话的时候他听到的滴答声，并不是时钟发出的。这要命的东西到底是什么？他能找到它吗？

这声音是脚下传来的，在地底下，在右边：滴答，滴答。

汤姆跪下，撕扯着白色稻草铺成的柔软地板，一把就扯开了。没错，有人在他之前挖过这里，不知是谁，在什么时候，也不知道为什么要挖这里。他没有时间去猜测，现在不是时候。他能感受到地下有个有害的东西，他必须找到它。"滴答，滴答"，它在召唤；"滴答，滴答"，它在嘲笑。他对子贡的茅屋下的这个鬼东西的恨，已经超越了他在战争中对打碎底特律小伙子脑袋的德国佬的恨。

为什么？汤姆没有去深究。

一条地下隧道向下倾斜着，通向孔圣人的坟墓。那颗炸弹没有外壳，就松松地埋在陷落的松软泥土之下。汤姆·德鲁不得不挖洞过去，所幸相距不远，很快就挖到了，否则他就要窒息了。"滴答滴答"的声音越来越大，越来越近。他愤怒地叫道："我来了，老伙计！"这是个愚蠢之举，他一张口怒吼，嘴里便立刻灌满了泥土。汤姆用力吐出泥土，紧闭着嘴继续往前爬，往里挖，把眼睛也闭上，他什么也看不见，但耳朵还能听，鼻子还能闻。他闻到了汽油味，这味道很淡，但绝不会错，而且越来越重。"滴答滴答，滴答滴答"，声音越来越响，就在他的脸下方，仿佛在朝他吐口水。他不会就在此"归西"吧？像一条瞎蚯蚓一样，被埋在这座坟墓的地下？也许会，但他毫不在乎，他要拿到那个"滴答滴答"的鬼玩意，别无所求，别无所念。他怀着冰冷的愤怒，双手左右开弓，一把把挖开泥土，汗水沿着额头滑落，滴入泥土，他的心肺在重负下喘息着，仿若低沉的抽泣。

他拼命地挖掘，不经意间竟挖到了头，手指被一卷湿漉漉的绳子和稻草缠绕。一股刺鼻的汽油味扑鼻而来。

找到了。

他找到了它，摸到了它，抓住了它。随即，他开始往回爬，一手撑地，倒退着匍匐而行，用脚蹬开通路，就像游泳者踢水一般。他誓要拿到的那个金属圆球此刻已在手中，他用另一只手小心地紧抓着它，手臂将它紧紧抱在胸前。那"滴答滴答"的声音不紧不慢，既是威胁，也是警告，它随时都可能爆炸。汤姆·德鲁对此不屑一顾。

他回到那个凌乱的小房间，地板被掀开，灰尘弥漫，房门还是被撞开的样子。汤姆只来得及脱下他的薄外套。外套再薄，也是不穿才能跑得更快，何况他的外套刚才在挖地洞时沾满了土，变得更重了。

随后，汤姆·德鲁开始奔跑。

他的奔跑速度之快，肩膀的力量之大，在母校哈佛是出了名的，但那还不算他真正的实力。此刻，只有中国的守望神，也许还有孔子的灵魂，见证了他究竟能跑多快，他的肩膀究竟有多有力。

汤姆不知道，也不在乎，他是如何走出孔子墓周围的儒家建筑的。是穿过了一片树篱，还是翻过了一堵墙？但他还是保持着冷静，迅速跑离了现场，跑向与他送走尤雅玲相反的方向，尽可能不引起注意。他确实逃脱了，没遇到什么麻烦，甚至没有被注意到。至少他当时没发现，过后也没听说。当然，他带着那个炸弹。

直到再次行驶在海上，回忆起这件事，汤姆才意识到，他当时既然已经把尤雅玲送出了孔林，他为什么还留在那里，为什么没有和她一起逃走？至于他怀疑子贡——这位孔子的忠徒益友——的茅屋中有何险情，他只需要告诉外面的某个看门人；或者就算找不到看门人，告诉尤家的某个旗手也可以。

他解释不清。汤姆一会儿就会遇到一位在世的孔家人，他面对此人也解释得模糊零碎。

那颗炸弹很重。虽然不是特别重，但汤姆已经筋疲力尽，特别是手臂，因为挖洞而疼得不听使唤。炸弹的滴答声如同地狱的计时员，无情地倒数着。

或许是汤姆寻路有方，或许纯属偶然（或者也可能是诸神暗助），他穿过了一片之字形的乡村地界，那里人迹罕至，鲜有行人。

如茵的草地上，一头头骆驼被长绳拴着，它们好奇而又冷漠地伸长脖子，目送着汤姆匆匆跑过；几头驴子不停地朝他嘶叫；一个顽皮的孩子在柿子树上嘲笑他；三个蹒跚学步的小孩尖叫着跑开，手拉手，咕哝着让出一条道来；一位老妇人在汤姆飞奔过她门前的织布机时被惊醒，用尖锐的嗓音咒骂他——骂得极其难听；汤姆没有注意到，也没听见几只狗的叫声，它们像恶魔一样向他狂吠，甚至有一只紧追不舍，试图咬他。在中国，很少有狗会对白人的气味表示友好。一个农民急忙给汤姆让路，肩上扛着两大桶珍贵的肥料，这种肥料在中国从不浪费，特别是在山东。正是因为山东人的勤劳和恰到好处的节俭，使这片土地从一个全国最贫困的省份，变成了中国的花园和粮仓。

没有人打扰或试图阻止汤姆。有个提着竹桶的人以为汤姆是个魔鬼——汤姆现在的模样确实容易让人产生这样的误会。他浑身沾满了泥土，脸上汗水纵横，双眼因疲劳而显得凶狠。

汤姆不知道自己跑了多久或多远，但他清楚自己在寻找什么——一个深水池，一个无人居住的山坡上的悬崖。在那里他可以把这要命的炸弹扔得足够深，深到它无法造成任何破坏。那颗铁球在他起伏的胸膛前不断滴答作响，他现在唯一的人生目标就是战胜它。

然而，偏偏找不到水池，山东似乎就像非洲沙漠一样缺水。而他还没有跑到山坡。

当汤姆终于到达山坡，开始快速而艰难地爬上缓坡时，终于有人碰到了他，向他问话，但汤姆没有回答。于是那人转身跑到他身边——跑得和他一样快。那是孔国藩——他并不累，所以跑得更轻松。

汤姆认出了来人，声音沙哑、语无伦次地说："离我远点，我身上有炸弹。"他筋疲力尽，嘴唇干裂，沾满灰尘的舌头肿胀而僵硬："快跑！离我远点！"

"不，是我，你的朋友，"孔国藩回答，"我来替你拿吧——你看起来累坏了，我还有力气。你要我把它带到哪里？"

"跑——快跑，越快越好！这个鬼东西随时会炸！"

"我想也是的。"

"快跑！快逃命啊，孔！"

"真君子不会这么做的，"孔国藩轻声说，"君子不避仇雠，更不避友人。把那个鬼玩意给我，德鲁。"

"你不要命了！别挡我的路！"

"我没有挡你的路，"孔国藩温和地说，"我只是陪着你。你把它带到哪里？至少我可以带路，这里没路。你在找什么地方？"

"找水，找个峡谷，把这该死的东西扔进去，不会炸到任何人的地方。快告诉我，哪里有！看在上帝的分上，快走！"

"我要陪在朋友身边。"孔国藩重复道。他一边跑一边把厚重的下裳卷到腰际，好跑得更快，跳得更稳。那下裳很烦琐，而且他很不习惯快跑，因为有失体面，但他还是很轻易地就跑着超过了汤姆。"这边！"

他们穿过低矮的桑树林，跳过一条细细的小溪。孔国藩从一块巨石跳到一块低些的巨石上。汤姆干净利落地跳了过来，对于跑了那么久的人来说，这一跃可不容易。他跳的时候，孔国藩的心都为这位朋友揪了起来。

"我拿着吧，你歇歇手，"孔国藩再次恳求道，"你有危险，我不会离开你，不会远离你一步。那颗炸弹随时可能爆炸，真这样的话，我们都得死，这半座山坡都会成为我们的坟墓。如果我们都得被它炸死，那谁拿着它，有区别吗？这死亡之旅，也让我分担一份吧，求你了，我的朋友。"

"这事没有你的份，这是我的事，"汤姆嘶哑地喘着气，"是我找到的它。我不会放手，直到把它扔到安全的地方。"

孔国藩没有再说话，以免消耗汤姆的气息，只是尽量用汤姆能跟得上的最快的速度，走上这条凶险莫测的道路。

"那儿！"孔国藩指着山上一个突出的峡谷，在几百英尺深的狭窄岩壁之间，有水光在隐隐闪烁。

汤姆试图举起双臂，却举不起来，手臂垂了下去。然后，他使出全身力气，抑制住颤抖的身体，稍稍探身于那令人胆寒的、陡峭的悬崖边上，高举紧握炸弹的双手。他没察觉孔国藩正站得稳稳当当，双脚牢牢地扎根于地面，用一只强壮的手臂死死地环抱住他的腰，紧贴着他，让他安全地越过死亡的深渊。

汤姆把炸弹扔下去。

他们凝视着炸弹坠落的轨迹，却没看见它炸到什么东西，他们站的山头太高，离湖面太远，听不到任何声音传回来。一对大雁从他们头顶上尖叫着飞过；一只云雀栖在皂树的高枝上，对着它的伴侣吟唱着充满激情的情歌。

汤姆·德鲁开始抽泣，像个受了惊的孩子。然后——"完事了！"他勉强地耸了耸肩，挤出一丝笑容："老天，我喘不过气来了！"

孔国藩轻轻地松开了他的手臂，找了一块远离悬崖边缘的石头坐下。"有烟吗？"他问。

"在我的外套里，但我把外套扔了。"

"我也没有。真遗憾，现在如果有根烟就好了。"

孔国藩什么也没问，但是当他提起别的事时，汤姆立刻插嘴了：

"我得告诉你发生了什么，孔国藩，你们有权知道。你们中国人将所有的坟墓视为神圣之地，而孔子的墓更是至高无上。"

孔国藩静静地听着，但他的黑眼睛突然闪烁出光芒。

"有人企图破坏孔子墓——"

孔国藩惊叫一声，跳了起来，吓得头顶上空的大雁再次尖叫。他很快平静下来，至少看起来是平静了，然后跪在汤姆旁边，急切地说："继续说。"

"当时尤小姐和我站在那座小房子外面，她告诉我，你们先知的一个朋友在那里住了很多年——"（汤姆不知道，孔子在他漫长而辉煌的一生中，有一件事从未做过，那就是预言。他憎恶预言，并且公然反对。但孔国藩没有纠正汤姆的话，他已经习惯了西方人这样的误解。）"她当时正告诉我什么事，我忘了是什么了。突然我听到有东西在滴答作响——就在地下，我知道那是什么，或者说我相信我知道。我让雅玲先回家，告诉她尽快沿着我们来时的大道走，看着她动身离开。她的骡轿就停在门口。她一走，我就冲回子贡的房子，闯了进去。"

"你闯进了子贡的房子？"

"是的。我迅速查看四周，看是否有钟表，以防我听错了。壁炉台上没有那种漂亮的家用钟表。"

孔国藩微微一笑。

"我很快就发现，这声音来自地下，我就知道我找对了地方。于是我赶紧挖了出来，带它好好透了透气，好好在乡间散了散步。"

"你为什么不和尤雅玲一起回家，告诉他们你的怀疑？"

"没想过。大概是我好奇心作祟。我这辈子还没这么爱管闲事过，但这次我管定了。如果我当时跟着雅玲走了，再找到机会把我的怀疑说出来，那大坟墓现在可能已经化为一堆尘土了。"

"你冒着生命危险，拯救了我们的伟人之墓。"这个中国人的声音虽低，但脸上的神情却如火焰般热切。

"嗯，"汤姆犹豫了一下，"也许可以这么说，但我觉得我没多想。听着，孔国藩，我不想要任何荣誉，也不想要玫瑰花环——"

孔国藩笑了笑，把手放在汤姆·德鲁柔软的袖口边上。"你的荣誉当之无愧。我们不会送你玫瑰花环，也不会给你放鞭炮，我知道你不喜欢。你今天立了这么大的功，我们总不能恩将仇报地拿这些来烦你。当然，这件事必须追查到底，惩治幕后黑手——"

"那是必须的。"汤姆赞同道。

"摧毁忠心的子贡的房子，会摧毁中国人的意志。"

"嗯，这座小房子自然会化为乌有。这是毫无疑问的，但炸弹的真正目标是孔子墓。"

孔国藩的手紧紧抓住汤姆的袖口，额上青筋暴起。

"这些混蛋从一个隧道的沟渠里挖下去，直通那座大墓。我敢说，对他们来说，从那位门徒的房子下面开始挖最容易。那条隧道通向大墓的下方，那里堆满了木屑、粗麻线和浸满汽油的柏油绳。你没闻见我浑身都是这味吗？我能闻到。炸弹一爆炸，会引燃所有浸了汽油的东西，那座大坟墓也会随之爆炸。"

孔国藩激情澎湃，扑通跪下。一位中国君子——在中国，人人以君子之风自持——本不应轻易流露情感，任何过激的动作都被视为失礼；然而，即便是最恭顺的心灵，也总有其忍耐的极限，有其爆发的临界点。孔国藩手舞足蹈，语无伦次，大声喊着一些令人发指的下流话。是中文，汤姆听不太懂，只听懂了一两句针对日本——中国的宿敌——的恶毒咒骂。

"不，"汤姆说，"我觉得这次不是日本人。那是德国的炸弹，我发誓，我以前见过。"

"臭倭子，只要他们有需要，就会和德国人狼狈为奸。这些日本混蛋，和哪个民族交往都是无利不起早，只要有利益就轮流和各个国家交好。今天轮到英国——还有我们！明天就轮到你们美国了！"

"我希望不会。"汤姆干巴巴、慢吞吞地说。

"是日本人还是德国人，会查出来的。"

"但愿如此。"汤姆应声。

孔国藩又发泄了一会儿怒火，咒骂一句接着一句，一句比一句更难听。随后他恢复了平静，再次双手交叉拢于袖中，坐到他的朋友旁边。

"你是中国的大恩人，"他缓慢而认真地说，"中国人民将会永远记住你和你的子孙后代，为你们祈福。如果神圣的孔林被毁坏，中国就要四分五裂了，到那时，中国也该觉醒了。这里将爆发战争。这片土地已经有几个世纪未曾遭受战火蹂躏。我无法尽情述说我内心的呼喊，因为我是孔子的直系后裔，是曲阜城内外众多承袭他神圣血脉的后裔之一。但是——哦！哦！我尊敬的朋友，只要我的子孙后代还延绵不绝，他们就不会忘记你。就你今日所为，无论你怎样谦逊地轻描淡写，不可否认的事实是：你冒着生命危险，保卫了我们圣人的安息之地。"

"嗯，"汤姆轻声笑着，"我有这么多中国朋友，尤家人，还有你。如果那座坟墓炸毁，你们定会悲痛万分。"

"观音菩萨慈悲——"

"而且，我告诉你，孔国藩，我一想到那个该死的东西可能会在雅玲跪在那里祈祷的时候爆炸，简直要气疯了——"

汤姆顿住了，语气有些无力。

孔国藩转过脸去，难以捉摸的双眼望向远方的山头。此刻，夕阳如燃烧的金箔，照得天空如神工的织锦。

第二十七章

　　皮尔金顿和布朗在"内地"休假，伯顿在上海出差。沃尔特·斯威夫特提议，到汤姆的合租公寓待一两个星期，汤姆·德鲁欣然同意。对于让他的同胞来和他一起挤在空荡荡的合租公寓里，汤姆并不惭愧。但斯威夫特提出这个建议，还是令他很吃惊。沃尔特·斯威夫特很少在外面留宿，这几乎是雷打不动的定理。他是一个停不下来的旅行者，去到哪里，就把家安在哪里。即使是露营，也要营造出一种家的感觉——无论是在山上，还是寺庙客房里。他讨厌睡在别人的房子里，虽然没有人听他亲口说过，但认识他的人都知道。他有一两次在卢瑟福-卡迈克尔家"过夜"，已经是破天荒了。他自己提出去汤姆的合租公寓住，这令汤姆高兴，但更多的是困惑。坦率地说，这让这个年轻的美国人受宠若惊。艾琳和丈夫假装这件事也让他们非常困惑；至少，是艾琳假装很困惑，且声称自己确实如此，而"咯咯"也没有反驳她。

　　但事实并不完全是这样。让斯威夫特暂住在汤姆的合租公寓的主意，其实起初是艾琳·卢瑟福-卡迈克尔灵机一动想出来的，而斯威夫特只是有些不安地叹了口气，然后最终同意了。

我们大多数人都有自己的秘密，而秘密放在家中才最好保守。但酒徒出门，酒壶难留；恋爱中的人，即使他无论如何也不愿被人发现自己的相思病，也总要随身携带爱人的照片。沃尔特·斯威夫特带着他的秘密一同前来，并且把这个秘密在这里妥善藏好，保护好那些可能泄露内情的累赘物品。汤姆没有发现斯威夫特的秘密；老邢发现了，并对此微微皱起了他的鼻子，这已经是他的鼻子所能表现出的最大程度的皱鼻了。老邢什么也没说。他不感兴趣，也不露衷曲。

斯威夫特今天下午感到很安全。他知道老邢被派去曲阜办事，也有"晚假"放；而汤姆去捕蝴蝶了，这样的话，他要等到日落之后才能回来。斯威夫特听力极为灵敏，能听到任何人走近汤姆的合租公寓，虽然应该没有人会进来。于是，他把他的丝绸和颜料带到合租公寓的起居室——他最喜欢那里的光线——按照他的喜好把它们放在大桌子上。

沃尔特·斯威夫特正在画扇子。他想模仿尤文索这位画扇大师的杰作。他虽然自觉技艺有限，但是仍然抱有一丝希望。

斯威夫特调好了颜料，摆好了色盘，理好了毛笔，全神贯注地描画一只苍鹭的羽翼。这时，即便是寒冬时节从日本近江吹来的狂风暴雪把这座合租公寓卷到黄河对岸，斯威夫特也会充耳不闻，只要它没吹动他作画的手和丝绸，或者扰动光线。这位业余爱好者的手法或许还不够娴熟，但他那充满热忱的灵魂将探寻到更深层次的沉浸与满足。

他没有注意到汤姆和"咯咯"的到来。他俩站在门口，用一种只有男性才会有的惊愕盯着他。直到因为两人挡住了光线，斯威夫特才不耐烦地抬头，这时他才意识到他们的存在，脸上立刻涌上了羞愧的红晕。他俩走来时一直在说话，而斯威夫特竟然没听到。

"哦——你们好！"沃尔特·斯威夫特结结巴巴地打招呼。

卢瑟福－卡迈克尔带着一丝愉悦的神情，惊讶地脱口而出："没想到你还会这个。"

"我没有，"斯威夫特急忙辩解，"我只是读书读累了，又不想出门，所以随便涂了几下。"

他不经意间把一块沾满油漆的抹布扔过桌子，不小心污损了画上苍鹭的翅膀。

卢瑟福没有继续这个话题，汤姆也没有注意到这个小插曲。他们都是天性善良、教养良好的人，也许他们天生就拥有良好的举止，又从他们所接触的中国人那里学到了更真诚的温暖和更温柔的体贴。即便是最粗鲁的举止和冒犯行为，在中国的熏陶下也会渐渐变得不那么无可救药。中国慷慨地将它所有的恩惠给予所有愿意接受的人，中国人所能给予的最美妙的礼物，就是他们那阳光般温暖、完美无瑕、始终如一的彬彬有礼。

汤姆放下手中的网和箱子。斯威夫特转向卢瑟福问道："你也在捕蝴蝶吗？"

"我恐怕连蝴蝶和甲虫都分辨不出来，"卢瑟福－卡迈克尔回答，语气中带着自嘲，"我和德鲁在大门口偶然相遇，是我想要见你们俩。"

汤姆到边桌倒满了一杯酒，说了句可有可无的话："哦，那我俩都在。"

这个英国人要是有什么重要的事情要宣布，总是会不合情理地一拖再拖。

老邢还没有回来。他们吃过了厨师做的晚餐，此刻正坐在一起抽烟。窗外突然下起雨，伴随着雨声，卢瑟福终于打破了沉默。他没有直视汤姆，带着不安的语气开口：

"你还记不记得，我曾告诉尤文索先生，我知道有人在打仁鹤金矿的主意，或者说至少是试图告诉他。他很感激，他们总是表现得很感激。我真心希望我提供的消息对他或他的朋友有所帮助。但我怀疑，我告诉他的，尤文索可能已经知道了大半，甚至比我知道的还要多。当然，他没有明说。嗯，现在，我是说，还有一件事，非常严重，而且我不敢告诉尤文索。这件事，我还不等开口对他说，他怕是就要杀了我了。真要这样，我也不怪他。但是这件事尤文索必须知道，或者必须有人站出来处理这事。就算我告诉他——当然，我不会的——他也不会相信我。这恐怕只能靠你了，德鲁。我想你可能会觉得，这件事根本不能对尤文索说。不过，你可以提醒尤家的女儿或者其他人。要是你敢的话，你也可以对尤家的任何人，包括尤文索自己，说什么都行。尤文索简直是天下最好的人。我们不能眼睁睁看着他的整个家族蒙羞，这比他在自己的阁堂被谋杀还要可怕，这种耻辱在中国是洗刷不掉的，特别是在山东。在山东，即便是农民也不会将自己的女儿嫁给男人做妾，连二妻都不行。"

汤姆紧张地听着，心中好奇卢瑟福－卡迈克尔究竟想说什么，为什么要绕这么大的弯子——这是英国人的风格。

沃尔特·斯威夫特也在听，但是他心里没有疑问，只有深深的担忧。他听得非常严肃，就像在听一个他已听过太多遍而不再喜欢的故事。

"尤文索——我不想说，但不得不说——被他自己的女儿背叛了。她正处于一个女孩所能面临的最危险的境地，巨大的危机。这就是尤文索面临的危机，而他丝毫没有怀疑。真不好意思问你，"卢瑟福用手帕擦了擦嘴，然后继续说下去，其他人默不作声，一动不动，窗外的雨下得更大、更急，"但是你可以给她一些暗示，给她的姐妹或者尤家的某个人。这件事太要命，要不是别无选择，我绝不会向一个女孩暗示这件事，可但凡有可能不要让尤文索知道，我就不愿让他知道。这是为了他好，他要是知道了，准会杀了自己的孩子。我们思来想去，唯有你能担此重任。我们两口子都这么觉得，所以我们认为你能行，你告诉尤家某个人，尤家的朋友也行，反正告诉一个你最信赖的，可以保守秘密，又能立即采取有效行动的人，除了尤文索和那个可怜的女孩本人。我实在不知道找谁合适，把我告诉你的话告诉这个人，然后你——你们俩可以商量对策，也许可以告诉尤家老母亲。她不会杀了那个女孩，要是尤文索要动手，她也不会坐视不管，肯定会尽可能阻拦。如果尤文索知道了正在发生的事，而且已经有一段时间了，他肯定会杀了那个女孩。中国人在这一点上还没变！我看，这个女孩这次也是真活该。但是，即使只是为了尤文索，这样谈论一个女性也还是有些尴尬，无论是中国人还是其他哪里的人。但是，嗯，尤小姐独自去拜访了一个日本男士。我们得阻止她，后面肯定还有更糟糕的事等着她。或者，好吧，不用说，我们都懂……"

"你错了。"汤姆激动地说，但语气里更多的是轻蔑而不是愤怒，而且比他们俩预料的要冷静得多。"可能是某个阿嬷，"他以为自己知道点线索，"并不是他的女儿。"

"我看到了。"卢瑟福严肃地说。没有人会怀疑卢瑟福的话，所有了解他的人都不会这么做，而且他的语气不容置疑。

"天哪！"汤姆的脸抽动了一下，"这会伤透她姐姐的心。尤素？不可能！"

"不，不，"卢瑟福急忙说，"不是你的小朋友，德鲁。肯定不是，是那个年长的女孩。"

"你这该死的骗子！"汤姆像一头丛林中的黑豹，猛地向对方扑过去，"我要宰了你！"

斯威夫特迅速站起来，挡在他们中间，但汤姆·德鲁是认真的。他每一条肌肉纤维，他的整个灵魂和身体，都是认真的。

"汤姆！"斯威夫特恳求道，却阻止不了这场绝望的争吵，即便是卢瑟福的善良和耐心也未能阻止事态恶化。

两个老朋友都为汤姆·德鲁感到非常难过，汤姆的反应表明了他现在的处境——对一个中国女孩产生了感情。虽然并不是卢瑟福-卡迈克尔以为、斯威夫特怀疑的那个女孩，汤姆在意的是她的姐姐。他们立刻意识到，卢瑟福说了尤雅玲的事，汤姆一定大为刺痛。他们俩都知道，汤姆对一个中国人的感情难逃悲剧的收场，甚至正如他们俩暂时希望的那样。对沃尔特·斯威夫特来说，这场灾难的阴影愈发浓重，其带来的威胁也远比卢瑟福感受到的要深刻得多。斯威夫特以前见过同样的悲剧，结局都很惨痛，所以他知道这件事注定的结果。一想到它，他作为美国人甚至比英国人更反感。而且斯威夫特知道，卢瑟福-卡迈克尔可能不知道，他的美国同胞们是何等固执，汤姆全家都是如此。两个年长者都清楚地知道，这不是那种在东方常见的、简单的跨种族情感纠葛。不能对尤文索的女儿们掉以轻心。虽然现在可以肯定的是，尤家两姐妹当中，年长的、责任更大的姐姐犯了可鄙可叹的错误，而且这让汤姆"露馅"了。这可怕又可悲。听到刚才的事，汤姆一定痛苦万分。卢瑟福－卡迈克尔并无意默默忍受汤姆的攻击，而斯威夫特也不会坐视不管，任由这种情况发生，但他们都打心底里同情他，并且充满耐心。

可现在不管谁说什么或做什么，都无法让汤姆保持冷静，他的愤怒炽红如火，两位朋友说什么也难以使其稍安。

他蹲伏下来，蓄势待发，一瞬间，他连同他的怒火将化作对卢瑟福和斯威夫特的严峻考验。

这时，一个结结巴巴的声音响起，叫了一声"汤姆"，宣告这场危机告一段落，又迎来了新的危机——至少是短时间内。

汤姆慢慢站起来，另外两个人急忙转向游廊的门。

"汤姆。"尤雅玲站在敞开的门口，又哭了起来。她的头发散乱地披落，斗篷的兜帽垂在背后，衣服沉重地往下滴着雨水，眼神因恐惧而慌乱，脸色苍白发灰。中国人在感到痛苦和无助时，就会有这样一副面容。

汤姆立即走到她身边，搂住她的肩膀。

从他刚才疯狂的行为中，他的两位朋友看出了他对尤雅玲的情意；而现在，他自己也明白了。他明白了，在他膨胀的血管中激荡的愤怒，究竟是因为什么，明白了自己为什么会有种杀死卢瑟福－卡迈克尔的冲动。就在他威胁要杀死对方的时候，他意识到，他爱尤雅玲。

汤姆把尤雅玲拉进屋，轻轻地把她带到斯威夫特刚刚坐的椅子上。卢瑟福－卡迈克尔弯下腰，把汤姆刚刚扔在地上的女孩的湿斗篷捡起来，铺在两把椅子上，让它滴水晾干。现在不是叫人把它拿到灶房去烘干的时候。斯威夫特走到边桌，倒了一杯波尔图葡萄酒，端来给汤姆。汤姆接过玻璃杯，小心翼翼地把酒杯举到尤雅玲僵硬发灰的唇边，劝她喝点东西，雅玲缓缓地将酒一饮而尽。

三个男人等着她开口。

尤雅玲疲惫地向后靠着，可怜地喘着气，汤姆的手还放在她的肩膀上。斯威夫特走出房间，立刻又回来了。当他返回时，尤雅玲凭借她身为中国人的坚强意志，克服了因极度疲惫而不断颤抖的虚弱身躯。雅玲想开口说话，但汤姆阻止了她。

"等等，先休息一下。"

"我们不能休息，"雅玲回答说，环顾四周，"只有我们，我们四个？"

"只有我们，没有别人。"卢瑟福-卡迈克尔安慰她。

"观音慈悲，你们都在，只有你们。我需要你们，你们会帮我的，你们是我的朋友，你们不会泄露我说的话吧？"

沃尔特·斯威夫特和卢瑟福一同庄重地鞠了一躬，斯威夫特用温柔的目光注视着她，而卢瑟福的眼神中流露出最真挚的亲切。汤姆只是把手放在她的肩膀上。他无需向她承诺什么，她可以完全信任他，她向他倾诉的一切，在他心中都是不可侵犯的神圣之事。

"你们得跟我来，帮我摆脱罪恶和耻辱。"她对他们说，声音尖利，一定刺痛了她纤细的喉咙。

英国人怜悯地扫了汤姆一眼。汤姆现在可知道了，这可是尤雅玲自己说的。但沃尔特·斯威夫特却好奇地看着这个中国女孩。她说话时，斯威夫特有了新的怀疑，他对女孩说的话有不同的理解，与卢瑟福-卡迈克尔所理解的不同。沃尔特·斯威夫特知道，在中国没有个人，只有家庭。卢瑟福在大室彻宅邸门口看到的，斯威夫特也看到了，但现在他第一次对他们看到的事情产生了怀疑，他怀疑另有隐情。

对汤姆·德鲁来说，尤雅玲的话意味着她正悲痛难忍，她现在需要他，再没有别的意思了，其他的都不重要。即便是他的母亲，都不能使他怀疑尤雅玲，即便是母亲逝世后回魂显灵也不能。

他现在知道，他爱尤雅玲，他不会怀疑她。他不明白她所说的，但他没有必要明白。

方才，室内的争吵激烈如同雷鸣，而窗外风雨交加，他们都没听到尤雅玲赶来时急促的马蹄声。沃尔特·斯威夫特听到了其他人未曾察觉的软垫鞋的脚步声。斯威夫特走到内门，伸出手，再缩回来，关上了门，他怀中抱满了温暖干燥的毛巾，很大的毛巾。

他在雅玲的椅子旁跪下，开始轻轻地擦拭她湿透的衣服，雅玲强迫自己继续讲着她破碎的故事。她断断续续，声音时而哽咽，面色惨白，浑身颤抖。随后，她振作起来，紧紧抓住汤姆·德鲁的手。

在中国，身体发肤神圣不可侵犯，中国人不习惯肢体接触。这被认为是对高尚的肉体尊严的侵犯，很少有人粗鲁至此。或许正因如此，中国人的手才这般纤细而有灵性。中国朋友见面或分别时，不会像我们西方人一样握手；他们握住自己的双手，表示更为友好的问候。他们将我们之间的身体接触，哪怕是友好的握手，视为一种无礼，甚至是一种野蛮行为。他们如何看待我们随意的亲吻，以及我们——这些自诩为文明社会最灿烂的花朵——的其他行为，中文简直无法描述，而且他们认为用英文描述也应当因羞愧而难以启齿。正如中国人的行为准则所体现的，即便是中国的礼仪，也懂得适时适度。现在就不是讲礼节的时候。沃尔特·斯威夫特——尤雅玲父亲的挚友——正在熟练而毫无顾忌地帮她擦干衣服。他甚至挽起她宽松的袖子，用热毛巾擦拭着、抚慰着她淋湿的娇嫩手臂。这时，一个湿透的黄色小脑袋突然愤怒地冲了出来，锋利的尖牙咬住了他。三人看到，一只湿透的小袖狗可怜地蜷缩在雅玲的臂弯里。

女孩低首片刻，用温柔的声音和手势命令这快淹死的愤怒的小东西安静下来。

"对了，请帮我把袅平也擦干吧，"她恳求道，"我们得带着它，我们需要它。"

卢瑟福从地板上捡起一条毛巾，用这条温热的土耳其毛巾把狗裹住，抱了起来，那狗还在不领情地对他狂吠。毕竟，为所有的狗提供治疗和服务，是英国绅士应尽的职责。而且，在英国，卢瑟福-卡迈克尔勋爵可是首屈一指的"兽医"之一。但是，卢瑟福的双手至今都未曾照顾过或抱过这样一只小狗，它明明不是刚出生的小狗崽，却像老鼠一样小。

"一定不能让袅平跑掉，"尤雅玲叮嘱着，把袖狗连着它的狗绳一并交给卢瑟福，"我们去那里，全得靠袅平，我们得快点。"

"它不会从我这儿逃走的，尤小姐。"卢瑟福边说边坐下，开始用有力而柔和的手法仔细擦拭着袅平。

斯威夫特继续为尤雅玲尽力擦拭着；他的英国人同行则高效地忙碌着，擦干一只活泼好动的袖狗；汤姆的手一直扶在雅玲的肩膀上；雅玲握着汤姆的手，把她必须要说的话告诉他们。

"我的马很快，"她说，"或许你们中的一人可以和我同骑，小心点就行。我们必须骑得很快。你们这有什么能行路的吗？”

"人力车？"卢瑟福回答。

"不行！拉车和推车的人都会知道这事的，我们得自己去，不能让人知道我们去了哪里、去干什么。"

"自行车棚里有皮尔金顿的摩托车，"汤姆说，"我会把它准备好。卢瑟福会骑，斯威夫特可以抓稳了坐在后面。告诉他们，行吗，斯威夫特？"

沃尔特·斯威夫特微微一笑，灰色的小胡子下面发出一声叹息，接着走到门口拍了拍手。他们听到门外有个中国人的声音说"可以"。斯威夫特重新把门关上，又跪了下来，继续温和地为雅玲擦拭身体。雅玲刚才被汤姆的请求打断了。

"我们要去哪里，雅玲？"汤姆温柔地问。

"去一个叫大室彻的日本人的家。"女孩僵硬地坐在椅子上说着，她痛苦的眼神诉说着无声的恳求，希望他们能仁慈地听她讲话。"尤素和他在一起——我的妹妹——"雅玲的声音突然抽泣起来。

斯威夫特十分平静，手上的活没停。但是枭平痛苦地叫了一声，这吓了卢瑟福一跳。他手上本来正忙着擦这只小袖狗皮毛皱起的喉咙，一惊之下差点勒死了尤素的小狗。

雅玲再次冷静下来，这次平稳地说完了。没有时间可浪费，但他们必须搞明白事态，才能好好帮她。

"我这几个月都在莫名其妙地害怕，一开始是因为你。"她低头看了斯威夫特一眼，然后羞愧地迅速移开目光。

"我？"斯威夫特大吃一惊。

"是在游园会上，你说你前一天见过我，还想追上我。我说你认错了，你也承认你认错了。可我知道，我看得出来，你深信不疑当时见到了我。我一直记得这件事。你说我穿了一件欧式衣服，我不觉得在山东还有第二件这样的衣服。又过了几天，有一天我看到那件礼服裙上有一块草渍，还有一处荆棘刺痕，我穿的时候还没有，我知道的。有一次我又丢了一件衣服，后来它又被还回来了。我找不出是谁在什么时候把它放回来的。种种迹象接踵而至，就像一片片微小的雪花，积而不化，我渐渐发现我妹妹的阿嬷倪来萍有事瞒着人。我查不出是什么事。但我一直在看、在听。我不敢告诉我父亲。起初是因为我不屑于惩罚一个愚蠢的女仆，毕竟她可能只是犯了一些无知的农民会犯的错误。但我对她的怀疑越来越深。有一次我请你帮我留意，如果倪来萍出现在尤家之外的任何地方，请告诉我。"

"我记得。"

"你告诉我，你见过她两次，她在和日本倭子说话，后来还在城里和德国人说话，我就知道她犯下了大罪，而且不仅仅是出于她自己的愚蠢。当天晚上，我本想告诉父亲的，但是他出了远门，晚上不在家。第二天……我们得出发了！我们没时间在这里逗留了。我妹妹正和大室彻这个小日本在一起，在他家里。这朵娇花现在被囚禁起来，还蒙在鼓里呢。救救我们！现在跟我来，救救我们吧。用你们白人绅士的男子气概，帮我们遮蔽这份耻辱吧！帮我掩盖这件事，别让父亲知道，这会要了他的命。他会亲手杀了我那花朵一般的妹妹，然后自杀。她被那个小日本鬼子蛊惑了，到现在还不知道自己做了什么。她可是我的妹妹。你们会帮我吗？"尤雅玲说着，纤瘦的身躯起立，伸出双手，摊开掌心，优雅地恳求着。卢瑟福只当她是在为妹妹恳求；而沃尔特·斯威夫特知道，她是在为她的家人恳求，为尤家的在世之人，也为尤家祖先的在天之灵，为了他们的声誉。

"我们会帮你的！"卢瑟福严肃地说，走过来把手放在她的袖子上，是承诺，也是道歉。"不过，你还是坐我的人力车，去我妻子那里吧。我的下人们忠诚可靠，你不用担心，等着我们把你妹妹带过去。这是男人的任务，尤小姐。我们会做到的，请相信我们。"

"这是我的任务。最重要的是，这是尤家的任务。"尤雅玲悲伤地回答，"我会带路，把你们领到那个倭子家花园的灌木丛。然后袅平会带领我们，我就为这个带它来的。要是我袖手旁观，会急疯的。我们到了那里，再想怎么办。我现在不知道该怎么办，但既然观音菩萨保佑，我冒着风雨来找你们的时候，你们都在，她定会给予我指引，她定会将她的旨意传达给我。不能走那小日本家的大门，那里有人把守。大约在酉时和子时之间，他们就要去日本，把我那花一般的妹妹带走。可能是今晚，也可能是明晚，但是酉时将近，或者快到子时，他们就要动身了。大室彻那个倭子，把我妹妹囚禁了。她需要我们去救她。把袅平给我吧，我带着它。来，等到五更就太晚了。我们出发吧！"

雅玲伸出手，卢瑟福把那只老鼠大小的狗还给她。卢瑟福心中或许在想，带着这样不停吠叫的小东西去执行这场突袭，岂非累赘？岂非愚蠢？但他并没有说出口。沃尔特·斯威夫特明白他们为什么要带着袅平一起去。这只生来发育不良的小袖狗是个再可靠不过的侦探，而且非常聪明。

他们尽量让雅玲保持温暖，翻找出伯顿的一件雨衣，那是整个合租公寓最小的一件。当她上马时，他们又把她腰部以下也裹严实。她的马还在原地，在倾盆大雨中等着她。他们给她在肩上披了点东西。她带来的斗篷没法用了，因为他们谁也没想到把它拿进门去送到厨房，即便是斯威夫特去拿毛巾、吩咐准备皮尔金顿的摩托车时也没想到。他们尽可能地保护着雅玲，拿了外套，不是他们自己的，而是从大厅柜子里找到的。他们和雅玲一起出门。汤姆骑着她忠实的马，卢瑟福-卡迈克尔勋爵则尽可能紧缩着身子骑在摩托车上，斯威夫特勉强抓住后座，对他们两人来说，这样的乘坐方式确实相当危险。

但在出发之前，卢瑟福跟着汤姆·德鲁进了隔壁房间，待了一会儿。

"你有左轮手枪吗？"卢瑟福问。

"我在拿。我还有一把备用的。"

"我带着我的。不知为何，我经常带着。你多的那把，给沃尔特吧。"

"他会用吗？"

"他用得不太熟，不过他枪法还不错，不会伤到自己人。我听说你射击不错？"

"很好，你呢？"

"非常好。"卢瑟福简单地回答。而当他们一起回去时，他说："我很抱歉，德鲁。"

"没关系。"汤姆回答，"我们今晚得并肩作战。我明白你是怎么搞错的。但我不明白你或任何人怎会如此，我真希望你没弄错过。"这仍然令人心痛。

"我也是。"卢瑟福说得很真诚，甚至有些谦恭。

"好吧，"汤姆稍微愉快一些地补充道，"幸亏我没杀了你。我当时真想杀了你，卢瑟福。"

"我知道。"对方亲切地说。

"嗯，我很高兴我没有。"

"我也是，我真高兴你没有。"

他们奋不顾身、小心翼翼地冒雨疾行。有好几次，他们不得不小心地挑选路线，而且走得非常谨慎，甚至有些畏畏缩缩，胆战心惊。尤雅玲带路，她最熟悉这里，她那匹漂亮的母马完全听从这位娇小女孩的指挥。卢瑟福紧随其后。

如果这仅是一场基于荒诞赌约的愚蠢恶作剧，那么它的荒谬程度简直难以置信。汤姆现在比那天在骆驼背上更难堪。斯威夫特滑稽地坐在车上，摇摇晃晃坐不稳，拼命坚持着。但没人看见他们，他们也看不见对方。闪电一亮过后，他们就什么都看不见了。

而且，这可不是什么恶作剧。这场行动的目的严峻而危险，是昭示人类骑士精神的一场救援。如果他们能清楚地看到彼此，谁也笑不出来。事后他们也从来没有想过，他们当时看起来有多滑稽。

他们清楚自己正处于多么危险的境地，这三位男士对此心知肚明。他们没坚持把尤雅玲留在安全的地方，人人都觉得这简直是犯罪。是她逼着他们带着她，她意志坚决，他们不得不服从。但他们在赶路中意识到，这会将她置于何等危险之中。是她要他们带上她的，而他们竟然照做了。他们为此感到内疚。现在想这些已经没用了。他们明白，如果必要，尤雅玲甚至会抛开他们单独行动。

他们继续前进。

没有几里地了。

暴风雨中，一块石头飞来，砸碎了摩托车灯，车灯没了护罩，再试图点亮也是徒劳。失去了车灯的指引，卢瑟福只能谨慎地跟随尤雅玲的母马的步伐，宛如一支杰出的管弦乐队响应着指挥的手势。

没有人说话；就算有人说话，也没人听得见。行程的大半时间，卢瑟福–卡迈克尔不得不依靠猜测母马的脚步声，将持续的节奏记在脑海中，尽可能地捕捉那旋律，尽其所能地紧随其后。摩托车本来声音就大，卢瑟福骑着的这一辆尤其响，他却几乎听不到，尤雅玲和汤姆更是完全听不到。

离大室彻住宅越来越近。尤雅玲不敢太靠近尤家的院墙，于是他们多花了一点时间绕路。风暴已经完全停息，它的消散比到来时更突如其来。他们停在一片矮桑树灌木丛中，汤姆跃下马背，斯威夫特僵硬地爬下摩托车。点点繁星逐渐在夜空中显现，闪烁着潮湿的微光。

"雅玲，"汤姆·德鲁恳求道，"你在这里等着吧。我们会找到她，把她带给你。"

尤雅玲没说话，只是默默地牵起了他的手，以这种无言的方式作为答复，牵着他穿过微弱月光照耀着的一小块空地。汤姆也没再说什么，只是跟着她走，其他人紧随其后。

尤雅玲骑的那匹母马，还在女主人下马的地方静静地站着，开始悠然自在地大嚼桑树叶。等女主人回来的时候，它也该吃饱了。只要女主人一吹口哨，这匹马就会立刻跑到她身边；而当女主人用不着它的时候，它就会耐心等待着，不知疲倦。不过，这桑树叶倒是美味可口，这口福可不常有。

信号灯亮了。大室彻住宅的另一侧不远处，无声地射出一枚红色烟火，山顶上随即亮起来绿色的闪光与之应答。四个人都看到了信号，但没有人说话。

他们走到一处茂密的灌木丛树篱前，尤雅玲从汤姆手中抽出手，警惕地放在灌木丛上，带其他人从近处的道路绕开大室彻住宅的大门。她的另一只手紧捂着袅平的嘴，不让它出声。

"嗨！这里有个缺口，我们得悄悄地，房子的灯不亮。我不知道他们在哪个房间，但是袅平会找出来。"

尤雅玲抱着小袖狗贴近她的脸庞，用汉语轻声安抚着它。汤姆和卢瑟福－卡迈克尔勋爵都听不懂她对小狗说了什么，但斯威夫特听懂了。也许是因为他预料到了她要说什么，毕竟他已经在中国生活了近十七年之久。

尤雅玲告诉袅平，尤素现在有危险，他们是来救她的，袅平一定要找到尤素，而且是悄悄地找到，无论如何它都不能叫，不然尤素就会遭殃。

这小家伙抬头看着尤雅玲，一双闪闪发光的眼睛一动不动，像是搜寻猎物的西班牙猎犬，但鼻孔又在渴望地颤抖着。

尤雅玲轻轻地把它放下，紧抓着拴它的长软绳的另一端。

袅平犹豫了一下，慢慢地绕着圈嗅闻，停下等待，战栗一般地僵了一下，又嗅了嗅地面，然后出发了。这小家伙安静得像夏日飘落的苹果花花瓣。

尤雅玲知道袅平闻到了气味，尤素的身上的气味斯威夫特也知道，另外两人则将信将疑。

袅平轻轻地走着，尤雅玲跟着它，汤姆走在她身边，其他人也跟得很紧，把左轮手枪扣上扳机。尤雅玲看到了，对他们一笑。他们咬紧牙关，他们都知道，尤雅玲可能再也不会这样微笑了。

信号灯又亮了。这次是一道红光和一道橙光先亮，三道蓝光应答。

他们向大室彻的住宅越走越近，尤雅玲收了收袅平的狗绳，与它靠得更近。

袅平带着四人绕了房子差不多半圈之后停下来，举起一只爪子，这动作近乎人类的示意，随即走向一扇紧闭的百叶窗。尤雅玲轻轻地把它抱起来。四人无声地逼近百叶窗。

一道白光亮起来，一道紫光应答。一道红光亮起来，一道红光应答。

"可你答应过我呀，阿彻！"

尤雅玲把小狗的头紧紧地贴在胸前。

他们没听清大室彻的回答，但听到了他的语气，轻轻地嘘声嘲笑。

尤素哭得厉害。

但他们仍在等待。

袅平被尤雅玲抓在手中，顺从地一声不发，但这小家伙颤抖得很是可怜。尤雅玲像一尊石雕一般一动不动。汤姆离她最近，他更关心雅玲，而不是那个被关在密室里的女孩。他几乎听不到她的呼吸声。尤雅玲迟迟没有示意行动，三个男人已经等不及了。尤雅玲仍然听着，耳朵贴着百叶窗，手紧紧抓着尤素那颤抖的袖狗。

第二十八章

　　尤素令大室彻感到失望。她穿过桃林和竹林，走捷径来到他的家门口，但她的外衣口袋里并没有带着大室彻迫切需要的最后那批文件，或者至少是它们的副本。这批文件对大室彻来说至关重要，若是拿不到的话，尤素先前带给他的所有文件都是不完整的，一文不值。尤素知道，大室彻期待她今晚能将这些文件带给他。然而，她相信他对她的爱和信任，认为他仍会欢迎她的到来，于是她满怀幸福地爬过树篱，毫无畏惧。她准备告诉大室彻，她的父亲正在别处与某人会面。如果他们能相遇，或许会在陕西，因为父亲从湖南到了陕西，并且现在还在那里。她父亲的房间被锁上了，有人看守着，她无法进入并找到大室彻嘱咐她书来的文件，她甚至不确定父亲是否将它们留在了那里。尤素感到非常抱歉，但她相信这并不是什么大问题。她相信，等她和大室彻结婚之后，大室彻家的信使会从美丽的日本给尤文索带来信件。信上会写着，大室彻和他的妻子大室尤素敬上，内容谦恭优美，向他解释这一切，届时她的父亲一定会原谅他们。因为大室彻和他伟大的日本同胞们已经为美好的未来做出了保证。大室彻为中日友好策划了一个花团锦簇、浑金璞玉的计划，让中日永结一体，统治世界，成为地球无可争议的主宰。当他们尊敬的父亲了解了阿彻筹划的、由天神庇佑的宏伟的天国计划时，尊敬的父亲就会派人去请他们回去，给予他们祝福。他会在她尊贵的丈夫面前表达他满溢的感激，比近江的山峰还要高，比阳光谷中的绿兰花还要芬芳；到那时，父亲就会把她今晚没能带来的卷轴送给她的主人大室彻。"哦，我的阿彻，你的阿素宁愿可敬的尤文索亲自把你要的东西给你，而不是由她去窃取。她对父亲的忠诚与她对你愿望的向往是同样深厚的。从尊敬的父亲那里偷东西，太让她为难了。但她还是什么事都对你唯命是从，因为她的主人——你，是如天神一般的伟大君子。"

尤素喋喋不休地倾诉着，一边不自觉地摆弄着大室彻的腰带。她倾诉完毕后抬起头，期待着那熟悉的爱抚，期盼着从大室彻眼中捕捉到对她一贯的赞美与崇拜的笑意。

然而，大室彻并没有在听。等他明白过来之后，他完全怔住了，至少当时是怔住了。他耳中听到了她叽叽喳喳的蠢话，脑中却在盘算该怎么做：如果有一丝风声传出去，他明天在山东就会身陷险境；他只能逃回日本，舍弃那些他已经着手并快要成功的一切，任其尽付东流，化为泡影。可是，即便他能在被中国群山的石头砸烂之前逃回家乡，又会受到何种对待呢？他曾夸下海口，言之凿凿地描述了他在山东将要做到的事情和将取得的成就。可他做到了什么？得到了什么？他曾信誓旦旦地承诺要击败尤文索，那个傲慢的绅士兼梦想家；他曾自信满满地保证要夺得山东最丰饶的金矿——日本对黄金的需求迫切，这一点只有日本天皇和焦虑的银行家最为清楚；他曾夸下海口并庄严宣誓，要从仁鹤金矿中汲取无尽财富，将那源自山东的取之不尽的黄金，倾倒入东京敞开的金库之中。如果不能，他就要摧毁仁鹤金矿，将其化为一片废墟、破铜烂铁，让中国人欲救之而不得，徒劳无益。日本帝国政府并没有支持或称赞他的计划。他怀疑，如果日本天皇知道这件事，是否会禁止；但只要成功，就会万事大吉。他将为自己，以及那些资助他缓慢、谨慎且不惜成本地追求目标的人赢得收益，这不仅让他们变得富有，同样也能为日本带来财富。因为她忠诚的子民所创造的财富和利润，使日本享有双倍的所有权。是什么导致了他的失败呢？大室彻想知道。他的失败还能挽回吗？他在这里花了大把的金钱。为了计划的完善，他一再耽搁，大把贿赂；为了步步掩盖踪迹，他花费了贫瘠的祖国的大把黄金，他走的每一步都铺满金子——都是祖国的财富；她忠诚的子民，他富有的同胞，不断充实、填满他的钱箱。他曾经如此确信。每一次初步挫败，都使他更加自负。因为失败一直如影随形——而他现在明白了。一次次贿赂均付诸东流；一根妥善埋藏的引线并没能引爆尤家拥有的最富饶的矿脉，或许是被中国人拔了；这个女孩一度是他的王牌，而他打得太快太匆忙，让多年的准备都泡了汤。五本已经去往尤家，在大门等着把尤素遇险的消息扔过院墙，扔到尤文索的脚边。尤文索一定会上钩，那深重的羞耻感定会促使他独自前来，没有任何人陪伴。那个作为诱饵的女孩已经准备好了，穿上尤素的衣服，远看与尤素别无二致，尤文索一定会盖章换回女儿。但是尤文索在陕西。如果五本轻举妄动，把尤素遇险的密信扔进花园，谁都有可能会捡到。而且，就算尤文索碰巧在天亮前赶回来，发现了那封信前来赴会，也只会是灾上加灾。因为仁鹤金矿的所有权转让合同尚未准备就绪。要制定这份合同，必须完全准确地掌握一份关键文件中的情报。这是最后一份文件，至关重要，不可或缺，但女孩并未带来。大室彻对自己的计划过于自信，而现在，他开始反思自己的愚蠢。他曾深信不疑的计划失败了，他对自己的判断过于笃定。这种自信可能来源于一些看似吉祥的征兆。日出时分，一只红色瓢虫爬上了他书桌上的杜鹃花。在他穿长袍时，一只薄如轻纱、红如宝石般的蝴蝶从窗户飞进了他的房间。那是亚洲最稀有的红蝴蝶，只在水晶树坟墓上繁殖。现在已经过了蝴蝶活动的季节，空气清爽，寒意将至。这些现象或许在他看来是好兆头，但现实却给了他沉重的打击。此外，他昨晚还梦见了他的母亲，他可爱的母亲，梦见她头上戴着樱花，微笑着递给他一个清酒杯，亲切温柔的双眼里饱含爱意。这可能让他在潜意识里感到安慰和力量。然而，现实中的失败却是无法用梦境来弥补的。……至于孔子的墓，它依然安然无恙，这让大室彻感到困惑。他原本计划中的劫难本应给山东带来重创，让全中国相信国运已是日薄西山，一去不返。但事情并未如他所愿。

大室彻的眼中盈满了泪水，他的心仿佛在滴血，为了日本，那片美丽而神圣的土地。

然而，他所崇拜的日本，会如何接纳他这位失败的孩子呢？他的母亲会如何面对他？他的父亲又会如何？连树上的花朵似乎都会嘲笑他，神道教的神明们似乎也会鄙视他，将他钉在耻辱柱上。

尤素抬起头，双颊泛着红晕，满脸洋溢着笑意——但这笑容瞬间凝固，转而变成了恐惧。

大室彻的脸色铁青，宛如一副死亡的面具。

尤素的手从他的腰带上滑落，浑身动弹不得，她被恐惧所笼罩，不敢发出任何声音。

那双死气沉沉的眼睛此时注视着她，回想起了她的存在。这位中国小女孩站在原地，如同被定住了一般，她那如花般的脸庞上布满了恐惧；而那位日本男人则向她俯下身，瘦削的脸颊几乎触碰到她的肩膀。他的死亡面具裂开了，脸部扭曲得可怕，疯狂地向尤素吐出一句脏话，然后紧握拳头向她挥去。就在那时，尤雅玲正抱着袅平穿过树篱的缝隙。

尤素没有退缩，她以前从来没挨过打。在尤祺去世前的那段快乐时光里，尤锦图的棍棒未曾触及她的衣衫。而且，没人介意被德高望重的尤锦图用棍子打，那是一种荣誉。但现在，她却在遭受一个男人骨节突出的拳头的殴打！那疯狂的一拳打伤了她，她那如花似玉的小脸上已是一片瘀青，而尤素却浑然不觉。她只知道，这个男人糟蹋了她的爱。她的美梦破灭了，她感到自己被玷污了。

她静静地站在原地，一动不动。

大室彻将满腔的恨意和怒火全部倾泻在尤素身上，无情地鞭打她、撕裂她。

让尤素感到痛苦的，不是大室彻的殴打，而是他的言语。她听不清大室彻那混乱而疯狂的话，她只能听懂他的语气，也能看懂他的脸色——如同恶魔一般。但她无法理解他的痛苦：他的愤怒只不过是深悲剧痛表面翻起的泡沫、搅出的黏液。大室彻的痛苦，全都是为了日本。每个亚洲人在很大程度上都还是孩子，他们温柔地爱着自然，爱着花鸟，爱着流水，这使他们永葆童真，即便是其中最顽劣的人，那些饱受生活磨难的人，心中也保留着一份纯净。那个正在胡言乱语、嘲弄她、藐视她的恶魔——他确实是——一个深受折磨的男人，也是一个失望、受伤的孩子。或许他的行为无可开脱，但确实可以解释。而且，这痛苦漩涡的中心，都是为了日本。爱国主义变成了醉鬼，变得凶残，但依然是爱国主义。

大室彻认为，他祖国的救赎与同胞们的未来，必须依托于中国那庞大的财富。当然，前提是他们能够得到。他并不认为日本已经具备了挑战统一的欧洲的资格。但他确实意识到，所有欧洲国家终将联合起来，共同击溃或压制一个亚洲敌人。他绝不相信日本能够成为对美国构成严重威胁的国家，再过很多代人都不行。美国拥有辽阔的海岸线和巨大的财富，如今是地球上最富有、也许是最强大的国家。

因此，对日本来说，要么得到中国，要么满盘皆输。日本需要中国充当它的避难所、国库和安全阀。

他来到中国，本是为了服务日本的使命；然而，中国却打败了他，摧毁了他的意志。他失败了。在大室彻眼中，尤素就是中国的象征。如果言语能够杀人，那该多好！有时候，言语确实能杀人。它能扼杀爱情，摧毁自尊。

尤素的幻灭来得如此突然，却又如此彻底，如此赤裸裸。但她所承受的痛苦却是双倍的。就在一个小时前，雨还未降临，她满怀期待地来找他，那时他的欢迎是如此甜蜜和温柔，胜过了她整个偷情期间所感受到的一切。然而现在，一切都变了！

大室彻曾如此坚信，尤素一定带来了她承诺的东西，因为那只瓢虫、孔子的蝴蝶，还有他母亲曾用过的清酒杯，都在向他昭示着胜利，它们不会说谎。因此，他并没有立刻向她索要。他确信她一定有，那是他的，早晚都是。他曾幻想着胜利，容光焕发，甚至对这个中国女孩萌生了一丝柔情。当暴风雨来临时，他们一起笑着面对；暴风雨终将过去，而他们还会在一起。当风雨变得愈发狂暴，如炮弹轰鸣，尤素蜷缩在大室彻的怀中，他紧紧抱着她，尤素感到无比满足。

然而现在，一切都变了！

他的愤怒凝结成了寒冰。他缓慢而冷静地向她揭露了真相。尤素现在终于明白了她所犯下的错。作为一个尤家人，她做了什么！大室彻只隐瞒了一件事：他没有让她怀疑他已经失败了，或者受阻了。他告诉她，他已经把消息传给了尤文索，而尤文索已经从陕西回来，就在尤素从尤宅北门溜出来的时候，他正好进了大门。尤文索会来到这里，看到他的女儿在这里，知道他的女儿做了什么。

于是，尤素的精神崩溃了，她的勇气瓦解了，她扑倒在大室彻的脚下。

"可你答应过我呀，阿彻！"

大室彻笑了，随后又对这个蜷缩着的可怜的孩子恶语相向，他的愤怒再次如洪水般泛滥，那可怕的言辞就像一顿漫长的毒打，打得尤素神情呆滞，惊恐万分。

"不要这样！不要这样！"尤素呜咽着。

她在他脚边卑躬屈膝："杀了我吧，大室彻，趁他还没来。杀了我吧，大室彻，趁我父亲还没来。"

尤雅玲的手本来紧抓着袖狗紧张的小脑袋，现在稍微松开了一些。

"不，"大室彻笑着回答，"等我玩够了你，我可能会杀了你，或者把你扔给另一个人，看我的心情。但你现在可不能死，尤文索的女儿。你跟我去东京吧，我的中国小妾！"

"上！"雅玲对他们说。

卢瑟福-卡迈克尔咒骂一声，用一只已经扭伤了好几周的手，费力地拧开了百叶窗。斯威夫特在旁边帮忙。汤姆开了枪。

百叶窗开得很低。尤素听到百叶窗猛然作响，挣扎着站了起来。大室彻立刻抓住她的手臂，把她拉到自己身边。汤姆本想杀了大室彻，却不敢瞄准得太高，尤素挡住了他。他瞄准大室彻的脚踝，一枪射穿了他的踝骨。

大室彻没有摔倒，但他脚下一滑，踉跄了一下，抓着尤素的手松开了。尤素摔倒在地上，不幸中的万幸，仅失去了知觉。

四人都进了房间，尤雅玲抢在尤素就要倒在大室彻脚边之前将她抱在怀里，轻轻地把她拖走。枭平呜呜咽咽地抱住它熟悉的袖子钻进去。雅玲路上没让枭平淋到雨，它柔软而温暖的身体紧靠在它深爱的女主人的手臂上。

大室彻知道自己的末日即将来临，便笑了。如果可以，在他死或被擒之前，他也要为自己活片刻。但他的左轮手枪锁得太远，一时够不着。那位英国贵族和年长的美国人把他围住，金发男子再次瞄准。这次瞄准得更高。如果他能躲过下一枪，并且足够快地跛行到其中一个敌人面前，他必定要亲自了结一个人。

一切还没有结束，但已经快要结束了。

汤姆扣动了扳机，与此同时，房间内的帘子也被猛地拉开。孔国藩站在那儿，手紧紧地握在一只大型猎犬的项圈上。

他的脸如同戴着羊皮纸面具，没有任何表情。从他的脸上，人们无法判断他是敌是友。只有猎犬"大公"能感受到，那握着它项圈的手在微微颤抖。

孔国藩此行的目的只有一个——杀人。当他得知尤文索书房中的机密情报泄露至大室彻的宅邸，他必须采取行动，将情报带走或销毁，并确保知情者永远沉默。在大室彻埋藏德国炸弹的时候，他就该死了。这次他清楚地知道，有一个中国女孩被囚禁在这里，遭受着危险和羞辱。尽管如此，他对她的姓名、出身和家族一无所知。他刚刚走向帘子，尚未听到她的声音，直到尤素倒下的那一刻，他才目睹了她的面容。他的脸色没有变化，冰冷的眼神也未曾动摇，唯有那牵引着猎犬大公的手在微微颤抖。

当大室彻听到帘子被推开的声音，他只一瞥，便已知晓了结局。但他装作若无其事，只是轻蔑地耸了耸肩。三位西方人目睹此景，心中不禁涌起对这位"男子汉"的敬意。沃尔特·斯威夫特，他那雕塑般立体的面庞微微泛红，显露出对大室彻的同情。

"上。"孔国藩用中文重复了尤雅玲在紧闭的百叶窗外用英语说过的那个词。简洁而有力，一个词已足够传达命令。猎犬大公眼中闪烁着凶猛的光芒，口角滴着唾液，狂暴地扑向了大室彻。

大室彻并没有转身，只是淡淡地一笑，然后俯身将那细长的日本杜鹃花花瓶轻轻推向桌子的另一端，尽可能地将其置于即将到来的危险之外。他深情地凝视着那些花朵，娇嫩的玫红色杜鹃花——那是他母亲从他们家族的花园中寄来的——直到这只大猎犬的尖牙咬上他的喉咙。

在场的众人听到了猎犬牙齿紧咬的声音，下颌发出的"咔吧"声。他们目睹了大室彻的面容。他没有发出任何声音，没有做出任何抵抗。众人看到猎犬撕咬着他，嘴上的红色逐渐加深，他的血液顺着伤口流淌了下来。这一幕令人作呕，众人感到一阵恶心，不由自主地纷纷转开了视线。

第二十九章

　　汤姆·德鲁感到筋疲力尽。他从未想过自己在山东的生活会如此紧张——事实上，他之前从未意识到这一点。他没有被山东的酷热所击败——作为一个年轻力壮、精力充沛的纽约人，炎热很难让他屈服。而山东冬天的严寒，他甚至感到喜欢，即便是那种需要"穿六件大衣的寒冷天气"，对他来说也不过是像香槟一样，能让他热血沸腾。直到他扑向卢瑟福-卡迈克尔，大声喊着"我要杀了你"，一种前所未有的紧张感却突然袭来，这种紧张感直接冲击着他的神经，震撼着他的血脉。这是一场对人性的考验，也是性别本能的驱使。抱着一颗滴答作响的炸弹，穿越丘陵和乡村，任何人都会感到疲惫。卢瑟福的话语，像是强行拉开的洪水闸门，释放了他压抑已久的情感。他个人的困境，也许同样也是尤雅玲的困境，重重地打击了他，震撼了他生命的内核。他立刻意识到，他的困境有多么严峻。也许雅玲的困境也是如此。它会波及多远，伤害多深，持续多久，以及将以多么尖锐的方式存在。即使在最初的茫然和惊讶之下，他也从未轻视其严重性，或低估其错综复杂和苛刻的要求。他紧张至极，也疲惫至极。那时，他身上的新伤还未愈合，流血带来了刺痛，又见到尤雅玲出现在门口，浑身湿透，满脸悲苦。她所说的，她所求的——暴风雨中的急行、百叶窗外的等待、目睹大室彻肮脏而恶臭地死去的惨状，还有在接下来的一两个小时中，匆忙而隐秘地把尤素向艾琳处转移……对于任何一个人来说，感到疲惫都算不上耻辱！

他几乎不知道自己为什么要做这一切，这意味着什么，更不知道这一切是如何发生的。他并不在乎。

当猎犬将大室彻扑倒在地时，他又举起了左轮手枪。他无法忍受眼睁睁地看着一只狗咬死、撕碎一个手无寸铁的人，一个已经被他打伤的人，哪怕那个人犯下了滔天的罪行。但是卢瑟福碰了碰他的手臂："结束了，汤姆，没必要开枪，没用。我们得把女孩带出去。今晚我们还有活干，相当繁重。一个弹夹都别浪费，我们可能都用得上。现在可能就有十来个日本人在花园里、大门口、我们经过的缝隙处埋伏着。"

沃尔特·斯威夫特也走到他跟前，低声道："看在上帝的分上，我们确实得尽快把女士们带走。"

这时，孔国藩唤走了猎犬，它立刻听从主人的命令。孔国藩穿过房间来到他们面前，严肃地说："我们必须走了，现在就走。可以走大门，看门人不会醒来，他现在是这里唯一活着的日本人。可能有其他人来，他们被引到别的地方去了，但很快就会回来。还有路人，即使是现在这个时候，也可能会有路人，他们可能会在这里停下来，看到我们离开。我们快点走。我认得路，至少一开始的路还认得，而且我们带着尤文索家的女儿，得考虑去哪儿能让她们感到舒服才行。这个时候去惊扰尤文索一家可不像话。"

这显然是明智之举。

卢瑟福-卡迈克尔果断地说道："我们得把这两位女士带到我妻子那里，她会照顾尤小姐和她妹妹。只是，我们该如何安全地将她们带过去呢？这有些棘手。"

孔国藩迅速回答："谢谢你，唯一的难题已经解决了。"他走向尤雅玲，弯下腰对她说："我在门口有一顶可以载两个人的轿子，我的轿夫们是值得信赖的，但为了不让他们知道载的是谁，避免误解，我不会让他们看到乘客的面容。"雅玲蜷缩着坐在地上，把尤素紧紧抱在怀里，说道："那真是太好了！"

卢瑟福-卡迈克尔勋爵弯下腰，小心翼翼地抱起昏迷的尤素。枭平呜咽着，但尤雅玲轻声命令它安静，这小东西便在尤素的袖子里钻得更深，抓得更紧，但没有再发出声音。

孔国藩走在前面，卢瑟福紧随其后，尤雅玲夹在汤姆·德鲁和沃尔特·斯威夫特之间，而那只大猎犬则安静地跟在后面小跑。

卢瑟福的平房位于曲阜周边，一行人朝着那里出发。汤姆回头望了一眼他们刚刚离开的地方：大室彻的宅邸已经着火，火势凶猛，恐怕在他们抵达"圣城"之前，这里就会化为灰烬，什么都不剩。汤姆不禁打了个寒战：大室彻的宅邸有仆人在吗？他不敢多想，赶紧移开了视线。孔国藩转过身来，看着汤姆笑了。

他们远远地看到了卢瑟福家的平房，卢瑟福加快了脚步在前面带路。当他们到达平房时，艾琳已经在外面等候。她在睡袍外披了一件柔软的绉纱，一头金发如阳光般披散在身周。轿夫们离开后，艾琳拉开轿子的挂帘，向尤雅玲伸出了援手。

汤姆从见到艾琳的第一刻起，就一直很欣赏她——艾琳·卢瑟福-卡迈克尔。现在他更加敬佩她了，他为自己与她同为美国人而感到自豪。

艾琳没有多问，卢瑟福也还没来得及告诉她太多情况。她立刻掌控了整个局面，处理得比汤姆见过的任何一位伟大的将军都要出色、妥帖。艾琳把小尤素温柔地抱进怀里，并对尤雅玲表示了深切的同情，又把昏迷不醒的尤素小心翼翼地抱到床上——尽管她自己刚刚被丈夫突然从睡梦中叫醒。

艾琳的声音轻柔而坚定："男士们到餐厅去吧，我需要你们的时候再叫你们。'咯咯'，把孔先生请到餐厅去。"她只见过孔国藩一次，就记住了他。"你们都安静点，有什么东西就先吃点。"她两条年轻强壮的手臂都用来抱着昏迷的小尤素，只能温柔地看着尤雅玲说："来吧，亲爱的。"她的目光和声音仿佛有形之手，温柔地拉起了雅玲，将她拉近。尤雅玲虽然不喜欢肢体接触——这也是她不喜欢英国的原因之一，那里的女孩有时会触碰她——但在这一刻，她轻轻地将自己的手放进艾琳的臂弯，依偎着，怀着感激和信赖随她而去。

孔国藩再也不会说那些金发碧眼、笑容可掬的西方女士的坏话了，之前的成见已全部消除，也听不得别人说她们坏话。

卢瑟福-卡迈克尔把客人们领到餐厅，用左手轻轻推开百叶窗，外面已是天光大亮。他为孔国藩拉出一把椅子，然后走到餐具柜前。

"来点威士忌如何？"他边说边拿起酒瓶。没有人表示反对。

孔国藩，这位孔子的后人，自从离开欧洲回到国内后，除了最近偶尔去汤姆·德鲁家拜访，就未曾踏入过西方人的家，或接受过西方人的款待。但他很愿意留在这个英国人的平房里。他彬彬有礼，并未推辞，接受了卢瑟福-卡迈克尔的让座，坐在那里，一边啜饮着主人递给他的威士忌，一边注视着门口。其他人也随意地喝着酒。这一夜，他们确实都累坏了。卢瑟福勋爵说需要兴奋剂，一点儿也没夸张。

那只大猎犬没有进屋，而是听从孔国藩的命令，静静地留在了街墙和平房前门之间的小院子里，躺在空轿子旁边。

汤姆忘不了那只猎犬。趁卢瑟福再次在餐具柜前忙碌时，他忍不住问孔国藩："它安全吗？"他继续说："它没拴绳，有没有什么能控制住它——我指的是那条狗。"

"没有我的命令，就算是一只兔子啃了它的鼻子，大公都不会伤害它，"孔国藩保证道，"但如果我下令，它就会攻击一切活着的生物。"

汤姆相信了他的话，不由得又打了个寒战。

不一会儿，卢瑟福-卡迈克尔夫人就来找他们了。

"她病得很重，"艾琳的声音中透露出一丝忧虑，向在场的男士们说明情况，"现在醒了，但神志不清。我们不能找医生，只能想办法自己照顾她。我和她姐姐来，如果我们俩能行的话。沃尔特，替我去趟尤家，现在就去，在尤夫人想念她的女儿之前。她现在没在想念最好。告诉看门人，大门的看门人，就说是尤小姐说，记住了，说我生病了，我希望把尤雅玲和尤素留在我身边陪我几日，这会让我感觉好很多；而且她们昨天下午来找我的时候，我就求她们留下来陪我，当时'咯咯'就叫你去征得她们的母亲的同意。找个理由解释，你为什么当时答应了去告诉她们的母亲，过后却没能去找她。去的时候就想好借口，尽量编个好的。比如说你自己生病了，本来派了一个仆人去，但刚刚知道那个蠢货或者新人走错了家门。总之，在路上随便找个什么借口，尽量编得好一点。尤小姐和妹妹从昨天喝下午茶的时候就和我在一起了，这一点至关重要。你还得说，我的口信没有及时传递，这全都是你的错。"

"这差事可真不错，"她丈夫惊叹道，"我最好去解释一下。如果可以的话，不要把事情转嫁给沃尔特。"

"你可能会搞砸，汤姆也肯定会。恐怕这还得看沃尔特。谢天谢地，尤先生还在陕西。那老祖母，雅玲说她大部分时候都待在屋子里，经常把一个孙女留在身边，有时两个都留着。尤夫人可能想当然地以为，她俩昨天晚上和祖母在一起吃过晚饭之后，就被留在那里了。老太太确实会这么做，让孙女在睡前和她说说话，或者给她唱唱歌。除非尤母派人叫她，尤夫人是不会去她的房间请晚安的，这是尤母的规矩，谢天谢地。只要仆人们不多嘴，我们就可以神不知鬼不觉，我是说，不让尤家父母知道，我们得悄悄地。如果有人哭喊，就说明已经有人去给尤文索送信了，你就必须去见尤夫人，揽下责任，低声下气地道歉。快去吧，沃尔特。"

斯威夫特离开后，汤姆问道："这样一来，尤夫人就得到这里来，对吧？"

"但愿不用！一旦我们敢把尤素单独留在身边，雅玲就得立刻回家。如果她们母亲来了，我和尤小姐就要设法应付。孔先生，你和尤文索是好朋友，你会觉得有义务对他知无不言吗？"

"我不会这样对待朋友。"这位中国人答道，"观世音菩萨慈悲为怀，我绝不会说出任何伤害我的朋友尤文索及其家人的话。你能向尤雅玲转告这一点吗？而且，我不会讲我不知道的事情。我对于发生了什么一无所知。不必惊动你的仆人，他们可能很快就要来了。我要走了，我会带走我的轿子。"

"谢谢你！"艾琳郑重地说。听了这话，孔国藩局促地笑了笑。

"回家吧，汤姆，"女人命令道，"'咯咯'，要抽烟到游廊上抽。仆人们几分钟后就到了，你现在就出去。我有空会打电话给你的，汤姆。我要是没打给你，你就别打给我。"艾琳一共就对汤姆说了这些，但她向孔国藩伸出了手。孔国藩立刻握住她的手，直率地问："她能活下来吗？"

艾琳回答："她还年轻，一切皆有可能，我和雅玲会尽力的。"

孔国藩深深鞠了一躬，默默地松开了艾琳的手。但艾琳和雅玲都明白，他的眼神已经向她们表达了深深的感激。

孔国藩和汤姆抬着轿子出了门，卢瑟福随即关上了大门。

在回合租公寓的路上，他们把轿子藏了起来，藏在竹林深处，任由它在风雨中浸湿，在冰雪中腐朽。过不了几个月，山东就要下大雪了。乌桕树叶渐红，空气中弥漫着寒意；朝阳初升，将山坡和路边的寺庙和神龛轮廓映衬得更加清晰，曲阜的古老灰墙在晨光中呈现出黄褐色和青铜色。下个月，这里将迎来"穿两件大衣的冷天"。"小子"们已经在收集树枝和肥料，用来烧"炕"。还有几个月，就要到腊月了。"玉露凋伤枫树林。"在这个月，人们要赶在新年和元宵节到来之前还清债务。

在离汤姆住处不远的地方，他们交谈了一会儿。晨光以它独有的中国式辉煌映照在山东的土地上。

汤姆开口了："我要是早知道你在盯着那个日本人就好了，要是早知道我们是一伙的，早一点采取行动，我们就能避免最糟糕的局面了。有一件事困扰着我，我一直在想，不知你是否介意我问你？"

"我不会介意的。"孔国藩回答。

"大室彻的仆人在哪里？他住在那样的地方，肯定是有仆人的，那场大火又急又猛，他们中有人受伤吗？"汤姆问道。

"那一晚，大室彻独自一人在宅中。我们巧妙地将其他人引开了。我前往那里，目的并非为了伤害他的仆人——除非逼不得已。我真正寻求的是那些文件，我知道它们在大室彻手中，只是我不清楚他是如何得手的。我清楚的是，他们企图窃取我们的计划和信息，这些信息至关重要，绝不能落入日本人之手。我所知仅此，只知道他计划几小时后将这些偷来的资料带回日本。直到我去偷袭他们的时候，也只知道这些。如果有必要，我准备迫使他交出文件。那时，我才意外发现一个中国女孩与他在一起——在他的控制之下。在亲眼看到前，我未曾想到那竟是尤素。一看到她，我立即命令大公行动。当时我虽不知那位同胞女子的身份，但已在门前备好轿子，准备将她送往安全之地。然而，那本是为隐藏陌生人而设的地方，不宜收留朋友的家眷，一位贵族之女。幸运的是，你的英国朋友提出将她带到他那里。我本来就打算弄死大室彻这个小日本，但当我看到他囚禁的人，我才决定放狗咬死他。我带了足以将他永久驱逐出山东的东西，我也带了绝对可靠的族人，他们带着汽油在灌木丛中待命。他想烧我们，我们便先烧了他。火灾过后，现场不会留下任何痕迹。我知道大室彻那倭贼企图通过信件诱骗尤文索，将他囚禁、折磨，迫使他签署大室彻想要的东西。其他的事我便不得而知了。但尤文索不会看到那封信了，我不会让他看到，我现在就要去我的祖先面前把它烧掉。其余的，我不知道，也不明白。但我知道，我的朋友尤文索的这位掌上明珠，向来连一花一草都不忍伤害。我不明白她做了什么、为什么要这么做，但我知道她的光明磊落——她没有做一件错事。"

"是的，没错！"汤姆急忙说，然后补充道，"我不知你是怎么一点点还原了事情的全貌——关于那些文件，还有他想跑的打算，所有这些。而且你去得正是时候，你是怎么做到的？"

"中国人，"孔国藩严肃地答道，"我们目能视物，耳能听声，中华自有神明指引。"

汤姆·德鲁疲惫至极，累得无法成眠。他勉强让老邢帮他脱去外衣和鞋履，只想洗个热水澡来舒缓筋骨。他在浴缸中快昏睡过去了。老邢拉上窗帘，挡住了白天的阳光，汤姆睡了整整一天。老邢守在一旁，不让任何人打扰他的主人。

而现在，汤姆已经休息充足，不得不面对现实——该是他面对的时候了。作为鲍尔斯·德鲁的儿子，他绝不会犹豫不决。坚定勇敢地面对自我，可能是最为艰难的挑战，但无疑是最有价值的；如果做得正确，这更是每个人灵魂成长的关键时刻。任何坚强的灵魂都不应逃避或隐藏自我——至少，一个男人的灵魂不能逃避。

他该如何是好？

他已爱上了一个中国女孩，而他即将步入而立之年。

这份感情不再是一时的轻率冲动，不再是青春的朦胧憧憬，让他显得稚嫩、易受感动。他已不再是那个未见过世面的青涩少年。他的倾慕不会轻率地发展为爱情。在美国时，他曾以一种友好而平和的态度，对几位美丽的女孩抱有过浅浅的倾慕之情。但这一回，情况完全不同，这不是简单的倾慕。这份情感如雷霆万钧，如暴雨倾盆，势不可当。这是一种深切的渴望，一种既温柔又坚定的迫切渴望。这份爱，就像孩子在母亲腹中跃动，如同成年男子生命中澎湃旺盛的活力，如同母爱般温柔，充满呵护。这就是爱，是真正的爱情。如果雅玲愿意，他会娶她吗？有爱情是否就足够了？他感觉有爱情就已经足够，但他清楚地知道，事情并非这么简单。他可以离开吗？他想要继续这段情感吗？他能否坚强地走出这段情感？他能否忍受留在中国陪伴她？自我放逐到一个陌生之地？对于他来说，中国也是一个陌生的地方！中国对他并没有吸引力，也永远不会有。在济南，他甚至从未想过要去黄河边散步，黄河的照片和故事对他来说毫无意义。对他来说，黄河既比不上哈德逊河，也比不上东河。确实如此！即便是在百老汇待上五十分钟，也好过在山东的任何地方多待一刻，哪怕是他在这里有地产。他现在能够分辨出牌坊和塔了，但对这两者都没有兴趣。他很喜欢济南，但并非喜欢中国的城市；他不喜欢中国的城市，只是喜欢济南。他在济南度过了愉快的时光，但并没有真正去游览这座城市，也没有去欣赏济南及其周边那些美丽动人、如熔岩般流淌的景色。山谷中的寺院、山坡上的回廊、远处山顶的庙宇，对他来说，不过是"建筑"而已，与城市里那些紧密排列的瓦房和露天市场并无二致。他会在城墙上散步，但只是为了活动筋骨、呼吸新鲜空气，并非为了登高望远，无论是俯瞰省城的内景，还是眺望熙熙攘攘的乡村。无论是济南的灵魂，还是其市政机构，汤姆一点也不感兴趣。他听说城北的水门只有在政令要求时才会开启，而西边的水门一直敞开，但他懒得去问"为什么"，甚至懒得去了解。在济南住了几个月，他从未问过美国领事是谁。听"咯咯"夫人说那人把时间都消磨在猎鹬上，不知是她惯常的信口开河，还是这位国际官员真的如此。他连续一个月每天都能看到精美的火神庙，却从未问过它的来历，也未曾认真地端详过它。他一开始并不喜欢曲阜，尽量不去那里。他从未费心进入孔庙。即使尤雅玲向他介绍孔庙中神圣的珍宝，还有大殿的一根根柱子上雕刻的盘曲缠绕、五颜六色、眼睛由珠宝制成的一条条神圣的巨龙，他也只顾着聆听她的声音，而没有注意她说了些什么。在曲阜，没有什么中国的东西能吸引他，除了木偶戏，每次观看都会让他开怀大笑。他从街边小摊上买了不少古灵精怪的雕像，小心翼翼地包装好，寄给父亲。不，他无法想象自己住在中国，哪怕是让他成为中国的总统——那种真正的、有实权的、强有力的总统，保证能连任十届，而不是那种今天上台、明天下台的傀儡——他也不会改变主意。

不，他无法想象自己在中国的任何地方度过余生，也无法在这里待得太久。

但他能否带着一位中国妻子在其他地方生活？让她受辱？让自己的男子气概受损？让他未来的孩子蒙羞？雅玲会在意吗？雅玲即使在意，也从未表现出来。但即使中国女孩有所表示，汤姆又能真正理解吗？雅玲没有明确表示，但是——是的，他认为她在意。她没有与他断绝同志般的友谊。在困境中，她依赖他。她是否会同样依赖与她父亲关系良好的孔国藩或沃尔特·斯威夫特？他认为不会。她在孔林听从了汤姆的指示。这是作为尤祺的妹妹对哥哥好友的顺从，还是一个女人对她心仪男人的顺从？汤姆觉得不仅仅是前者。"扬——基——调"，她弹琵琶时，这几个音节仿佛在跳动。而且雅玲不止一次催促他回家。在他对她的感受中，这似乎是最重要的一点；是她给出的最有力的暗示；是她的告白。

他相信尤雅玲在乎。

如果他向她求婚，她会接受吗？她会愿意与这个外国的、西方的丈夫一起生活在中国吗？不，根据他对尤雅玲的了解，她似乎不会，但这种事总是难以预测。只有尤雅玲自己能回答这个问题。

她能否愿意离开她的祖国、她的同胞，以及她所熟悉的一切——那是她灵魂的根基——与他一同离开？他认为这种可能性相对较大。

但他真的愿意带走她吗？带着一位中国妻子回到纽约？汤姆的牙齿轻咬着嘴唇。他是多么渴望尤雅玲的爱抚，还有她的甜美！在他看来，美国的女性——所有的美国女性——现在都显得苍白无力，甚至有些尖酸刻薄，即便是其中最温柔、最聪明的女人也不例外。汤姆认为，她们可能永远都会是这样。他的同胞会如何看待这件事？他们可能不会太介意，但他们内心会有什么感受？

莫莉——哦，随她去吧。他讨厌听到她的笑声，知道她在嘲笑他，但他从未打算为了取悦莫莉而放弃选择自己的伴侣，他也不期望莫莉会为他这么做。

他的母亲呢？不，她不会赞同的。汤姆·德鲁知道这一点——就像儿子们总能感知到母亲最偏爱、最亲近的孩子一样。从他出生以来，母亲一直对他非常温柔，非常呵护，他记不得母亲曾在任何一件事上拒绝过他。自从他过了需要妈妈摘星星、摘月亮的年龄后，就再也没有。母亲总是支持他的选择，满足他的愿望。汤姆口中的棒球术语、在哈佛大学的故事和秘密，她连一半也听不懂，但每当听到汤姆说话，她的目光都会跳动，被他所深深吸引。因为儿子喜欢说，所以她就喜欢听。母亲自少女时代就不喜欢运动。她从未挥过网球拍，只偶尔玩玩槌球，而且玩得还很"滑稽"。她从未骑过马，也从未骑过自行车，就连她的马车的马也很迟钝——外表华丽，步伐缓慢，而她坚持使用这些马。他怀疑，母亲在孩提时代也不曾扔过沙包、跳过跳绳或滚过铁环。但是，儿子在马球和各种球类比赛中的精彩时刻——非常精彩——给母亲带来的快乐甚至超过了汤姆自己。……但是，在这件事上，母亲是不会妥协的。娶尤雅玲的代价可能是失去母亲的爱。而他是多么爱他的母亲啊！母亲可能会恨雅玲，甚至想要撕碎她，不会原谅，也不会妥协，他了解母亲。好吧，这种事以前发生过，经常发生，人必须走自己的路。

一张他母亲生动的照片——他卧室里唯一的照片——就在梳妆台上，正对着他。汤姆的目光中充满了温柔，然而他看得更真切的，却是一张更显老态、更添粗犷的脸庞——他的父亲！不，他的父亲不会背弃他，父亲永远都不会。父亲不仅会愤怒，还会痛苦，他将深受羞耻的折磨。但他父亲即使如何受苦，也会选择原谅他。

至于莫莉，他不介意她会喜欢，还是无奈接受他的选择，尽管他非常喜欢莫莉。一个男人绝不应该将自己的私生活与母亲割裂——他不该如此。但他怎能如此对待父亲，让他在华尔街蒙羞，让他在英格兰的老村庄蒙羞（父亲很少去老村庄，感恩节能去则去，有时会去参加葬礼）？他能羞辱他的父亲，羞辱他自己的父亲身份，羞辱他的孙子吗？

不，他不能如此打击父亲，这样伟大的父亲！一直以来，他爱母亲更多，现在也是，但是他不能伤害他的父亲。他与父亲的亲情太伟大、太坚定、太甜蜜、太持久。从他记事起，父亲就会重重地拍他后背。这就是父亲的爱抚、父亲的情感表达。但是，父亲是他多么好的朋友啊！雅玲曾称之为"祖传的友情——伟大的家族友情"。是的，他也相信确实如此，没有什么比这更好、更强大，也许也没有什么比这更神圣。

真是不可思议，此刻在华尔街的另一端，一位白发苍苍的男子正带着严肃而满足的神情，眉头紧锁地审视着面前一本打开的账本。他的影响力竟然如此之大，超越了斯威夫特、孔国藩乃至整个中国，让汤姆·德鲁与中国的联系更加紧密，甚至超过了尤雅玲对他的影响力。

她吸引他的，是她作为一个女孩的特质，而非她的中国身份。他一次又一次地忘记她是中国人，因为对他来说，她只是雅玲。作为一个美国人，他很难意识到，正是那些中国特质构成了她的本质，甚至她的个性和独特性的源泉。这些特质是如此生动鲜明，与他太平洋彼岸的思维所理解的特质截然不同。

他不知道，如果他向尤雅玲提出那个问题，她会不会选择与他共度余生。但他不会去问。他不想那样对待自己的父亲。事情就这样结束了。他更不会那样对待自己的人生，他清楚地知道这一点。汤姆·德鲁甚至对自己都很诚实。

他翻了个身，把脸埋进枕头里。这不是因为犹豫不决，而是一切都已尘埃落定，他的决定已经做出，而他现在正承受着巨大的痛苦。这很痛苦。

事实上，这并非他的决定，血统、本能和他自己的性格从他降生起就已经决定了这一切。

但这依然很痛苦。

雅玲会因此感到痛苦吗？

他告诉自己，应该告诉她，于是翻过身，按铃叫来老邢。这是他的权利，也是她的权利。他不会就这样无声无息地离开他爱的女孩。他会先告诉她，然后再离开。

老邢正在喝着他的"提神茶"，而汤姆则在电报中写道："你介意我回家吗？"

第三十章

古老的城墙如巨龙般蜿蜒曲折，环绕着这片圣人的故土，延伸数英里之长。汤姆·德鲁在山坡上驻足眺望，正如他初次在这里俯瞰尤文索的宅院时一样。那时，他的注意力并未放在宅子上，而是放在追逐一只在玫瑰花丛中躲藏的红色蝴蝶。那些房屋错落有致，绿瓦屋顶在阳光下熠熠生辉，屋檐倾斜，雕刻精美；庭院深深，湖泊宁静，花园繁茂，环绕着房屋，如同一个美丽的公园；还有马厩和骆驼场，小河流水潺潺，小桥优雅，竹林青翠，繁花似锦，阳光墙温暖；鱼缸和池塘中游鱼穿梭，睡莲盛开，花筏随波逐流，岛屿静谧，水车缓缓转动，小瀑布飞珠溅玉；还有那些微型山丘和岩石。巨大的菜园里，山东的美味蔬菜应有尽有。在葫芦、玫粉色萝卜、茄子、洋蓟之间，摆放着青花瓷花盆种植的"幸运花"，向"好吃的"表示敬意，祈求丰收。小白庙静立一旁，农场上的小米渐渐转黄，高粱和玉米随风摇曳，农家茅草屋朴实无华。狗舍宽敞，二十多个品种的狗得到精心照料，它们像往常一样，乐观地面对每一天。而今天，汤姆都看在眼里。

自从他第一次站在这里，他经历了很多事。或许比起他初来乍到之时，中国本身对于他的意义并没有变得更重要，但至少中国的一部分确实对于他更为重要了。它意味着一个中国女孩，一段个人经历。

也许因为归期将至，他知道自己即将与中国永别，而且后会无期。汤姆比初来时更加专注地观察那些曾经忽视的事物。汤姆曾经匆匆路过那些只有一条街的小村庄，今天再次看到它们，他觉得它们确实像是温馨的家园；那些在门前做生意的流动商贩，或是像他一样在村庄间漫步的人，汤姆今天也带着一丝兴趣观察他们，并与其中一些人交谈。在一个路边的神龛前，汤姆确认四周无人后，留下了一枚金币，并哈哈一笑。如果他口袋里有一块红绸手帕，他甚至可能会把它撕开，绑在那棵繁茂虬结的老槐树上，许下愿望。毕竟，他正在向中国告别，而且是真诚地告别。

他步伐轻快，并非因为想要赶在某个特定的时间赶到尤文索家，更多的是因为他体力丰沛、头脑清晰、意志坚决。每当穿过一个小村庄时，他都会放慢脚步，近乎漫步。在山东，走几里地，就可能经过几个村庄。许多中国村庄，只有几间茅屋、一口井，和一座仅比狗窝大一点的寺庙。

这些小村庄常常承载着世代相传的家族历史，拥有一些响亮、复杂而独特的名字——比如"蓝斑鸭周家村""屋顶麝香花村""六儿子三玉镯李太太村"。许多这样的村庄仅由三四间泥墙茅草屋组成。有些村庄甚至没有一座像样的寺庙，只用一根竹竿挂着几块红色破布，村民们便在这里进行祈祷。但至少两座住宅和一口井是每个村庄的必需品。

对于四处奔波的小贩和商人来说，客人稀少且贫困，他们中的任何一个——更别提他们全部——是如何靠此为生的，这只有中国人自己能够理解，但他们总能找到生存的办法。日复一日，年复一年，一个世纪又一个世纪，勤劳节俭的人们来来往往：木匠、牙医、香料商、鞋匠，还有叫卖大衣、罐子、豆腐、花生、护身符、蝗虫汤、假花、扇子、蜂蜡、油、大豆、点心、神像的小贩。他们或用笨重的单轮手推车推着货物，或用扁担挑着。今天，汤姆见到这些小贩时，大多会问他们："你洗澡了吗？"他们会认真而愉快地回答。这种普遍的问候语，与在别处询问陌生人的健康状况并期待他回答"你好"一样自然。特别是，这个地区不远处就有许多美妙而温暖的硫黄温泉，它们诱人地涌出，位置隐蔽，非常方便。虽然这可能并不那么重要，在山东，人们对洗浴场所的隐私性并不像在纽约或新罕布什尔那样讲究。

大室彻被杀的第二天早上，尤雅玲挽着艾琳·卢瑟福-卡迈克尔夫人的手臂走进她的卧室，这之后汤姆·德鲁就再也没有见过她。但他知道，三天前雅玲已经回到了自己的家，尤素已经"脱离危险"，而尤文索还远在陕西没有回来。

斯威夫特已经回到了济南。汤姆既没有再见到孔国藩，也没有收到他的任何消息。"咯咯"曾来访过一两次，但没说什么话，只是短暂停留便离开，快得让汤姆疑惑他为何要来，尤其是在卢瑟福-卡迈克尔总是忙碌的情况下。伯顿、布朗和皮尔金顿都还没有回来。汤姆和老邢独自占据着合租的公寓。

在离开之前，沃尔特·斯威夫特对所发生的事情和"咯咯"一样，没什么可说的，但他向汤姆保证，艾琳的计划成功了。当斯威夫特到达尤文索家的大门时，恰逢两个女孩被家里发现不见了。他见到了尤夫人。据欧义本所说，尤夫人已开始在花园的灌丛和小径上寻找她的两个女儿。斯威夫特认为这是一个绝佳的时机。尤夫人和蔼地同意了，那位英国女士想让她的女儿们陪她多久，她们就应该待多久。她确信，即便尤文索在，也会做出同样的安排。如果尤锦图注意到两个孙女不在，并且对此不满，尤夫人会亲自安抚并尝试说服这位尊贵的家族长辈。尤夫人的语气似乎表示，她宁愿这位老祖母不要想起尤雅玲或尤素，毕竟她没有完全的信心能够在必要时应付这位脆弱的老人。一旦她无法应付尤母，她会派信差和轿子去请汤姆·德鲁。汤姆根本不必开口，尤锦图就会信服他。尤夫人请斯威夫特吃了一顿丰盛的早餐，有野鸡、薄煎饼、甜瓜、杏子和热葡萄酒，而且是亲自端来的。她恳请斯威夫特转达她的歉意：身份卑贱的她不能乘坐简陋的轿子赶赴那英国公子的华宅，只能留下她这两个不成器的女儿去侍奉那位英国绅士光彩照人的夫人，她真是如锥心刺骨一般过意不去。但是，如果她也离开家，那尤母身边就没有血亲听候她的吩咐了，这将使她面临生命之虞。她的命对旁人来说可能微不足道，但如果她被迫走上黄泉路，全家人就要哀悼数月。她有责任避免这一灾难的发生，尤其是现在，她威严的老爷正从陕西带回他们收养的继子。如果继承人回家的庆典正赶上葬礼，那将是一个不祥的征兆，是如阴霾一样笼罩家庭的诅咒。但她会立即派人送一个"探病篮"，给那位抱恙的外国友人。她也提出派她自己的巫医给她看病，那是一个圣山隐士，万事皆通，可以起死回生，除非这违背了神圣的健康之神的旨意。另外，她丈夫深爱的高贵朋友，竟然赏脸吃了两份她亲手做的榅桲肉饭，她感到非常荣幸。她边说边咯咯地笑着，显然是发自内心的。尤夫人这番话正合斯威夫特之意，他又接受了第三份有榅桲、蘑菇、青蛙腿和开心果的肉饭。他们告别时，就像至亲好友一样。汤姆·德鲁和沃尔特·斯威夫特的告别也是如此。

斯威夫特有些惘怅地看着汤姆，但没有提出任何建议。

艾琳打来电话，她说过她会打来。她说，她和雅玲会帮助那个女孩渡过难关，但那可怜的孩子病得很严重。不，她没有派人去请吉布森医生。因为他懂中文，而尤素有点说胡话。所以除非尤素的病情加剧，否则他们不打算请任何医师，无论是白种人还是黄种人。汤姆不需要过来，如果她需要他做什么事情，她会再打电话的。

汤姆·德鲁站在山坡上向下俯瞰，前所未有地意识到：这个地方是多么壮丽，又多么具有"中国"特色！尤文索的家园自然有充分的理由和权利看起来很"中国"，只是汤姆并不喜欢它如此。

在汤姆眼中，这座花园比他初次见到时显得更为成熟，更为丰饶。在夏天渐逝、冬天的狂风到来之间的那段短暂时光，只有极少数地区能够享有——温暖如葡萄酒一般醉人，随后是几周清冽凉爽的日子，预示着山东将迎来严寒而漫长的冬季。这段时间赋予了这座古老而美丽的花园新的生机，它在秋日阳光的沐浴下焕发着光彩。春季和夏季的花朵已经凋谢，静静地沉睡，然而秋季的花卉却更加绚烂夺目，正盛开得如火如荼。

为尤家驱邪避疫的雪白杜鹃花仍在影壁附近盛开，如明亮的灯盏。鸟儿在柳树间歌唱，猫儿在拉扯着链子，小狗在阳光下追逐，孔雀在露台上展开它们华美的尾羽。各色郁金香依然盛开（不知尤家的园丁是如何做到的），它们在翡翠般欢快的叶片中绽放，犹如六月时节一般。尤家的玫瑰花令全省其他园林羡慕，因为在山东，能够种植出这种玫瑰的地方并不多见；这些玫瑰至今仍在盛开，枝头挂满了花朵与花蕾。紫藤、黄色耧斗菜、金鱼草、玉兰、木槿和坚韧的康乃馨随处可见，其中最为醒目的是牡丹。在欧洲已不再芬芳的麝香，在尤文索的花园里依然香气四溢。长墙上挂满了盛开的藤蔓，阳光墙上挂满了褐色、红色、柠檬黄、翠绿色的晚熟果实——桃子、李子、梨子。坚果树挂满了果实，枝条被坠得弯曲；樱桃树上还有未被采摘的果实；鸢尾花、兰花、仙子花和薄纱般的虞美人在阳光下舞动；深红和青铜色的报春花在草地上铺开，形成一片片厚厚的天鹅绒垫子。池塘里的莲花色彩斑斓：蓝色、玫瑰红、深红、奶油色、酒红和十几种黄色——从略带绿意的柠檬黄到如十一月落叶般的赤褐色。甜瓜饱满欲裂，甜得让人难以置信。尤素驯养的鸽子在空中盘旋，它们尾部系着小乐器，飞翔时发出悦耳的乐声。每只鸽子都有自己的名字，都会在日落时咕咕叫着飞回巢中。金黄色的秋麒麟草和蒲苇像羽毛一样点缀着蕨丛，常春藤杂乱无章、密密麻麻地覆盖着树干。紫罗兰依然盛开，即使在雪下也能绽放，娇嫩而芬芳，不畏严冬。它们羞涩而坚韧，就像山东的农民一样。异域的旱金莲和曼陀罗依附在红漆拱桥两侧的雕饰上；吊灯花五颜六色，有些花朵比一个壮汉握紧的拳头还大；还有耐寒的虎皮百合，绽放着精灵般的淡粉色花朵；还有香雪球、马鞭草和被称为"观音之花"的植物——在新英格兰被称为"流血的心"，在古英格兰称为"荷包牡丹"，和牡丹一样繁盛。远处有个地方，从尤母的窗户和阳台都看不到，她也不愿到那里去，因为那里有一棵树是"恶魔树"，经常闹鬼，上面挂着成千上万串蓝色、紫色、浅琥珀色和浅绿色的葡萄。这棵树对尤家来说是一种折磨，更多的是一种侮辱而非威胁。尤母对它避之不及，并非因为害怕其幽灵般的栖息者。尤锦图什么都不怕，至少她是这么说的。只是因为这样一个邪恶的东西竟敢选择尤家的地盘生长，这使她愤怒。但是无论是砍掉还是烧毁这棵树，只会使它在原地重新长出三棵来，而且还会带来其他灾难：让母鸡下无壳蛋，使夜莺离开花园，令骆驼因腹绞痛而扭动哀号。于是，他们转而膜拜这棵老树，在树荫下为其恶魔修建了神龛，并用鱼骨和大蒜水滋养树根。三百年来，这棵树一直生机勃勃，与尤家人和平共处。在山东，还有中国的大多数省份，种植葡萄被认为是轻率甚至疯狂的行为。因为葡萄串向下生长，指向阴曹地府，地下的邪灵恶鬼会以为受到了嘲笑，必会恼怒；而不向上生长，又有不敬仰神明在上、不感戴日月高悬、不表示"天庭安好，神佑中华"之意，天神也会怨愤。但是，尤文索的先父在北京时，曾在一位大使的餐桌上品尝到葡萄，于是深爱不能自拔。尤臣福热衷美食，而且敢于冒险。他违抗了地府的鬼神，将葡萄藤引进山东种植，并公开宣称那些"神话"是愚蠢的谎言。他说，紫藤的花束不是也指向地下吗？就连皇家的黄色紫藤也是如此；荔枝、黄瓜、葫芦、橘子等，诸神造化给人看、给人吃的东西里，不有一半都指向下吗？尽管如此，他私下里还是烧了很多昂贵的香，并向曲阜的寺庙赠送了很多贡品。在那里，阴曹地府的主宰阎王爷端坐着，骇人的怪兽侍立一旁，一个人类灵魂跪在他面前接受审判，牛头马面在两旁等着执行他的惩罚判决，或者命令那跪着的灵魂离开，去接受更为仁慈的上天的审判。

这片土地一如既往地散发着活力与勤劳的气息，然而它的广袤无垠更多地凸显了人类的缺席，而非人类活动的迹象。四处可见仆人们在户外劳作或奔走，但从这里俯瞰，他们只不过是一个个蓝色和黑色交织的小点。汤姆隐约能看见远处鸭舍中闪烁的水光，虽然看不清楚鸭子，但他知道那里有数百只。他对鸭舍十分熟悉，就如同他对这片庞大庄园——房屋和花园——几乎所有角落了如指掌一样。尤夫人对自己的家务管理十分自豪，得意地咯咯笑着，亲自带领汤姆参观了养鸭场、养猪场，穿过了厨房和储藏室。她直率地询问德鲁家在第五大道上的猪鸭养殖情况，汤姆承认他尊敬的母亲既没有养鸭也没有养猪，家里只有一只哈巴狗。这位小巧的中国主妇听闻后，对他母亲所遭受的不幸表示了哀悼和同情。尤文索私下里可能也对他的房子感到骄傲，毕竟他向汤姆介绍了每一个房间，并带他参观了所有的庭院。在这个大花园里，没有一处是汤姆和雅玲未曾探访、未曾停留的地方。

尤雅玲现在可能就在下面的某个地方，他想。她偏爱花园，甚于房间和内院。每当汤姆来访，如果不是用餐时间，总能在花园里找到尤雅玲，要么手持绣绷绣花，要么怀抱琵琶轻弹旋律，要么对着花朵、竹笼或象牙笼中的鸟儿朗读或低语，有时也和一群活泼的袖狗或那些高视阔步、贪食的孔雀认真地交谈。

汤姆希望她此刻就在花园里。他不确定也不担心她是否真的在那里，因为他已经对这座古老而曲折的中国式园林充满了喜爱。在这座房子里，甚至在内院中，中国总能让他着迷，同时也让他感到陌生。这种感觉有时是轻微而柔和的，有时是尖锐而严肃的，令人生畏，带着威胁，有时又有些刺耳的嘲弄意味。每当汤姆·德鲁真切地感受到中国，无论是主动接触，还是被这样的感觉找上门，中国总是给他一种强烈的冲击感。他与雅玲的友谊越亲密、越温暖，中国就越让他感到不和谐。他无法理解沃尔特·斯威夫特，也无法理解许多英国人，那些大人物、重要人物，其中一些人在中国度过了大半辈子，并喜欢上了中国，还写了很多关于中国的长篇大论的书籍！他不愿去想尤雅玲是个中国人，而且到现在他也没有想明白，雅玲是否也会讨厌地去想，他不是个中国人。他只觉得雅玲是个中国人这一事实，对她来说是不幸，对他来说也是不幸，这对他们俩都不公平。他没有意识到，正是她身为中国人这一事实，才让他如此深刻地感受到她独特的存在。

他希望能在花园里找到雅玲。

中国有三样植物闻名于世，这些植物在其他地方都不存在，即便在中国也极为罕见。它们是只生长于孔圣墓地的水晶树、长着金属叶子的金树，还有神音树。如果说水晶树是最神圣的，金树是最稀有的，那么神音树就是最美丽的。它无与伦比，而且会唱歌。神音树的树干修长纤细，光滑亮丽，日光下闪烁如金，月光下皎洁如银。树上那些精致的叶片永不停歇，它们在空气静止时低语，微风拂过时奏乐——那乐声比沙漠中的"鸣沙"更为清晰、甜美、独特，既似竖琴的悠扬，长笛的清脆，又仿佛报时钟声的回响，奇异而美丽，无比甜蜜，如同仙乐一般。传说中，整个中国仅有几棵。

山东的这棵神音树，正是尤文索家众多至宝中的一件。尤雅玲正坐在这棵神音树下的石凳上，沉浸在自己的思绪中，如此入神，以至于汤姆穿过殷红的木槿花和柠檬黄的夹竹桃向她走来时，她都没有听见。

汤姆是来安慰她的，也许还会讲述他的故事，他们的故事——如果他今天决定说出来的话。他无法衡量，更无法完全意识到，尤雅玲因为妹妹尤素所承受的一切。他知道，她将妹妹的过失视为整个家族的罪孽和耻辱，这不仅无尽地玷污祖先荣光，也会令所有后代子孙的尊严受损。但他只是理性上明白这一点，并没有真正地感同身受。他同情和哀悼的是尤雅玲个人的悲伤，一个女孩因妹妹的失足而经历的短暂悲哀和屈辱。他本以为见到她时，会发现她崩溃、痛苦、沮丧，或许形容憔悴。他已经准备好，甚至期待着看到她身着中国人哀悼和苦行穿的粗布麻衣，而不是以往常穿的烘托她年轻苗条身材的艳装华服。他也预料到，她会因他们的即将分别而感到悲伤。他还没有告诉她这个决定，也没有其他人转告她，因为他还未对任何人提起。但他期望尤雅玲能像往常一样，能预感他的想法和情绪，并与之共鸣。这是一种奇异的、细腻的、相当普遍的中国式心灵感应——不管它被称作什么。他曾误以为这是尤雅玲个人特有的反应，只属于她独有的感受。她对他的回应总是那么温暖和生动，既是意料之中，也是始终如一。这是一根将她与他联系在一起的心弦。

尤雅玲似乎沉浸在自己的幸福之中，对周遭的一切——绣绷、诗集、琵琶——都提不起兴趣。她的幸福感就像神音树发出的轻柔甜美的音乐，在她周围缭绕，如同铃铛般悦耳，飘荡在空中；她的满足感强烈而炽热，仿佛点燃了她身旁的牡丹和红宝石般的木槿，使它们绽放出更加绚烂的光彩。她那双琥珀色的小手慵懒地搭在柔软的深橘色绉纱长袍上，长袍上绣着精美的风信子和翡翠，闪烁着柔和的光芒，宛如贴身的珠宝。她发间的簪子光彩夺目，上面挂着翡翠，镶着红宝石，熠熠生辉。她身着的橘色衣裳下，露出蓝绿色的丝绸衬里，显得俏皮而生动。她的脚上穿着中国女性特有的软垫鞋。

汤姆深爱着尤雅玲，但看到她这样无忧无虑、容光焕发，甚至有些自得其乐的样子，他不禁感到一丝恼怒。他今天是来告诉她，他即将回家的消息——回到那个远在地球另一端的故乡，而且很快就要启程。她一定已经察觉到他将离去，毕竟她不止一次提到过，他们之间一直有着不言而喻的默契。她难道对他的离去毫不在意吗？她想到他的离去，难道不感到一种失落，一种如同丧偶般的悲伤吗？她游园时，不是应该对花开花落感到一种怅然若失吗？

看到尤雅玲这样，他感到非常吃惊。而且，因为汤姆是一个大男子主义者，所以不由得心生怨怼。

眼前的尤雅玲坐在神音树下，被绚烂的繁花环绕，那画面之美并没有让汤姆感到震撼。他在中国已经居住了足够长的时间，也多次来到她的花园，对这样充满生机的自然景致和中国少女的形象已经再熟悉不过。无论色彩多么绚丽，线条多么柔美，都不能再让他感到震撼。真正让他感到震惊和难过的，是她那幸福满溢的容光，还有她身上那种纯正的中国风情。他竟然对那双形状奇特、绣着花纹、鞋底怪异的中式丝绸鞋感到憎恶！

第三十一章

汤姆没有走近，他站在原地等待着，从未觉得距离尤雅玲如此遥远。他渴望着她，即使在那次自我斗争的清晨，他也没有意识到自己会如此深切地渴望一个女人。

他在等待尤雅玲看到他，向他示意，否则他不会再走近一步，也不会再多说一句话。他知道自己来到这里要做的事情。如果他做了之后，反而变得更加困难、痛苦，他不知道是否还有勇气去做。

不一会儿——比这个注视着并爱着她的男人感觉到的要快，尤雅玲向后仰起她缀满宝石的头，抬起了洋溢着笑容的脸，迎着流淌的日光，看到了他。她咯咯笑着欢呼了一声，一跃而起，向他奔来。汤姆从未见过，甚至从未想过，她竟能表现得如此无拘无束。

尤雅玲向汤姆伸出了双手，在他伸手之前，就已经抓住了他的手。

她这举动仿佛变了一个人。那天晚上，汤姆把她从暴雨中带进合租公寓时，她紧紧地抓着他。她坐在他的椅子上时，颤抖着，呆怔着，半是抽泣着讲述着她的故事，请求他们三人的帮助。她曾经拉着汤姆的手，把他从树篱拉到大室彻的窗前。雅玲和他曾有一两次"英国式"的握手。雅玲曾在合租公寓中半因疲惫、半因恐惧地紧紧抓住他，那完全是因为雅玲感到虚弱，需要他的力量。在大室彻宅中，她曾经拉着他，为了指挥，也为了防备。她和他握过一两次手，出于中国人的礼貌，对她不喜欢（甚至比"不赞成"更甚）的"白人"习俗的让步。每当中国人勉强伸出手和西方人相握，那被握住的手总是有点无力，他们本能地不愿意握住他们认为无礼的东西，认为那充其量是低级趣味、低廉，甚至是粗鲁的社交行为。而这次触碰感觉完全不同，那只手全然快乐得像个孩子：一种精致的、无拘无束的幸福，如同泉水般喷涌而出，它无须在一个亲爱的朋友面前抑制它欢快的喧嚣，就像她无须在牡丹、紫藤面前，在扬起娃娃脸向她绽放微笑的红银莲花面前，在轻轻推挤的铁线蕨和麝香面前收敛。

"我正在等着朋友呢，"她喊道，"快过来，和我一起坐。让我们沐浴在阳光下，聆听'神音'悠扬的声响。我高兴得要跳起来了，这座花园在欢歌，让我们一起歌唱吧。我简直要高兴坏了，高兴疯了，亲爱的汤姆·德鲁。多么美好的幸福啊！我们的观音娘娘的天恩！今天是个好日子，我一直在与幸福相伴！来和我们一起吧，汤姆·德鲁！"

她轻声笑着，蹦蹦跳跳地跑回旧石凳，而汤姆则慢慢地跟了上去。

"难道你不知道吗？你没听说吗？"尤雅玲好奇地问，友好地拍了拍身旁的长椅。

"没有，我确实没听说。"汤姆说着，坐下回答。他不知道雅玲在说什么。他只知道尤素正在康复，而且消息没有走漏，尤文索永远也不会知道。但他意识到，事情肯定不止这么简单。汤姆对中国的了解有限，但他知道，一种不幸已经永久地影响了尤素。他当然不明白雅玲在说什么，是什么让她如此快乐。她似乎已经忘记了那个羞耻的悲剧，还有尤素仍未脱离危险。

尤雅玲轻轻地拍了拍手。

"那就让我告诉你这个好消息，哦，这很简单。孔国藩不能告诉你，他得等媒人回来。媒人已经去见我父亲了。但是我还以为，这等好事，他至少会稍微给你这个朋友透露一点，然后你就能猜出整件事了。我知道孔国藩和你关系好，汤姆·德鲁，我以为他已经和你说了点什么呢。好吧，那我就来告诉你这个好消息吧。我父亲还在陕西，孔国藩就派媒人去找他了。"雅玲双手捂住喉咙，捂住她的小高领，仿佛试图平息那跳动着的快乐。那份快乐就像一只被关在笼中的鸟儿，扑腾着翅膀拍打着笼子。汤姆看到，她闪耀的眼中泛着泪光，显得格外温柔。

汤姆的眼神因内心的恐惧和震惊而变得严肃，他的脸色也随之僵硬。他意识到，孔国藩完全有可能采取中国传统的方式，通过一个媒人——中国的"中间人"——去向尤文索提出婚事，请求尤文索将一个女儿嫁给他。汤姆曾相信孔国藩不会这么做，因为他了解孔国藩的为人，认为他是一个真正的男子汉。在船屋上，汤姆见识过孔国藩对小尤素的深情，那是一种真挚而深切的爱。现在，孔国藩显然不会再想娶尤素，汤姆也不责怪他；一个曾经爱上一个日本阴谋家，甚至可能现在还爱着的中国女孩，对于任何男人来说都是难以接受的。从尤素呼喊"阿彻"的语气中，汤姆能听出她对大室彻的感情。即便大室彻那样对待尤素，也不能扼杀她对他的爱。但并不是所有的女孩都如此执着。他明白，孔国藩说尤素没做错任何事，是出于这个家伙的男子气概和良好的教养，以及他对尤文索的忠诚。然而，孔国藩在旧爱尚未冷却之时，可能转而向尤素的亲姐姐尤雅玲求婚，这让汤姆感到困惑和不安。尤雅玲当然会为这样的求婚感到幸福和高兴，尤文索也很可能同意这门亲事，因为孔国藩在山东是"顶尖人物"，尤文索对他既钦佩又喜爱。而他们竟然要把雅玲嫁给一个中国人！想到这里，汤姆感到一阵恶心。

"他所做的事，在你看来似乎是巨大的牺牲。"女孩轻声说。"对我来说，确实如此。但对高贵的孔国藩，这并不是。汤姆·德鲁，他简直就像个神。这位金尊玉贵的孔圣后裔，为我们尤家抹去了一件痛苦的事。作为尤家人，我就不应该对这件不幸的事无法自拔。我曾祈祷尤素会选择离开这个世界，但这个愿望并没有实现。当我看到她仍然活着，只有观音娘娘知道我内心的苦楚与恐惧！我担心我们那朵受摧残的百合没有那份勇气去选择自我了断，无论是上吊还是服毒。她也可能会选择出家，但对一个并不虔诚的人来说，清修的生活太过艰难。只有观音菩萨知道我多痛苦，多绝望！然而，这位举世无双的孔国藩来找我，向我诉说他的爱意。他愿意付出，真心去爱。"

"没等你父亲同意，就对你说了！"汤姆恼怒地低声说。

"这当然不对，但现在我们不得不接受新风俗。我们看不出孔国藩有任何缺点。他决定不冒险做任何可能伤害尤素或让她不快乐的事。当然，他不能对她说话，也不能接近她，所以……"

"尤素现在和这件事有什么关系？"汤姆插嘴道。

"当然没什么关系。决定得由家父来做。但是深情的孔国藩为了尤素，可是连国法都敢犯。"

"还真是体贴呀！"汤姆低声自语。

"于是，他到英国女士家来找我。那位金发女士，哦，她对我们来说，真是像母亲一样亲切的朋友。等我生下一个女儿，我要请我的丈夫允许我给她起名叫'艾琳'。"

"我的天啊！"汤姆震惊地说。

但是雅玲兴高采烈地继续说着。"他把一切都告诉了我，问我能不能替他去问一下尤素，愿不愿意做他的妻子。"

"等等！"汤姆嘶哑地低声说，然后长长地喘了一口气，脸上慢慢恢复了血色。有那么一会儿，他没有听到尤雅玲在说什么，

他听到的下一句话是："汤姆·德鲁，你的耳朵是不是被蜂蜡和樟脑油封住了，变得像过冬的橄榄罐一样塞得严严实实？你的舌头是不是去了无声的庙宇？快说你很高兴！快说你也崇拜纯洁善良的孔国藩！哦，当孔国藩的媒人在陕西向父亲提亲时，他的心会像我的一样在歌唱。祖母的心，也会让这院子里再次奏起乐来。我们必须让她明白降临到我们家的这份喜事。要让她知道，我们如花似玉的尤素，就要成为孔家的一员了，他可是圣人的后裔呀！看，祖母正坐在望远镜前呢！"

透过竹子和朱槿丛，他们远远地看到尤锦图，由身后的女仆们陪侍着，坐在厚绒毛的蒙古地毯上。每当尤锦图颤颤巍巍地走上墙内侧的台阶，那块地毯就会提前被铺在望远镜旁边。有时她会透过望远镜凝视着尤祺离家时走的路，也是他回家的路，直到她老眼昏花；有时她坐在地毯和垫子上无精打采，沉默不语。逝去的岁月在她心中回响，她昔日的青春几乎耗尽。山东的冬天还没有来，但尤锦图的冬天已经来了。她也有人生的"小阳春"。她还像以往一样发号施令，记得全家上下的名字。她一叫，大家就

向她躬身，亦步亦趋地去执行她的吩咐。但是他们不再害怕她的棍子，老祖母的手已经拿不动棍子了，只能拿得动柳条，而且握得非常无力，那柳条轻得连一只袖狗都伤不了。她的"小阳春"光阴短暂，没有回光如曦，没有回暖如醴，更多的是苍白和寒冷。老妇人依然非常喜欢汤姆，有几天，她以为是尤祺回到她身边了，于是严厉吩咐他：那些从野蛮人的地方带回来的衣服，不要穿了，有辱人格！那些衣服真可怕，露出他的腿，像个女孩！尤锦图已是日薄西山，全家人对她倍加照顾，更为尊敬，更加温柔。

"你真是快把我吓死了，雅玲。但是，听我说：尤素对此怎么说呢？她是什么感觉呢？你先告诉我，我再告诉你我有多高兴，或者高兴不起来。她愿意吗？"

"是的，我们的花朵很愿意，也很高兴。"雅玲心满意足地舒了口气。

"你肯定吗？"

"我敢肯定，汤姆·德鲁。这朵娇花现在光彩照人，又散发着芬芳，对孔国藩满怀感激。"

"她不可能这么快就爱上他吧。"汤姆并不看好因感激而结合的婚姻，他觉得那样幸福不了。他没有忘记那天晚上的事，虽然雅玲假定他忘记了。

"爱？婚前！这怎么可能？就算我们的中国现在如此奇怪，如此新潮，这也不可能。"

"但是孔国藩似乎已经这么做了——婚前恋爱。"

"孔国藩是个男人，也是个孔家人。法律对他的约束，并不会像对一个囚犯那样严格。然而，对于一个女孩——尤其是出身绅士家庭的女孩——她并没有他那样的自由和判断力，没有。尤素不爱孔国藩，但很感激他。当孔国藩揭开她的红盖头时，她的羞涩将恰到好处，正如一位新娘应有的那样。等尤素给孔国藩生下一个儿子，她就会崇拜他这位老爷了。"

神音树在微风中颤抖，微风拂过木樨和晚香玉，发出柔和而清晰的叮当声。

汤姆或许在听那老树清脆的叶子发出的叮当声，他满耳都是忧郁。

雅玲明白。

"你在想过去的事。哦，让它随风而去吧。这是我们最后一次提它，然后就忘掉吧。我承认，我没有守护好我们的这朵娇花。我曾疑心过她的阿嬷，却未曾怀疑过旁人。直到最后一刻，真相如晴天霹雳般降临。我逼问倪来萍，从她口中挤出了真相。那个倭人蛊惑了我的妹妹，让她误以为顺从他便是为我们敬爱的父亲做一件大好事。她的真心错付了，寄托在了由谎言编织而成的虚无之物上，这份情感本不值得，如今也已如烟云散尽。在她昏厥之前，它便已消逝。她回忆起这一切，宛如一场噩梦。待她步入孔国藩的家门，那噩梦便不会再纠缠她了。"

"这件事永远不会困扰他吗？"汤姆缓缓地问，又冲动地补充道，"他永远不会提起吗？吵架的时候也不会吗？"

尤雅玲睁大了双眼，她平静地回答："孔国藩是个君子。"她的声音柔和而坚定。"你所说的'吵架'，不会发生在孔家的走马楼里。"她又补充道，语气中带着一丝友好。

一株高大的夹竹桃上，挂着的笼子里，一只红腹灰雀开始欢快地歌唱。微风渐起，搅动着千万朵花，散发出一阵甜美的花香。神音树似乎在回应这鸟鸣花香一般，丁零作响。

这个花园多么迷人！而尤雅玲，更是迷人，甜美无比！

"不是婚前恋爱？"汤姆近乎粗鲁地转向她，"那是胡说八道，雅玲。我们——你和我——都知道，那就是。你不爱我吗，雅玲？"

尤雅玲变得平心静气，眼中的光芒不再闪烁。她脸上如玫瑰花瓣般的红晕渐渐褪去，她温柔而哀伤地对汤姆微微一笑，但那笑容中的甜蜜多于悲伤。

"你知道我爱你！"男人激动地喊道。

"这是我们在花园里编织的一场梦，"她严肃地告诉他，"我们不能将它带到高堂上，在我的世界、你的世界，都行不通。"

"但是，这份爱无处不在！"他激烈地反驳，"无论我们走到哪里，你和我，都无法逃避。"

"我们会忘记它的。"雅玲温柔地说。

"我不相信！"

尤雅玲似乎在端详——或许只是在端详——她脚边的一丛蕨草。然后，她严肃地面对着他。"你来找我，是不是按照你们国家的习俗，自己来做媒？你是想要与我共度一生吗？"

汤姆的表情扭曲了，随后变得僵硬。尤雅玲看到了他眼中的痛苦，心中涌起一股同情。

但是汤姆并没有回避她的问题。

"不是。"虽然这个词让他哽咽，但他还是清晰地说出了口。汤姆·德鲁拥有男子汉的气概，这正是中国女孩尤雅玲所欣赏的。

"那么，我不接受这份爱。"她带着一丝悲伤的笑声告诉他。"你给我的，我也给了你……"

汤姆的目光急切地投向她，他紧握的双手因用力而关节发白。她看到他的颤抖，感受到了他的激动。

"我们这样不会对彼此造成伤害。"她的声音中带着一丝坚定。

"这一定要成为伤害吗，雅玲？"汤姆沙哑地低声问道。

"不可能是别的。爱情并不总是伟大，它有时也很渺小。不守规矩的爱，是很卑鄙的。只有乡野村夫才会这样。"

"哦，雅玲，"汤姆恳求道，"那我们该怎么办呢？"

"记住它——我想，只要我们活着，就记住它。"她的声音平静而坚定。

"仅此而已？"

"仅此而已。"

他的回答，听起来像是一声压抑的啜泣，不成言语。

"我当然会想你的。你也会偶尔想起我……"

"天哪！"

"但我不允许自己过多地思念你，或带着残酷的渴望去想你。一有危险，我便控制我自己。我认为，让某种思想控制我们，就像让酒、鸦片、赌博或任何恶习控制我们一样，是错误的，也是软弱的。我绝不会让爱情变成恶习。"

雅玲如此可爱，如此亲近，汤姆几乎要为之臣服："我们的同胞，你的，还有我的，如果他们同意的话。"

"我父亲会愿意把我嫁给你的，汤姆·德鲁。没有一个尤家人会拒绝你的任何要求。除了我，尤雅玲。你父亲，他会同意吗？"

"他不会喜欢的。"汤姆的声音低沉。

"我们也不会喜欢的，"中国女孩告诉他，"你会厌倦这种空虚的生活，整日在花园闲逛，绑在一个中国女孩的裙带上。这不是一个男人该过的生活。我们两个都会为此感到羞耻，我的同胞和你的同胞都会把我们的孩子视为倒霉蛋。就算你带我去你的祖国，我在那里也不受欢迎，无家可归。你不喜欢中国，我常常能看出来的。我也不喜欢英国。我愿意相信你的美国不会令我如此讨厌，但我还是会不喜欢的。"

"我哥哥尤祺，一个离开故土、远赴他乡的男孩，却只因身为中国人，便遭受了你们美国人的冷眼与排斥，这太残忍了。而他只是暂时去你们的国家闯荡一番。如果我去美国，我只会遭受更多的不欢迎。美国对于一个成为其子民的妻子的中国女人，肯定更加不友好。我们之间，除了一些美好的回忆和明确的责任，别无他物。责任一旦明确，就不再有痛苦了。"

"我不相信我能做到！"汤姆痛苦地喊道。

"你能行，你会这样做的。回到你的同胞中去吧，让我留在我们的花园里。你没有别的可以给我的了，至少暂时如此。我也没有别的可以给你的了。道不同不相为谋。你不懂汉语，只知道它晦涩难懂，经常毫无意义，从来都搞不懂；我也不懂英语，只是在学校非学不可，学了半吊子，学得很糟。你不接受我们的习俗，我也不能接受你们的。还有一个最大的障碍：我毫不怀疑中国人优于美国人，我看不起美国人；而你认为美国人优于中国人，你看不起中国人。这样，我们就永远不能在一起。你该回家了。"

"我是来告诉你，我要走了，"汤姆伤感地说，"来告诉你，我爱你。你刚才对我说的话，我前几天已经对自己说了很多遍了。雅玲，那真是一场痛苦的挣扎。但是——哦，好吧，我估计和你差不多，所以我给我父亲发了一份电报。这是他的回电。"

他把电报单展开放在她腿上时，尤雅玲慢慢地读着。

"'孩子，回家吧，牛犊肥了，粉色冰激凌点好了。订船票吧，你可能赶得上。'啊！你尊敬的父亲会为你举办一场盛大的宴会。你马上就要去见他了。"

"我想是的，"汤姆沮丧地说，"几天后。也许吧。"

"那么快回家吧。你的父亲在呼唤你，而且我也希望如此。"

说这最后几句话时，尤雅玲的声音有些颤抖。汤姆·德鲁差点就忍不住把她抱在怀里，把她紧紧拥入怀中。汤姆全身心都在催促他拥抱她、亲吻她。让全世界都滚去一边吧，让种种的虚伪也都滚去一边！雅玲看到了汤姆的冲动，也看到了他在极力控制。她并不愿意爱上一个外国人，但她很高兴爱上的是一个真正的男子汉。

"我不能马上就走，亲爱的，"汤姆缓过劲来，开口道，"我明天一定得再来，我今天做不到。今天的告别已经够了，雅玲。明天我会来向你的母亲和祖母道别。后天一定是我们的，我们还有一天。老邢明天会收拾行李，或者安排个篝火晚会，随他喜欢。我会过来感谢尤家女眷的，她们的好意，我永生难忘，我也会和祖母说再见。我总不能不辞而别，对吧？但最后一天一定是我们的，你的和我的。"

"你不会让我感到为难吧？"雅玲温柔地问。

"对你来说很为难吗，雅玲？"

"是很为难。"她回答。

汤姆猛地转过身去。再回头时，他说："告诉我你想要什么，我会照做。"

"我会陪你走一小段路——到大门口。母亲正在寺庙里祈祷父亲平安归来。我会告诉她，你尊敬的父亲叫你回家，并且你已向她表达了所有礼貌和友谊，她会明白的。当父亲从陕西回来的时候，他也会为你们父子团聚、为你重返故乡而欣喜。我们最亲爱的老祖母，不会知道你有没有在她面前鞠躬拜别。她现在只记得很久之前的事，就像回到了童年。看，她睡着了，躺在她的垫子上，她的女仆给她铺好了被子盖上了。我有一份小纪念品，你可以这么叫它，给你带着，漂洋过海。我就知道你今天会来。我早就知道了，所以我把它带到了花园里。这纪念品一共有两个，一个是尤雅玲想要给你的，一个是你想要的。"

雅玲在石凳旁跪下，从石凳下抽出来一个用围巾盖着的东西，又从挂在腰带上的袋子里拿出一个小东西，它小到能被她那小巧的手掌完全握住。"那么，"她双手放在身后问道，"你要哪一个，汤姆·德鲁？"

"两个都要！"汤姆说。

雅玲轻声一笑，把她左手握着的东西——中国人以左为尊——放在他旁边的长凳上。汤姆打开丝绸信封，里面是一片水晶树的叶子。他想起来了。他没有道谢，只是拿出了他一直随身带着的小扁盒，尤雅玲经常看到它和里面装的东西。汤姆打开盒子，把叶子和他母亲的照片放在一起。或许这就是对她的道谢。

雅玲的另一只手也从身后抽出来，递给汤姆一个薄纱小笼子，笼子里有一只"樱桃宝石"帝王蝶。

"我帮你拿去门口。"她说着站了起来，他也站了起来，站在她身边。"我昨天发现的，就在这棵神音树上。难得它活到现在。我还从来没在这个月见过蝴蝶，捉起来并不难。我想，不等鹅毛大雪开始下，它们就已经冻得昏昏欲睡了。但你看，它还活着呢。"

这一次，他用眼神感谢了她。

"你是什么时候知道我爱你的？"两人站在那棵神音树旁，逗留了一会儿，汤姆低声问道。

"比你要早。"雅玲告诉他。

"你什么时候知道你爱我的？"汤姆追问。

但尤雅玲不回答。

穿过花园走到大门有很长一段路，但两人一路无言。

一棵枣树挡在了看门人小屋前面，遮住了他们。尤雅玲没再往前走，在它后面停了下来。

"再见，汤姆。"她坚定地说。

汤姆从尤雅玲手里接过小笼子，他低头对尤雅玲微笑着，轻轻地撕开薄纱，摇了摇笼子。轻纱般的"樱桃宝石"懒洋洋地飞过花园。

"我不会从中国拿走它。现在，全中国只有一样东西是我想要的，雅玲。我已经捉到了我生命中最后一只蝴蝶，亲爱的女孩。你不喜欢我伤害蝴蝶，所以我不会再这么做了。"

"再见。"女孩重复着，声音有些颤抖。

有那么一会儿，汤姆的血液疯狂涌动。他是一个男人，险些屈服于自己的冲动和需求，忍不住要把她抱在怀里，就抱她一次，抱她一会儿，然后再离开。但他不会这么做，她如此少女，如此"中国"，他不该打破这种状态。

但他的眼神吸引着她，他们的目光在空中相拥。他们静静地站着，久久对望，这对渴望相爱的男女！

随后，汤姆转过身，快步走向大门。

尤雅玲努力不让一滴眼泪流下来，直到她看着门再次关闭，听到欧义本重新锁上。随后，她把脸埋在袖子里，慢慢地找到了一条路，走到一棵树下的一个石头凳旁。

汤姆没有回头看，甚至没从山坡上回望一眼。

天气越来越冷了，他想。棉花的白色棉球依然挂在破裂的荚中，四散飘落。一群大雁愤怒地呼啸而过，飞向南方，越过不断变换的河口，飞到比中国黄河更往南的地方。山上，一片雪花飘落到一棵龙胆草上，在那蓝色中融化成一滴泪。

汤姆已经走远，此时如果回头，已经看不见那堵旧墙了。

但他突然听到远远传来一个声音，顿时不寒而栗，那一阵轰鸣有些像雷声，但他知道肯定不是打雷，太阳正高照呢。

那是一阵刺耳的悲鸣声，远远地传到了离去的汤姆耳畔。一声哀锣乍响，尤宅丧鼓齐鸣。

尤锦图在睡梦中与尤祺团聚了。女仆们悲痛欲绝，撕扯着衣服奔走呼号，叫醒了全家上下，奔向寺庙。尤夫人现在成了尤家"闺房"的主人，已在镶珠嵌宝的烛台上点燃了香，正在碑前祈祷。

尤雅玲掩面袖中，哭泣不止。

汤姆·德鲁回程的船已驶入大洋。他突然听到琵琶声，就像在尤家花园里听到的一样清晰，有人在轻柔甜美地弹奏着——"扬——基——调"。